사진판

寫眞版 尹東柱 自筆 詩稿全集

유동주 자필 시고전집

사진판

寫眞版 尹東柱 自筆 詩稿全集

윤동주 자필 시고전집

왕시영 · 심원섭 · 오오무라 마스오 · 윤인석 엮음

민음사

차례

『사진판 윤동주 자필 시고전집』 해제

이 책은 윤동주가 남긴 시·산문 등의 자필 자료들을 당시의 모습 그대로 독자들에게 제시하기 위해 기획·출판된 것이다. 따라서 이 자료 전집에는 그간 몇 가지 사정으로 인해 공개되지 못했던 시 8편을 포함하여 윤동주가 남긴 모든 자필 자료들, 즉 자필 시선집 『하늘과 바람과 별과 詩』와 두 권의 원고 노트, 산문집, 날장 원고 상태로 보관되어 온 육필 시고들, 장서 여백에 기록돼 있는 자필 단상(斷想) 등이 사진판으로 망라되어 수록되어 있다. 그리고 윤동주 연구에 보다 깊은 관심이 있는 이들을 위해, 육필 시고들의 퇴고 과정을 비롯하여 원고 상태의 이모저모를 상세하게 기술한 〈시고(詩稿) 주(註)〉도 함께 수록하였다.

이 자료집의 출간은 여러 가지 의미를 갖고 있는 것으로 판단된다. 그간 2차 자료 중심으로 연구될 수밖에 없었던 윤동주 관련 자료가 최초로 1차 자료 상태 그대로 연구자와 독자들에게 제시되었다는 점, 따라서 정확한 원본 자료에 의거한 윤동주 연구가 새롭게 시작될 수 있는 계기가 마련되었다는 점, 그리고 자필 시고들을 사진판으로 일반에 공개하는 이 출판 방식 자체가 한국문학사 및 출판 사상 초유의 일에 해당한다는 점 같은 것이 그것이다. 이 자료집의 출판을 계기로 하여 윤동주 시 원본 연구를 비롯한 연구가 활성화되는 한편, 우리 출판 문화에도 새로운 제반 활력소가 마련될 수 있기를 기대해 본다.

이 자료집의 내용과 체제를 구체적으로 소개하면 다음 과 같다.

1. 전체 구성

이 책의 전체 구성은 다음과 같다.

『사진판 윤동주 자필 시고전집』 해제
제1부. 사진판 윤동주 자필 시고(詩稿)
제2부. 사진판 자필 시고 메모, 소장서 자필 서명
제3부. 시고 본문 및 주(註)
후기
부록 (1) 소장 도서 목록 (2) 스크랩 내용 일람 (3) 시고집별 수록 내용 대조표·작품 연보
작가 연보

2. 제1부 사진판 윤동주 자필 시고(詩稿)

제1부에는 윤동주가 남긴 자필 시와 산문 원고 총 150편과 당시 신문·잡지 지면에 발표되었던 작품 12편 중 본인이 스크랩한 작품 9편이 사진판으로 수록되어 있다. 이 사진판 원고들은 여섯 부분으로 나눠져 수록되어 있는데, 수록 작품의 성격과 편수를 밝히면 다음과 같다.

(1) 첫번째 원고 노트 『나의 習作期의 詩 아닌 詩』 ……… 시 59편(1편은 제목만 있음)
(2) 두번째 원고 노트 『窓』 ……… 시 53편
(3) 산문집 ……… 산문 4편
(4) 자필 자선시집 『하늘과 바람과 별과 詩』 ……… 시 19편
(5) 습유시 ① 일본 유학 이전 작품 ……… 시 10편
　　　　② 일본 유학 시절 작품 ……… 시 5편
(6) 신문·잡지에 발표된 작품 스크랩 ……… 시 9편

위의 시고집 중 (1)과 (2)는 원고지 노트에 씌어진 것이며, (3)과 (4)는 개별 원고지들이 한 책으로 묶여진 것이다. (5)는 날장 원고 상태로 보관되어 왔다. 이 모든 자료들에 수록된 작품들은 원래의 시고집에 수록되어 있는 작품 배열 순서를 그대로 살려서 수록하였다.

첫번째 원고지 노트 『나의 習作期의 詩 아닌 詩』

원고지 노트에 기록되어 있는 『나의 習作期의 詩 아닌 詩』는 1934년 12월부터 1937년 3월까지 창작된 작품들을 수록한 시고집이다. 수록 작품 중에는 동시와 동요 작품들이 다수 포함되어 있으며, 이번에 최초로 공개되는 작품 3편(「창구멍」, 「가슴 2」, 「개」)도 함께 수록되어 있다.

주의할 것은 일부 원고지의 상단에 〈改作 轉記(개작 전기)〉, 『窓에 改題 轉記(개제 전기)』, 〈轉記 後 削除(전기 후 삭제)〉 등의 연필 필적이 부기(附記)되어 있는 경우들이다. 이것은 윤동주의 필적이 아니라, 정음사 간 『하늘과 바람과 별과 詩』의 편주자인 고(故) 윤일주가 작품의 증복 수록 여부와 개작 여부 같은 것을 파악하기 위해 별도로 부기(附記)해 놓은 것임을 밝혀둔다.

두번째 원고노트 『窓』

『窓』은 1936년부터 1939년 9월까지 창작된 작품이 수록되어 있는 시고집으로서 역시 원고지 노트에 작성되어 있다. 첫번째 습작집 『나의 習作期의 詩 아닌 詩』에 수록되어 있는 작품 중 17편이 그대로, 혹은 개작된 상태로 옮겨져 있으며, 이번에 최초로 공개되는 작품 5편(「鬱寂」, 「夜行」, 「빗뒤」, 「어머니」, 「街路樹」)이 포함되어 있다.

산문집

수록 작품 4편 중 1편에만 창작 연월일이 부기되어 있어 전체 창작 시기를 정확히 알 수는 없으나, 내용으로 보아 일본 유학 이전에 창작된 작품인 것으로 추측된다. 모두 원고지에 작성되어 있으며 한 책으로 묶여 있다.

자필 자선시집 『하늘과 바람과 별과 詩』

연희전문 시절 윤동주가 만든 자선시집 세 권 중의 하나로서 정병욱에게 증정되었던 것이다. 1939년부터 1941년 사이에 씌어진 작품들이 수록되어 있으며 모두 원고지에 작성되어 있으며 한 책으로 묶여 있다.

습유시

모두가 날장 원고 상태로 보관되어 온 것으로서 ①일본 유학 이전 작품과 ②일본 유학 시절 작품으로 나뉘어져 있다. 이중 일본 유학 이전 작품은, 일부 작품에 1941년 작이라는 부기가 있는데, 여러 가지 상황으로 미뤄 보아 『하늘과 바람과 별과 詩』에 수록되지 않은 과거의 습작품인 것 중 일부이거나 연전 시절과 졸업 후에 씌어졌던 작품인 것으로 추측된다. 모두 갱지와 원고 용지, 입교대학(立敎大學) 용지에 기록되어 있으며 「病院」, 「慰勞」, 「八福」 같은 작품은 종이의 앞뒷면에 기록되어 있다. 일본 유학 시절 작품은 입교대학 재학 시절에 창작된 작품들이다. 5편 모두 입교대학 상징 문양과 세로줄이 인쇄되어 있는

신문·잡지에 발표된 작품 스크랩

당시 신문·잡지에 발표했던 작품 중 본인이 수집한 작품이 9편 있는데, 이중 7편은 날장으로, 2편은 스크랩북에 보관되어 있다. 이중 5편에는 퇴고 내용이 포함되어 있다.

3. 제2부 사진판 자필 메모, 소장서 자필 서명

제2부는 윤동주가 소장서들의 여백에 남겼던 메모와 기타 부기(附記) 내용, 그리고 그가 소장서에 남긴 자필 서명(구입 날짜 포함) 중 대표적인 것들을 해당 지면과 함께 사진판으로 수록한 부분으로 구성되어 있다. 독자들의 이해를 돕기 위해 일부 메모 내용 옆에는 따로 주를 첨가하였다.

4. 제3부 시고 본문 및 주(註)

제3부는 제1부에 수록된 자료들을 활자화한 본문과 주(註)로 나눠져 있다. 이 내용에 대해 설명하면 다음과 같다.

(1) 본문

대부분의 자필 시고에는 많은 양의 퇴고 내용이 포함되어 있다. 편자들은 윤동주의 퇴고 작업 과정을 추적하여 그 최종적 형태로 판단되는 내용을 이 본문 부분에 수록하였다. 이 작업 과정 중 현재의 활자 체계로 완벽하게 재현해 낼 수 없는 구독점과 띄어쓰기, 그리고 제목 부분은 다음과 같은 원칙 아래 활자화하였다.

① 구독점

자필 원고에서 윤동주가 사용한 구독점은 〈 , 〉, 〈 ㆍ 〉, 〈 ㅇ 〉의 세 가지이다. 이중 〈 ㆍ 〉와 〈 ㅇ 〉은 확실한 구분이 어려운 경우가 많았다. 이런 경우에는 편자들의 합의에 따라 처리하였다.

② 띄어쓰기

원고지에 기록되어 있는 자필 원고들의 띄어쓰기 상태를 재현하는 데에는 전혀 문제가 없었으나, 원고 용지의 빈 구분을 무시한 채로 기재되어 있는 내용들──작게 씌어진 수정 내용이나 별도의 메모 내용들──과 원고지가 아닌 일반 용지에 기재되어 있는 자료들의 띄어쓰기 판단은 매우 어려웠다. 이런 경우에도 편자들이 판단, 합의하여 처리하였다.

③ 제목 활자의 크기와 제목, 본문과의 간격 문제

자필 원고에 기재되어 있는 제목들은 글자 크기가 본문의 글자 크기보다 큰 경우, 비슷한 경우 등등 여러 가지 경우가 있다. 편자들은 이 상황을 일일이 원고 상태 그대로 재현하는 것은 불가능하다고 판단하였다. 따라서 제목 글자의 크기를 본문의 활자 크기보다 2.5 포인트 큰 크기로 통일하고, 제목과 본문과의 줄 간격은 한 줄로 통일하였다.

④ 일본식 또는 중국식 한자의 처리 문제

윤동주는 일본식 또는 중국식 한자로 추정되는 한자를 일부 작품에서 사용하고 있다. 〈킷〉〈靈〉, 〈山脉〉(山脈), 〈芸〉, 〈確実〉(確實) 같은 경우가 중국식 한자의 예에, 〈対〉같은 경우가 일본식 한자의 예에 해당한다. 이런 경우도 모두 원문 그대로 복원하여 수록하였다.

⑤ 판독이 어려운 부분의 처리 문제

판독이 불가능한 부분은 〈□〉로 그 표기를 대체하였다.

(2) 주

주 부분은 본문만으로 재현할 수 없는 원고의 상태를 보다 상세하게 독자들에게 제시하기 위해 편자들이 별도로 작업한 내용을 제시한 것이다. 삭제된 모든 원고 내용은 물론, 퇴고 과정, 메모나 부기(附記) 내용 등을 포함하여 지면에 기재되어 있는 모든 분자적 요소를 기술하였다. 그 외에 본문만으로 재현할 수 없는 비문자적 요소들, 즉 띄어쓰기, 들여쓰기, 구독점, 각종의 도형 부호, 필기구의 종류, 지면의 특수한 상태에 대한 정확한 판단이 어려운 경우에는 〈판독 불능〉, 〈××로 추정됨〉, 〈×××에 글자가 씌어졌다가 지워진 흔적이 있음〉, 〈××로 보이나 정확한 판독은 불가능함〉 등등의 주를 붙였다. 주 내용을 성격별로 몇 개로 나눠 설명하면 다음과 같다.

① 사용된 문장 부호

주 내용에 사용된 문장 부호의 의미는 다음과 같다.

「 」: 시집명、단행본명
〈〈 〉〉: 잡지명、신문명
『 』: 개별 작품명
〈 〉: 인용
□ : 판독이 불가능한 부분
／ : 행 갈음 표시

② 한자 표기 문제

앞에서도 밝혔지만 윤동주는 일본식 또는 중국식 한자를 일부 사용하고 있다. 이런 경우엔 그 한자의 원형을 제시하였다. 그 외에 윤동주가 사용한 한자가 명백한 오자로 판단되는 경우에는 이를 명기하였다.

(예) 〈脉〉은 〈脈〉의 약자임.(「사랑의 殿堂」)
〈還〉은 〈環〉의 오자인 듯함.(「별똥 떨어진데」)

흔히 상용(常用)되는 한자의 경우는 원고와 다르더라도 그대로 활자화시켰다.

(예) 듯(원고)—点(활자)、青(원고)—青(활자)

③ 퇴고 과정

윤동주의 퇴고 작업 과정을 상세하게 기술하였다. 그 과정의 기술 원칙은 다음과 같이 정하였다.

• 한 번만 수정한 경우 ∷ A를 B로 수정한 경우, 〈B〉는 원래 〈A〉라고 표기하였다.

(예) 〈흐른다〉는 원래 〈흐로다〉。(「별똥 떨어진데」)

• 두 번 이상 수정한 경우:
처음에 A였으나 B로, 다시 A로 수정한 경우·
처음에 A였다가 B로 고치고 다시 A로 수정한 경우·
(예) 〈부닥치기前〉의 〈부닥치〉는 처음에 〈어리기前〉에서 〈부닥치〉으로, 다시 〈부닥치〉로 수정되었음.
(〈「사랑의 殿堂」〉)

• 삭제된 경우:
(예) 〈불〉은 삭제된 뒤 다시 오른쪽 옆에 씌어졌음.
(「돌아와 보는 밤」)

• 삽입된 경우:
(예) 〈靑春들과함께〉는 삽입되었음.(「花園에 꽃이 핀다」)

④ 각종 도형과 교정 기호

자필 시고에 기재되어 있는 비문자(非文字)적 요소들에 관해 기술하되, 이중 도형적인 형태를 갖고 있는 부분들은 〈세모표〉, 〈네모표〉, 〈동그라미표〉, 〈가위표〉, 〈염주줄〉, 〈∨〉, 〈∨〉, 〈〉, 〈<〉, 〈>〉, 〈~〉 등의 용어 내지 부호로 통일하여 기술하였다. 암부분에 〈○〉이 붙은 주 내용들이 이에 해당한다. 그 외에 부호로 통일하여 기술하기 어려운 경우에 따로 원고의 상태를 기술하였다. 주의 암부분에 〈＊〉표시가 있는 것은 제목 및 작품 전체 내용과 관련된 사항을 기술하는 경우나, 해당 작품이 미발표작임을 표시하는 경우이다.

⑤ 필기구의 종류

대부분의 자필 원고는 잉크를 사용하는 필기구(만년필이나 펜으로 추정되는)로 작성되어 있다. 이 경우에는 특별히 필기구의 종류에 대해 언급하지 않았으며, 이 밖의 경우, 즉 연필이나 색연필 등으로 기록되어 있는 경우에는, 그 필기구의 종류를 명시하였다.
(예) 〈그래 봐도〉는 연필로 씌어졌으며 행간에 삽입되었음.(「가슴 1」)
「아담한 빨래에만 달린다.」에 붙은 색연필로 염주줄이 그어져 있음.(「빨래」)

⑥ 원고지면의 상태

자필 원고는 원고지에 씌어진 것이 대부분이나, 이 밖에 특수한 용지에 쓴 경우, 원고지의 이면에 쓴 경우, 혹은 원고지의 내용을 일부 오려내어 따붙이거나 한 경우 등등의 것들도 상당수 있다. 이런 경우의 상황 역시도 아래와 같이 기술하였다.
(예) 〈흰그림자〉 이하 동경 시절의 작품 다섯편은 모두 입교대학(立敎大學) 용지에 씌어졌음. 용지 왼쪽 위에는 입교대학의 상징 문양과 함께 〈RIKKYO UNI-VERSITY〉가 인쇄되어 있음.
○작품 전체에 가위표되어 있으며 첫번째 원고노트 뒤 속표지에 씌어졌음.(「개」)
○두번째 원고노트는 「自像畵」의 도중에 끝나 있으며, 이 작품을 포함한 원고지 일부가 뜯겨나간 흔적이 있음.(「自像畵」)

5. 부록

(1) 소장 도서 목록

윤동주가 구입하여 읽었거나 보관하고 있었던 장서는 용정에 보관되어 있었다고 전하는 것들을 외에도 일정에 압수되었던 것들이 매우 많았으리라고 생각된다. 그러나 아쉽게도 현존하는 윤동주 소장 도서는 윤일주의 장남 윤인석이 보관해 온 41권의 도서밖에 없는 형편이다. 편자들은 이 도서들을 한글 서적과 일문 서적, 영문 서적으로 나눠 그 목록을 상세한 출판 사항과 함께 제시하였으며, 책의 앞머리나 말미에 남겨진 윤동주의 필적(자필 서명, 구입처 및 구입 일자) 유형도 함께 제시하였다. 이 밖에 윤동주는 1936년 선광 인쇄주식회사에서 간행된 백석의 첫시집 『사슴』(100부 한정판)의 전 내용을 필사하여 보관하고 있었는데 이것도 한글 도서에 포함하였다.

(2) 스크랩 내용 일람

윤동주는 소년기부터 기성 문인들의 작품과 평론들을 스크랩하였다고 전하나, 현존하는 것은 1936년부터 1940년에 걸쳐 《동아일보》와 《조선일보》, 《매일신보》를 중심으로 발표되었던 기성 문인들의 작품들을 스크랩한 것밖에는 없다. 윤동주는 이 작품들을 〈SCRAP BOOK〉이라는 영문 제목이 인쇄된 표지 밑에 한 권으로 묶어 놓았는데, 편자들은 이 내용들이 스크랩되어 있는 순서대로 배열한 목록을 제시하고 그 출처를 밝혔다.

(3) 시고집별 수록 내용 대조표

윤동주의 자필 시고 시고집들 속에는 중복 수록된 작품들, 제목이 없는 작품들, 혹은 제목만 있는 작품들이 포함되어 있다. 중복 수록된 작품들의 경우에는 내용이나 제목에 변화가 있는 경우도 많다. 이런 경우의 문제를 일목요연하게 제시하기 위해 각 시고집들에 수록된 작품들의 목차를 작품별로 대조한 〈시고집별 내용 대조표〉를 수록하였다.

6. 끝으로

이번 자료집 출간은 모든 관련 자료를 자유롭게 열람하게 해주셨으며 사진판 공개까지 흔쾌히 허락해 주신 윤동주 유가족 여러분의 호의와 정성이 없었다면 불가능하였다. 지면을 빌려 감사드리는 바이다. 이 자료집의 출간을 계기로 해서, 정본 확정 작업이라든가, 시어 색인 작업 등의 후속 연구가 활발히 이뤄질 수 있기를 기대한다. 아울러 이 자료집의 편집과 주(註) 작업은 단국대학교 강사 심원섭(한국문학 전공), 연세대학교 강사 왕신영(일본문학, 비교문학 전공)와 유가족 대표인 성균관대학교 부교수 윤인석, 와세다대학 교수 오오무라 마스오(大村益夫, 한국문학 전공)의 공동 작업으로 이뤄졌다. 2년여에 걸친 이 고동 작업으로 결실 맺게 된 기쁨을 윤동주 님과 유가족 여러분, 그리고 편주자 모두와 함께 나누고 싶다. 마지막으로 어려운 사정 가운데에서도 이 자료집의 출판을 허락해 주신 민음사의 박맹호 사장께 깊이 감사드린다.

1999년 2월 12일
편주자 왕신영, 심원섭, 오오무라 마스오(大村益夫),
윤인석

제1부

사진판 윤동주 자필 시고

26.6cm×19.1cm

나의 習作期의
詩 아닌 詩

나의習作期(습작기)의 詩(시)아닌詩(시)

芸術(예술)은길고人生(인생)은쩗다.

윤동주의 첫번째 원고노트 표지임.

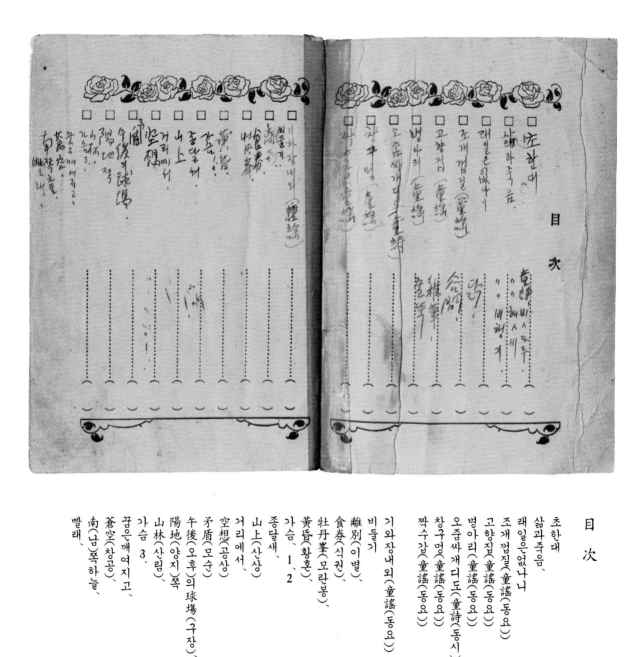

초한대.

초한대——
내 방에 품긴 향내를 맛는다.

×
光明(광명)의 祭壇(제단)이 문허지기전.
나는 깨끗한 祭物(제물)을 보앗다.

×
염소의 갈비뼈 같은 그의 몸.
그의 生命(생명)인 心志(심지)까지
白玉(백옥)같은 눈물과 피를 흘려.

불살려 버린다.

×

그리고도 책성머리에 아롱거리며.

선녀처럼 초 ㅅ 불은 춤을춘다.

×

매를 본뼝이 창구멍으로 도망가드시

暗黑(암흑)이 창구멍으로 도망한.

나의 방에품긴

祭物(제물)의 偉大(위대)한香(향)내를 맛보노라.

昭和九年十二月二十四日、

삶과죽음.

삶은 오날도 죽음의 序曲(서곡)을 노래하엿다.

이노래가 언제나 끝나랴.

×

세상사람은——

뼈를 녹여내는듯한 삶이 노래에.

춤을 추ㄴ다.

사람들은 해가넘어가기前(전)、

이노래 끝의 恐怖(공포)를

생각할 사이가 없엇다.

×

하늘 복판에 알색이드시.

이노래를 불은者(자)가 누구뇨

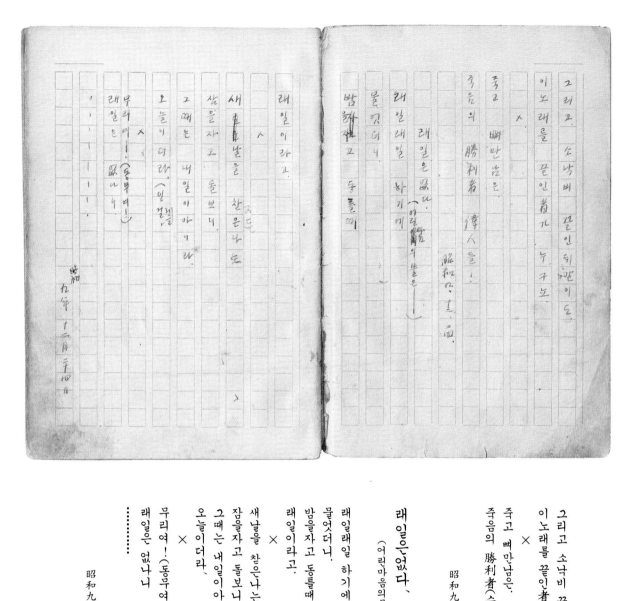

그리고 소낙비 끌인뒤같이도.
이노래를 끌인者(자)가 누구뇨.

　　　　　×

죽고 뼈만남은.
죽음의 勝利者(승리자) 偉人(위인)들!

　　　　　昭和九, 十二, 二四,

래일은없다、
　（어린마음의물음——）

래일래일 하기에
물엇더니.
밤을자고 동틀때
래일이라고.

　　　　　×

새날을 찾은나는
잠을자고 돌보니.
그때는 내일이아니라,
오늘이더라.

　　　　　×

무리여——!(동무여——!)
래일은 없나니
‥‥‥‥

　　　　　昭和九年十二月二四日

(手稿 이미지)

(童謠(동요)) 조개껍질、
── (바다물소리듯고싶어) ──

아롱아롱 조개껍대기
을언니 바다가에서
주어온 조개껍대기
×
여긴여긴 북쪽나라요
조개는 귀여운선물
작난감 조개껍대기.
×
데굴데굴 굴리며놀다、
짝읽은 조개껍대기
한짝을 그리워하네
×
아롱아롱 조개껍대기
나처럼 그리워하네
물소리 바다물소리

一九三五年十二月、鳳岫里(봉수리)에서.

童詩(동시) 고향집
── (만주에서불은) ──

헌집신짝 끟을고
나 여긔 웨왓노
두만강을 건너서
쓸쓸한 이땅에
×
남쪽하늘 저밑엔
따뜻한 내고향
내어머니 게신곤
그리운 고향집.

一九三六、一、六

병아리

「뾰、뾰、뾰、
엄마 젓좀주」
병아리 소리.
×
「꺽、꺽、꺽、
오냐、좀기다려」
엄마닭 소리
×
좀잇다가

병아리들은
어미품으로
다들어 갓지요.

昭和十一年 一月六日.

오줌쏘개디도

빨래、 줄에 걸어논
요에다 그린디도
지난밤에 내동생
오줌싸 그린디도.
×
꿈에가본 어머님게신、
별나라 디도느냐、
돈벌러간 아바지게신
만주땅 디도느냐、

창구멍

바람부는 새벽에 장터가시는
우리압바 뒷자취 보구싶어서
춤을발려 뚤려논 적은창구멍
아롱아롱 아츰해 빛이움니다
×
눈나리는 져녁에 나무팔려간

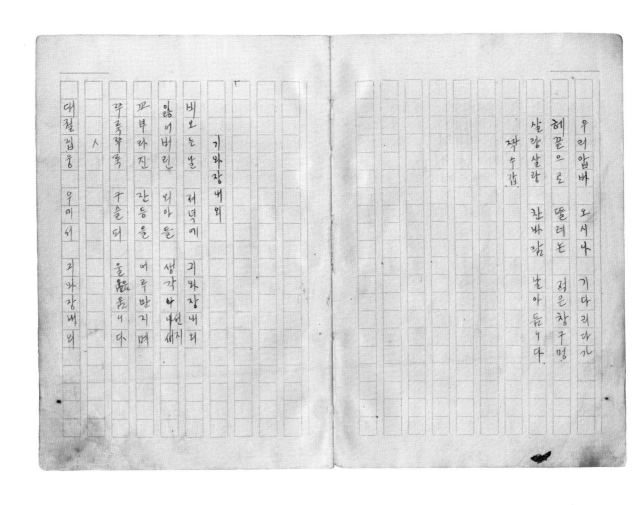

짝수갑.

우리 압빠 오시나 기다리다가
헤끝으로 뚤려논 적은 창구멍
살랑살랑 찬바람 날아듬니다.

기와장내외

비오는날 져녁에 긔와장내외
잃어버린 외아들 생각나선지
꼬부라진 잔등을 어루만지며
쭈룩쭈룩 구슬피 울음움니다
×
대월집웅 우에서 긔와장내외

아름답든 넷날이 그리워선지
주름잡힌 얼골을 어루만지며
물끄럼이 하늘만 처다봅니다.

(詩(시)) 비둘기

안아보고싶게 귀여운
산비둘기 닐곱마리
하늘끝까지보일듯이 맑은
벼를거두어 뺀々한눈에서
앞을다투어 요를주으며
어려운 니약이를 주고받으오.

날신한 두나래로 조용한 공긔를흔들어
두마리가나오,
집에 색긔생각이나는몽양이오,

二月、十日、

離別(이별).

눈이오다、 물이되는날.
재人빛하늘에 또뿌연내、 그리고
크다른 棧関車(기관차)는배─액─울며、
쪽그만、 가슴은、 울렁거린다.

×

리별이 너무재 빠르다、 안람갑게도、
사랑하는 사람을、
일터에서 만나자 하고 ──
더운손의 맛과、 구슬눈물이 마르기전
기차는 꼬리를 산굽으로 돌렷다.

一九三六年三月二十日 永鉉君(영현군)을 ──

食券(식권)、

식권은 하로세끼를준다、
×
식모는 젊은아히들에게.
한때 힌그릇셋을준다
×
大同江(대동강) 물로 끄린국、
平安道(평안도) 쌀로지은밥、
朝鮮(조선)의 매운고추장、
×
식권은 우리배를 부르게.

一九三六、三月二十日、

牡丹峯(모란봉)에서

앙당한 솔나무가지에、

훈훈한 바람의 날개가 스치고,
얼음석긴 大同江(대동강)물에,
한나절 햇발이 미끄러지다,

허무러진 城(성)터에서
철모르는 女兒(여아)들이
저도모를 異말(이국)말로,
재질대며 뜀을뛰고.

난데없는 自動車(자동차)가 밉다,

一九三六、三月、二十四日、

黄昏(황혼)

햇살은 미다지틈으로
길쭉한 一字(일자)를쓰고……지우고
까무기떼 집웅우으로
둘、둘、셋、작고날아지난다、
쑥々——꿈틀꿈틀를 북쪽하늘로、

내사······
북쪽하늘에 나래를펴고싶다、

가슴、1.

소리없는 大皷(대고)
담담하면 주먹으로、
뚜다려보앗으나

그래봐도
후—
가—는 한숨보다 몯하오、

가슴 2、

우슴웃는 힌달생각이 도망가오、
숲에쌔워 공포에떨고、
늦은가을 스르램이

一九三六 三 二五、

종달새

종달새는 일은봄날
즐드즌 거리의 뒷골목이

숨더라.
명랑한 봄하늘,
가벼운 두나래를펴서
요염한 봄노래가,
좋더라,
그러나,
오날도 구멍뚫린 구두를끌고,
훌렁훌렁 뒷거리길로
고기색기같은나는 헤매나니,
나래와노래가 없음인가,
가슴이 담담하구나,

一九三六 三月, 平, 想,

山上(산상),

거리가 바둑판처럼보이고,
江(강)물이 배암의색기처럼 기는.
山(산)우에까지 왔다.
아직쯤은 사람들이.
바둑돌 처럼 벌여있으리라.
　　×
한나절의 태양이
함석집웅에만 빛이고.

금벙이 거름을하든 기차가,
停車場(정거장)에 섯다가, 검은내를맡(토)하고,
또 거름발을 탄다.
×
렌트같은 하늘이 문허저
이거리를덮을가 궁금하면서,
좀더 놉은곤으로 올나가고싶다.

一九三六, 五月日.

거리에서.

달밤의 거리
狂風(광풍)이 휘날리는
北國(북국)의 거리
都市(도시)의 眞珠(진주)
電燈(전등)밑을 헤엄치는
쪽으만人魚(인어) 나.
×
달과던등에 빛어
한몸에 둘셋의 그림자,
커젓다 적어젓다.
×
게롬의 거리

空想(공상)、

灰色(회색)빛 밤거리를.
것고있는 이마음、
旋風(선풍)이 닐고 있네.
웨로우면서도.
한갈피 두갈피.
피여나는 마음의 그림자.
푸른 空想(공상)이
놉아 젓다 나자젓다。

一九三五、一、十八、

空想(공상)、

空想(공상)——
내 마음의 塔(탑)
나는 말없이 이 塔(탑)을쌓고있다、
名譽(명예)와 虛榮(허영)의 天空(천공)에다
문허질줄도 몰으고、
한층두층 놉이 쌋는다

×

無限(무한)한 나의 空想(공상)——
그것은 내마음의 바다、
나는 두팔을 펼처서、

나의 바다에서
自由(자유)로히 헤염친다.
黃金(황금)、 知慾(지욕)의 水平線(수평선)을 向(향)하여。

이런날.

사이좋은 正門(정문)의 두돌긔둥끝에서
五色旗(오색기)와、 太陽旗(태양기)가 춤을추는날、
금(線)을끊은 地域(지역)의 아이들이 즐거워하다、
×
아이들에게 하로의 乾燥(건조)한 學課(학과)로、
해ㅅ말간 勸怠(권태)가 기뜰고、
「矛盾(모순)」두자를 理解(이해)치 못하도록
머리가 單純(단순)하였구나、
×
이런날에는
잃어버린 頑固(완고)하던兄(형)을、
부르고싶다.

一九三六、六月十日.

午後(오후)의 球場(구장)

늦은봄기다리든土曜日(토요일)날.
午後(오후)세時半(시반)의 京城行列車(경성행열차)는、
石炭煙氣(석탄연기)를자욱이 뿜기고,

소리치고 지나가고
×
한몸을 꿈을기에 强(강)하든,
공(뿔)이 磁力(자력)을잃고
한목음의 물을
불붓는몸을.
축이기에 넉넉하다、

젊은가슴의 피循環(순환)이 잣고、
두 鐵脚(철각)이 늘어진다.
×
검은汽車煙氣(기차연기)와함께.
풀은山(산)이
아지랑저쪽으로
까라안는다、

陽地(양지)쪽、
저쪽으로 黃土(황토)실은 봄바람이
커—브를 돌아피하고
아롱진 손길의 四月太陽(사월태양)이
좀먹어시드른 가슴을만진다、
×
異域(이역)인줄 모르는 小学生(소학생)애둘이
地圖(지도)째기 노름에.

一九三六、五月、

山林(산림)、

잔득까라앉은 房(방)에
자—욱이 不安(불안)이 깃들고
時計(시계)가 자근자근 가슴을땅려
山林(산림)으로 쫓는다.

幽暗(유암)한 山林(산림)이
고단한한몸을抱擁(포옹)할
因緣(인연)을 가젓다.

山林(산림)의 波動(파동)우으로 불어
어둠이 어린가슴을짓밟고
넢아리를 흔드는 저녁바람이
쇠——恐佈(공포)에 떨게하고
멀리 첫여름의 개고리 소리에
그림은過去(과거)의 斷片(단편)이아질다.

一九三六봄想(상)、 6、26.

아서라! 열분 平和(평화)가 깨여질가 근심스럽다、

한쯤의 손가락이
쯤음을 限(한)함이여·

나무틈으로 반짝이는 별만이
새世紀(세기)의 希望(희망)으로 나를이끈다.

一九三六、六、二十六日

가슴 3.

불꺼진 화독을
안고도는 겨울밤은 깊었다·

재(灰)만남은 가슴이
문풍지 소리에 떤다.

一九三六、7、24、

"꿈은깨여지고",

꿈은눈을 떳다、
그윽한 幽霧(유무)에서。

노래하든 종달이、
도망처 나라나고。

지난날 봄라령하든
금잔듸 밭은아니다。

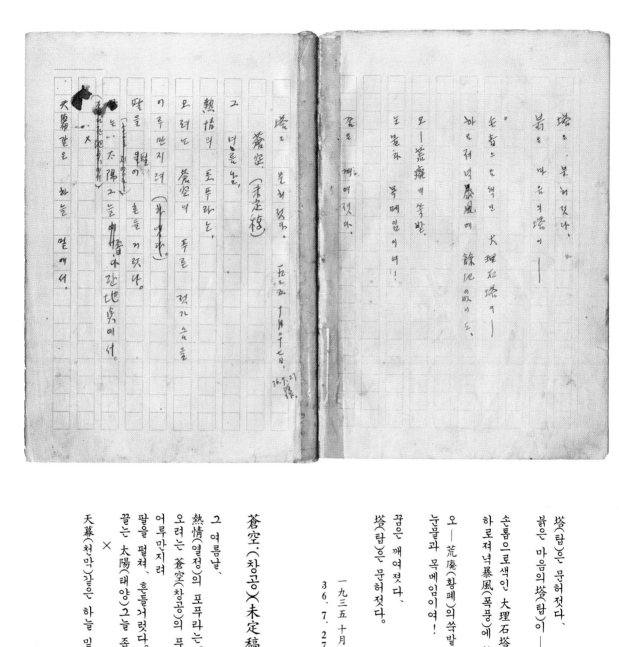

塔(탑)은 무허 젓다,
붉은 마음의 塔(탑)이 —

손톱으로색인 大理石塔(대리석탑)이—
하로저녁暴風(폭풍)에 餘地(여지)없이도,

오— 荒廢(황폐)의 쑥밭.
눈물과 목메임이여!

꿈은 깨여젓다.
塔(탑)은 무허젓다.

一九三五 十月二十七日、
36.7.27 改作.

蒼空(창공)X未定稿(미정고)

그 여름날、
熱情(열정)의 포푸라는、
오려는 蒼空(창공)의 푸른 젓가슴을
어루만지려
팔을 펼쳐、흔들거럿다.
끌는 太陽(태양)그늘 좁다란 地点(지점)에서.
X
天幕(천막)같은 하늘 밑에서、

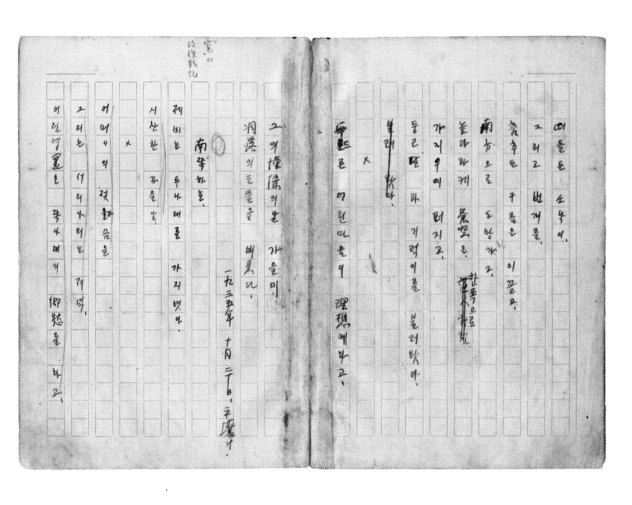

떠들든 소낙이,
그리고 번개를.
춤추든 구름은 이끌고、
南方(남방)으로 도망하고、
높다라케 蒼空(창공)은、 한폭으로
가지우에 퍼지고
×
둥근달 과 기럭이를 불러왓다、
푸드른 어린마음이 理想(이상)에 타고、
그의 憧憬(동경)의 날 가을에
洞落(조락)의 눈물을 비웃다、

一九三五年 十月二十日、 平壤(평양)서、

南(남)쪽하늘、
제비는 두나래를 가지엇다·
시산한 가을날·
×
어머니의 젖가슴을
그리는 서리나리는 저녁、
어린영(靈)은 쪽나래의 鄕愁(향수)를 타고、

南(남)쪽하늘에 떠돌뿐——

一九三五、十月、平(평)에서、

빨래

빨래줄에 두다리를 느리고
힌빨내가 귓속니약이하는 午後(오후)、
짱々한 七月(칠월)해 人발은 고요히도·
아담한 빨내에만 빛인다(달린다)

——一九三六——

童詩(동시) 비人자루

요—리 조리 베면 저고리 되고、
이—러케 베면 큰총되지.
누나하구 나하구
가위로 좋이 쏠앗더니、
어머니가 비人자루 들고
누나하나 나하나
엉덩이를 따렷소
방바닥이 어지럽다고——

아니 아니
고놈이 비人자루가
방바닥 쓸기 슳으니

그래ㅅ지 그래ㅅ서、
괘씸하여 벽장속에 감췄더니
이튼날아츰、
비ㅅ자루가 잃어젓다고.
어머니가 야단이 지요.

　　　　　一九三六、九、九、

해ㅅ비.

앗씨처럼 나린다
보슬보슬 해ㅅ비
맞아 주자、다가치
옥수수대 처럼 크게
닷자엿자 자라게
해ㅅ님이 웃는다、
나 보고 웃는다.

하날다리 놓였다、
알롱달롱 무지개
노래 하자、즐겁게
동모들아 이리 오나、
다갗이 춤을추자、
해ㅅ님이 웃는다、
즐거워 웃는다.

　　　　　一九三六、九、九、

童詩(동시)、비행긔、

머리에 푸로페라가、
연자깐 풍채보다
더— 빨리돈다。

(註(주)연자깐＝石磨(석마)깐、

×

따에서 오를때보다
하늘에 놉히떠서는
빠르지 못하다

숨결이 찬모양이야。

×

비행긔는—
새처럼 나래를
펄럭거리지 못한다
그리고、늘、—
소리를 지른다。
숨이 찬가바。

一九三六 十月 初、

"닭"

한간 雞舍(계사) 그넘어는 蒼空(창공)이 깃들어
自由(자유)의 鄕土(향토)를 낮우(忘)닭들이
시들은 生活(생활)을 주잘대고、
生産(생산)의 苦勞(고로)를 부르지젓다。

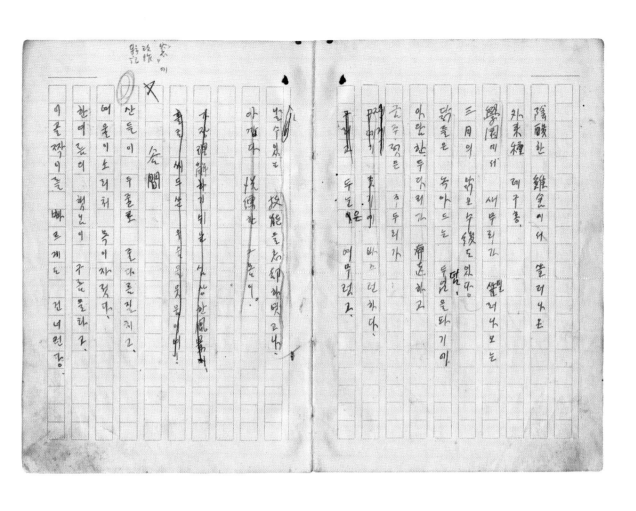

陰酸(음산)한 雞舍(계사)에서 쏠려나온
外來種(외래종) 레구홍、
學園(학원)에서 새무리가 밀러나오는
三月(삼월)의 맑은午後(오후)도있다.
닭들은 녹아드는 두엄을파기에
아담한두다리가 奔走(분주)하고
굼주렷든 주두리가
두눈은 여무럿고、
날수있는 技能(기능)을忘却(망각)하엿고나、
아깝다 洗練(세련)한 그몸이.

谷間(곡간)

산들이 두줄로 줄다름질치고、
여울이 소리처 목이자젓다、
한여름의 햇님이 구름을타고、
이골짝이를 빠르게도 건너런다.

산등아리에 송아지뿔처럼,
울뚝불뚝히 어린바위가
얼룩소의 보드러운털이
이 산등서리에 퍼러케자랏다.

× ×

三年(삼년)만에 故鄕(고향)찾이 드는,
산꼴나그네의 발거름이
타박타박 땅을고눈다.
벌거승이 두루미 다리 같이!

× ×

헌신짝이 집행이끝에
목아지를 달아매여 늘어지고,
까치가 색기의 날발을태우려
푸르룩 저산에 날뿐, 고요하다.

× ×

갓쓴양반 당나구타고, 모른척지나고,
이땅에두멸든,
말탄섬나라 사람이,
길을뭇고지남이 異常(이상)한일이다.

다시, 곧작 은고요하다 나그내의마음보다.

구즌비 나리는 가을밤
벌거숭이 그대로
잠자리에서 뛰여나와,
마루에 쭈구리고서서,
아이— ㄴ양 하고
쇠— 오좀을쏘다.

一九三六. 十月二十三日밤.

童詩(동시) 굴뚝,

산골작이 오막사리 나즌굴뚝엔
몽긔몽긔 웨인내굴 대낮에 솟나,

×

감자를 굽는게지. 총각애들이
깜박깜박 검은눈이 몰여앉어서,
입술이 꺼머케 숯을바르고,

×

넷 이야기 한커리에 감자하나식,
산골작이 오막사리 나즌굴뚝엔,
살낭살낭 솟아나네 감자굽는내。

一九三六 가을.

무얼먹구사나,

바닷가 사람,

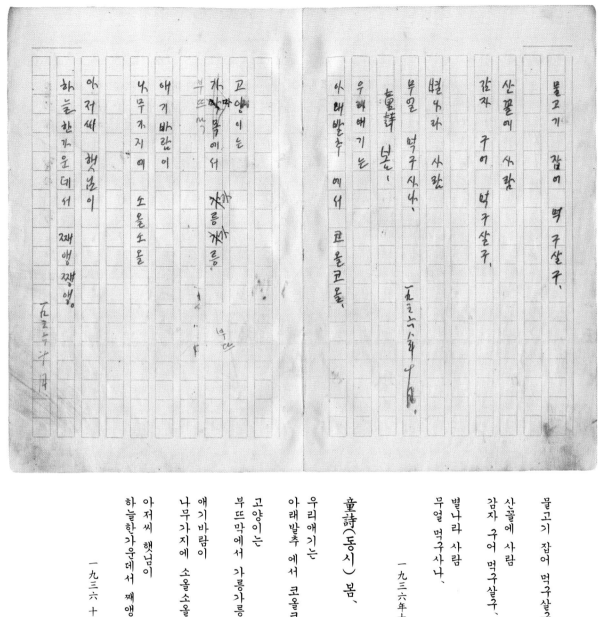

물고기 잡어 먹구살구、
산꼴에 사람
감자 구어 먹구살구、
별나라 사람
무얼 먹구사나、

　　　　　　一九三六年十月、

童詩(동시) 봄、
우리애기는
아래발추 에서 코올코올、
고양이는
부뜨막에서 가릉가릉
애기바람이
나무가지에 소올소올
아저씨 햇님이
하늘한가운데서 째앵쨍앵。

　　　　　　一九三六 十月.

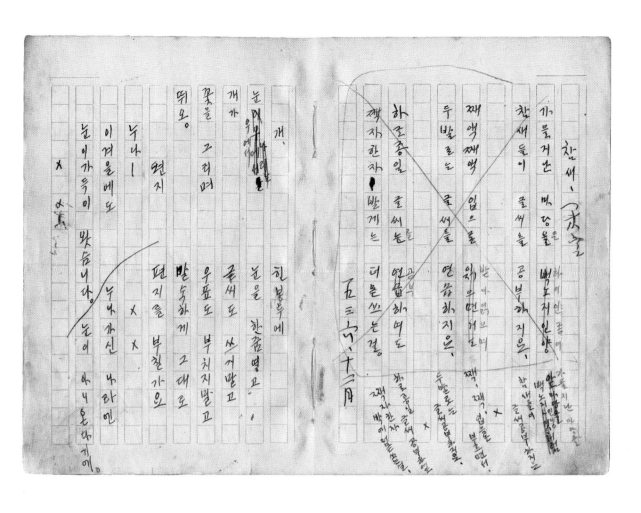

참새、(未定(미정))

가을지난 마당을
백노지인양
참새들이
글씨공부하지요

짹、
짹、
입으론
×
부르면서、

두발로는
글씨공부하지요、
×
하로종일
글씨공부하여도
짹자한자
박에더몬 쓰는걸、

개、
개가
꽃을 그리며
뛰오.

눈 우에서
×
×

편지
누나!
이겨울에도
눈이가득이 왓슴니다.

한봉투에
눈을 한줌넣고
글씨도 쓰지말고
우표도 부치지말고
말쑥하게 그대로
편지를 부칠가요
×
×
누나가신 나라엔
눈이 아니온다기에.

버선본

어머니!
누나 쓰다버린 습자지는
두었다간 뭣에 쓰나요?

그런줄 몰랏더니
습자지에다 내 보선놓고
가위로 오려,
버선본 만드는걸.
×   ×

어머니!
내가 쓰다버린 몽당연필은
두었다간 뭣에 쓰나요

그런줄 몰랏더니
천우에다 버선본놓고
침발려 점을찍곤
내보선 만드는걸.

一九三六、十二月初(초)

눈

지난밤에
눈이 소—복이 왓네

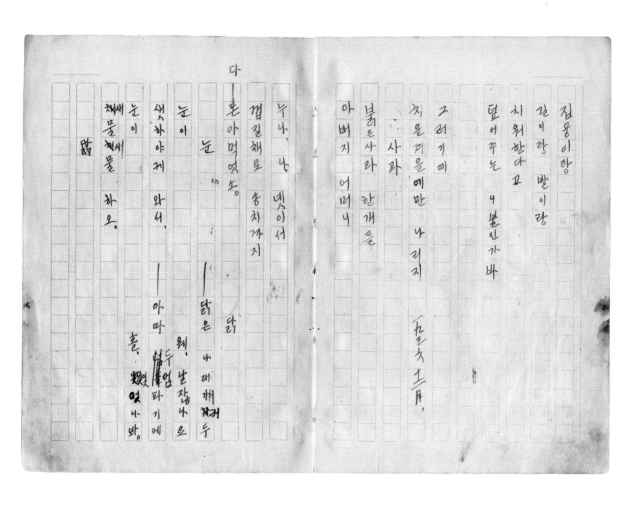

사과

붉은사과 한개를
아버지 어머니
누나, 나, 넷이서
껍질채로 송치까지
다—논아먹엇소.

一九三六 十二月、

집웅이랑
길이랑 밭이랑
치워한다고
덮어주는 니불인가바

그러기에
치운겨을에만 나리지

눈

눈이
샛하야케 와서、
눈이
새물새물 하오.

닭

—닭은 나래가커두
웨、 날잖나요
—아마 두엄파기에
홀、 잇엇나봐。

아츰

휙、휙、휙、 소꼬리가 부드러운 채ㅅ직
질로 어둠을 쫓아、
참、참、참、 어둠이 깁다깁다 밝으오。

이제 이동리의 아츰이、
풀살오른 소엉덩이처럼 기름지오
이동리 콩죽먹는 사람들이、
땀물을 뿌려 이여름을 자래웟소。

늬、늬、 풀닙마다 땀방울이 맺엇소。
여보! 여보! 이 모—든것을 아오。

이아츰을
深呼吸(심호흡)하오 또하오。

（一九三六）

겨을

난간 밑에
시러지 다람이
바삭 바삭
춤소。

길 바닥에
말뚱 동그램이
달랑 달랑
어오。

一九三六年겨을、

호주머니

넣을것없어서,
걱정이든,
후주머니는,

겨울만 되면
주먹두개 갑북 갑북.

黃昏(황혼)

하로도 검푸른 물결에
흐느적 잠기고 잠기고……

저— 웬 검은고기떼가
물든바다를 날아 橫斷(횡단)할고,

임아리 잃은 海草(해초)마다 슬으기도 하오

西窓(서창)에 걸린 해말간 風景画(풍경화)
옷고름 너어는 젊은나 그네의 (孤兒(고아)의) 시름.

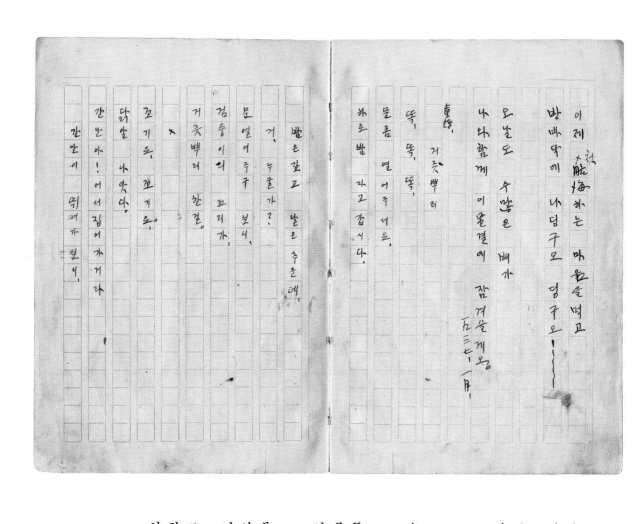

童詩(동시)、거즛뿌리

뚝、뚝、뚝、
문좀 열어주서요。
하로밤 자고 갑시다。
밤은 깊고 날은 추운데、
거、누굴가?
문열어주구 보니、
검둥이의 꼬리가、
거즛뿌리 한걸。
×
꼬기요、꼬기요、
닭알 나앗다。
간난아! 어서집어가거라
간난이 뛰여가 보니、

이제 첫 航海(항해)하는 마음을먹고
방바닥에 나딩구오 딩구오……
오늘도 수많은 배가
나와함께 이물결에 잠겨슬게오。

오늘도 수많은 배가
나와함께 이물결에 잠겨슬게오。

一九三七、一月、

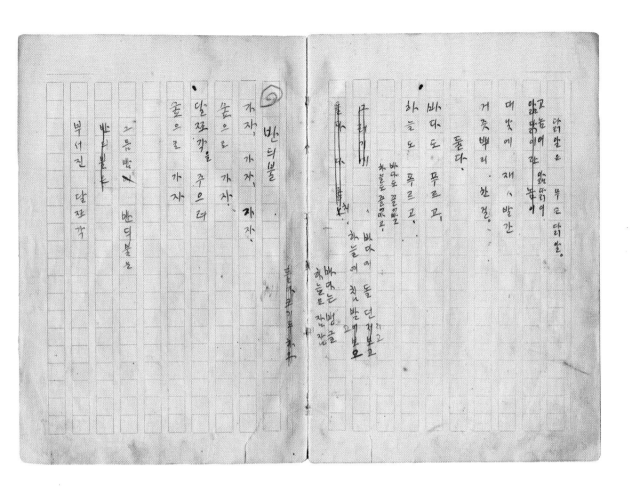

닭알은 무슨닭알.

고놈이 앎닭이

대낮에 재ㅅ발간

거즛뿌리 한걸.

둘다.

바다도 푸르고,
하늘도 푸르고,

바다도 끝없고
하늘도 끝없고,

바다에 돌 던지고
하늘에 침 뱉고

바다는 벙글
하늘은 잠잠

반듸불

가자、가자、가자、
숲으로 가자.
달쪼각을 주으려
숲으로 가자

그믐밤 반듸불은
부서진 달쪼각

가자、가자、가자、
숲으로 가자、
달쪼각을 주흐려
숲으로 가자、

까ㅡㅁ엉간밤。

아ㅡ。앙 외마디 울음울고、

당나귀

우ㅡ아 애기 소스라처깨고

등잔에 불을다오。

밤、

오양간 당나귀
아ㅡ。앙 외마디 울음울고、
당나귀 소리에
으ㅡ아 애기 소스라처깨고
등잔에 불을다오。

아바지는 당나귀에게
짐을 한키 담아주고
어머니는 애기에게
젖을 한목음 먹이고、
밤은 다시 고요히 잠드오。

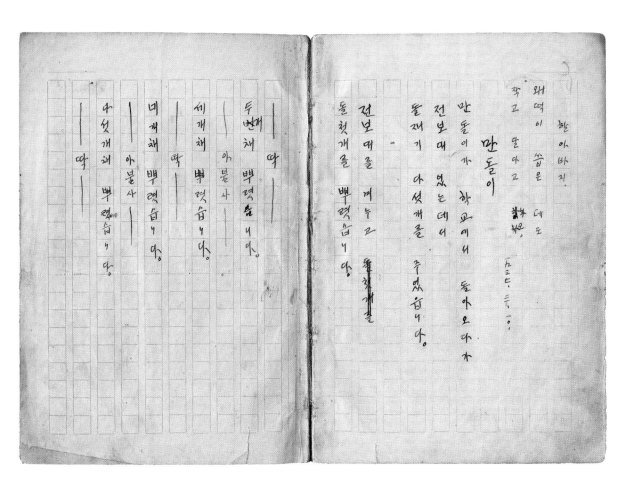

할아버지、

왜떡이 쓴은 데도
작고 달다고 하오。

　　　　　　一九三七、三、一〇、

만돌이

만돌이가 학교에서 돌아오다가
전보대 있는데서
돌재기 다섯개를 주었읍니다。

전보대를 겨누고
돌첫개를 뿌렷습니다。
　━딱━
두개채 뿌렷습니다。
　━아불사━
세개채 뿌렷습니다。
　━딱━
네개채 뿌렷습니다。
　━아불사━
다섯개채 뿌렷습니다。
　━딱━

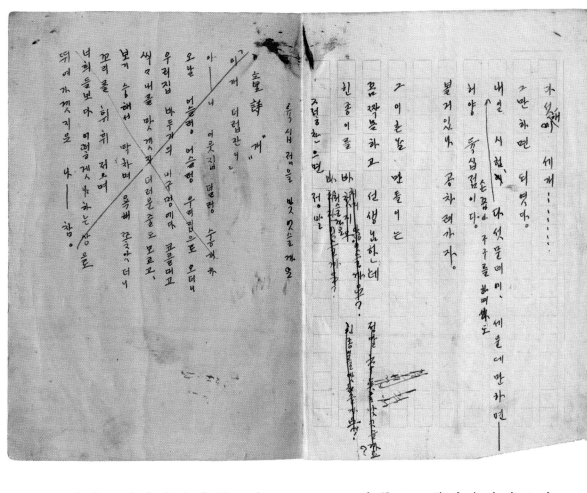

다섯개에 세개……
그만하면 되엿다.
내일 시험,
다섯문제에, 세문데만하면ㅡ
손꼼아 구구를 하여봐도
허양 륙십점이다.
볼거있나 공차러가자.

그이튼날 만들이는
꼼짝못하고 선생님한테
힌종이를 바처 슬까요.
그렁찬으면 정말
륙십점을 맞엇슬까요

童詩(동시) ”개 “

「이개 더럽잔니」
아ㅡ니 이웃집 덜렁 슬개가
오날 어슬렁 어슬렁 우리집으로 오더니
우리집 바두기의 미구멍에다 코를대고
씩々 내를 맛겟지 더러운줄도 모르고,
보기 승해서 막차며 욕해 쫒앗더니
꼬리를 휘휘 저으며
너히들보다 어떻겟냐하는 상으로
뛰여가겟지요 나ㅡ참.

나무、

나무가 춤을추면
바람이 불고、
나무가 잠잠하면
바람도자오、

窓

窓(창)

나의 詩集(시집) □□

두번째 원고노트 표지임.

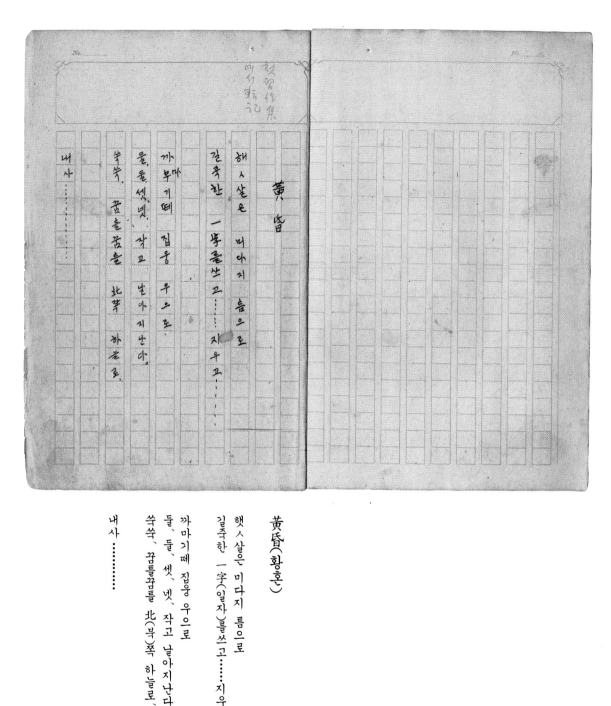

黃昏(황혼)

햇ㅅ살은 미다지 틈으로
길죽한 一字(일자)를쓰고……지우고……

까마기떼 집웅 우으로
둘, 둘, 셋, 넷, 작고 날아지난다.

쑥쑥, 꿈틀꿈틀 北(북)쪽 하늘로,

내사……

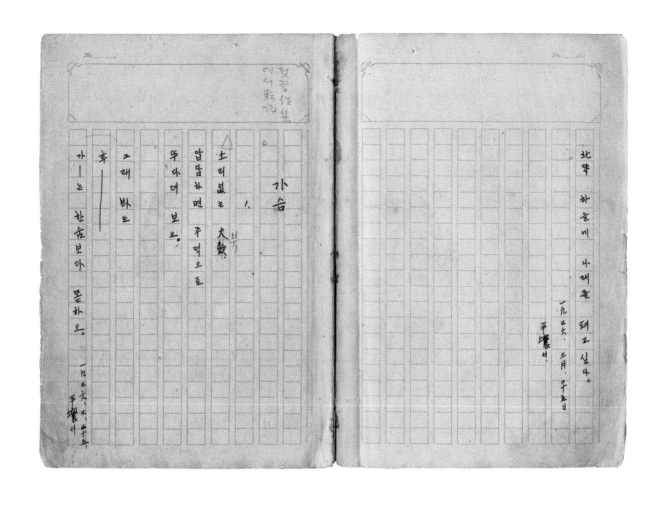

北(북)쪽 하늘에 나래를 펴고싶다.

一九三六・三月・二十五日

平壤(평양)서、

가슴

1、

소리없는 북
담담하면 주먹으로
뚜다려 보오。

그래 봐도
후—
가—는 한숨보다 몯하오。

一九三六、三、二十五、

平壤(평양)서、

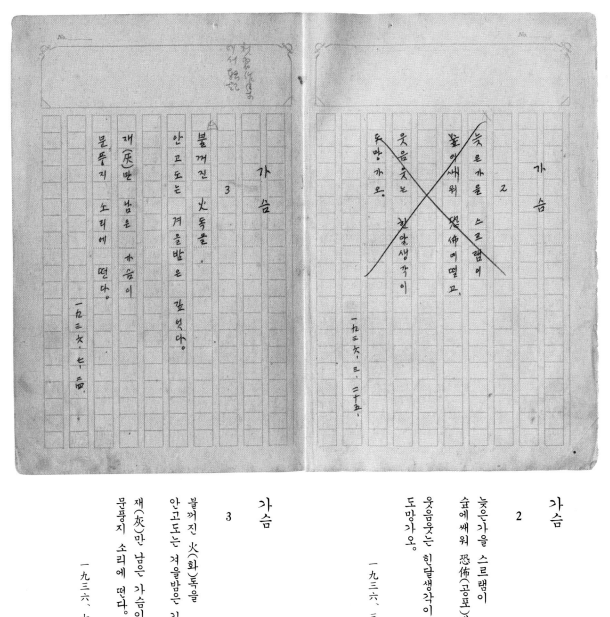

가슴
2

늦은가을 스르램이
숲에 쌔워 恐怖(공포)에 떨고、

웃음웃는 흰달생각이
도망가오.

一九三六、三、二十五、

가슴
3

불꺼진 火(화)독을
안고도는 겨을밤은 깁엇다。

재(灰)만 남은 가슴이
문풍지 소리에 떤다。

一九三六、七、二四、

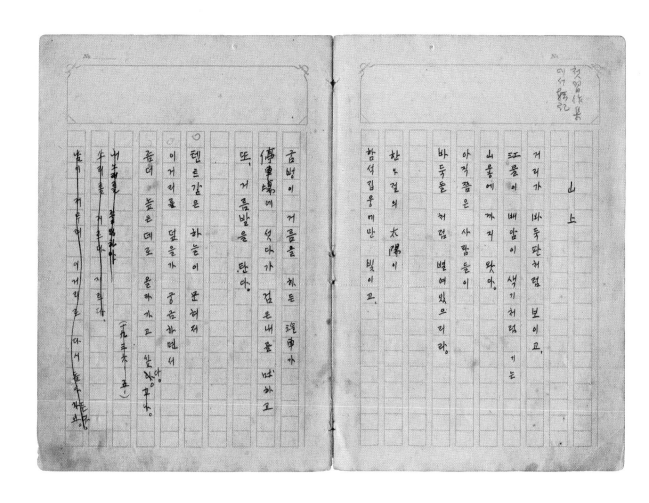

山上(산상)

거리가 바둑판처럼 보이고、
江(강)물이 배암이 색기처럼 기는
山(산)우에 까지 왓다。
아직쯤은 사람들이
바둑돌 처럼 별여있으리라。

한나절의 太陽(태양)이
함석집웅에만 빛이고、
금병이 거름을 하든 汽車(기차)가
停車場(정거장)에 섯다가 검은내를 맡(토)하고
또、거름밭을 탄다。

텐트같은 하늘이 문허저
이거리를 덥을가 궁금하면서
좀더 높은데로 올라가고 싶다。

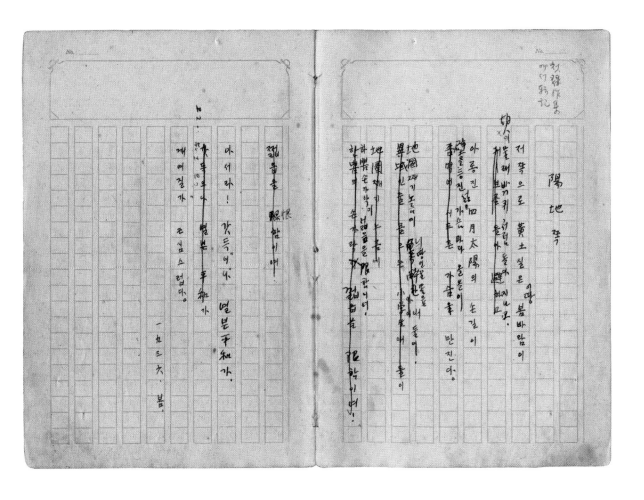

陽地（양지）쪽

저쪽으로 黃土（황토）실은 이땅 봄바람이
胡人（호인）의 물레바퀴 처럼 돌아 지나고,
아롱진 四月太陽（사월태양）의 순길이
壁（벽）을둥진 설은 가슴 마다 울을이 만진다.

地圖（지도）째기 노름에 뇌땅인줄몰으는 애 들이,
하뿜손가락이 젊음을 限（한）함이여,

아서라! 갓득이나 열븐平和（평화）가,
깨여질가 근심스럽다.

一九三六、봄、

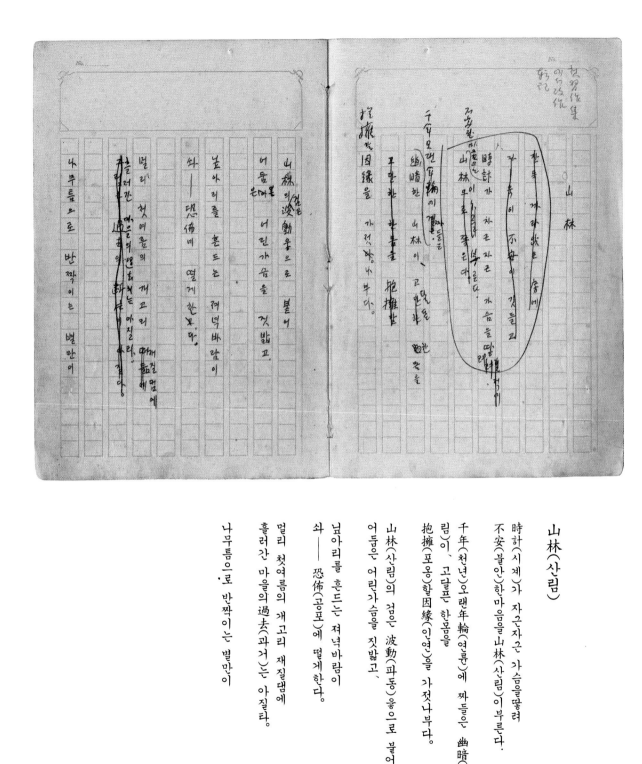

山林(산림)

時計(시계)가 자근자근 가슴을땅려
不安(불안)한마음을山林(산림)이부른다.

千年(천년)오랜年輪(연륜)에 짜들은 幽暗(유암)한 山林(산림)이、 고달픈 한몸을
抱擁(포옹)할因緣(인연)을 가젓나부다.

山林(산림)의 검은 波動(파동)웋으로 불어
어둠은 어린가슴을 짓밟고,

닢아리를 흔드는 져녁바람이
쇠——恐佈(공포)에 떨게한다.

멀리 첫여름의 개고리 재질댐에
흘러간 마을의 過去(과거)는 아질타.

나무틈으로 반짝이는 별만이

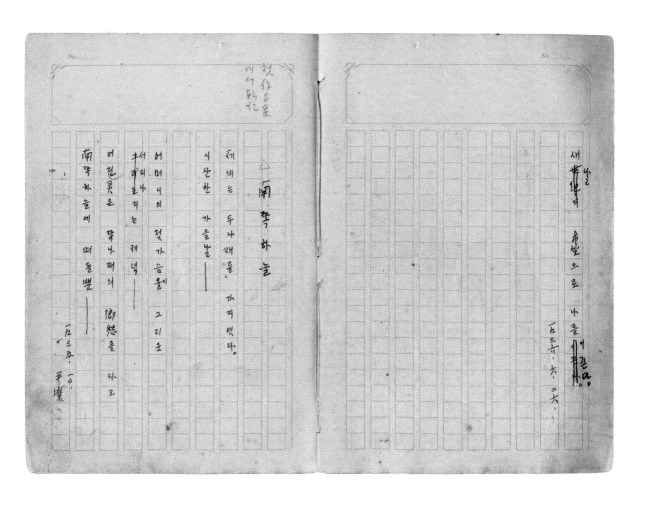

새날의 希望(희망)으로 나를이 끈다.

一九三六、六、二六、

南(남)쪽하늘

제비는 두나래를 가지엿다.
시산한 가을날—

어머니의 젖가슴이 그리운
서리나리는 져녁—
어린혼은 쪽나래의 鄕愁(향수)를 타고
南(남)쪽하늘에 떠돌뿐—

一九三五、一〇、
平壤(평양)에서

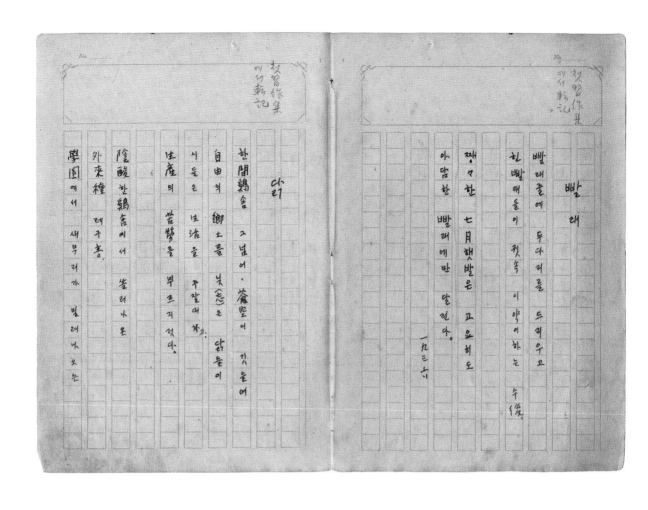

빨래

빨래줄에 두다리를 드리우고
흰빨래들이 귓속 이약이하는 午後(오후)、
쨍쨍한 七月(칠월)햇발은 고요히도
아담한 빨래에만 달린다.

一九三六

닭

한間鷄舍(한간계사) 그넘어 蒼空(창공)이 깃들어
自由(자유)의 鄕土(향토)를 닛(忘)은 닭들이
시들은 生活(생활)을 주잘대고,
生産(생산)의 苦勞(고로)를 부르지젓다.

陰酸(음산)한鷄舍(계사)에서 쏠려나온
外來種(외래종) 레구홍、
學園(학원)에서 새무리가 밀려나오는

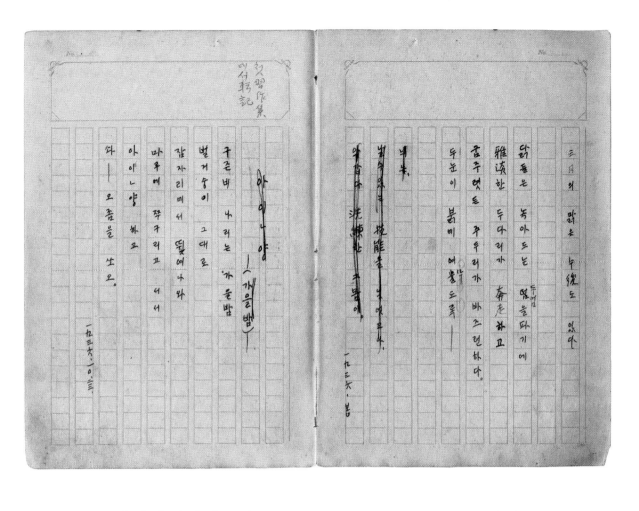

三月(삼월)의 맑은 午後(오후)도 있다

닭들은 녹아드는 두엄을파기에
雅淡(아담)한 두다리가 奔走(분주)하고
굼주렷든 주두리가 바즈런하다.
두눈이 붉에 여무도록ㅡ

一九三六、봄

ㅡ(가을밤)ㅡ

구즌비 나리는 가을밤
벌거숭이 그대로
잠자리에서 뛰여나와
마루에 쭈구리고 서서
아이ㄴ양 하고
쏴ㅡ 오줌을 쏘오.

一九三六、一〇、二三、

谷間(곡간)

산들이 두줄로 줄다름질 치고
여울이 소리처 목이 자젓다.
한여름의 햇님이 구름을 타고
이골작이를 빠르게도 건너련다.

山(산)등아리에 송아지뿔 처럼
울뚝불뚝히 어린바위가 솟구,
얼룩소의 보드러운 털이
山(산)등서리에 퍼―렇게 자랏다.

三年(삼년)만에 故鄕(고향) 찾어 드는
산꼴 나그네의 발거름이
타박타박 땅을 고눈다.
벌거숭이 두루미 다리갈이……

헌 신짝이 집행이 끝에
목아지를 매달아 늘어지고,
까치가 색기의 날발을 태우려 날뿐,
골작은 나그네의 마음처럼 고요하다.

一九三六、 여름.

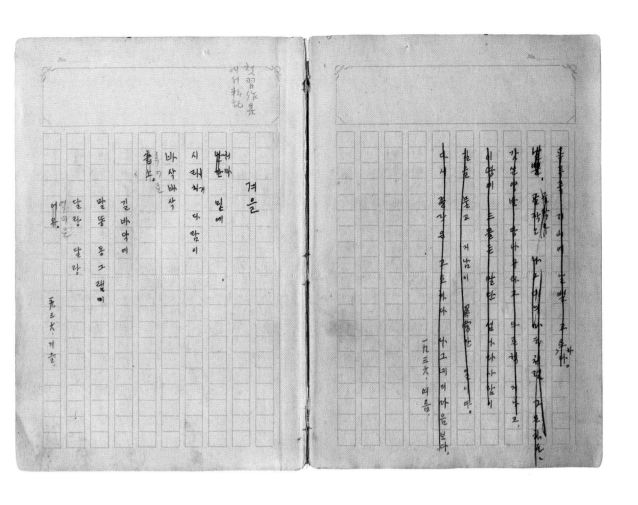

겨울

처마 밑에
시래기 다람이
바삭바삭
추어요.

길바닥에
말똥 동그래미
달랑 달랑
얼어요.

一九三六、겨을、

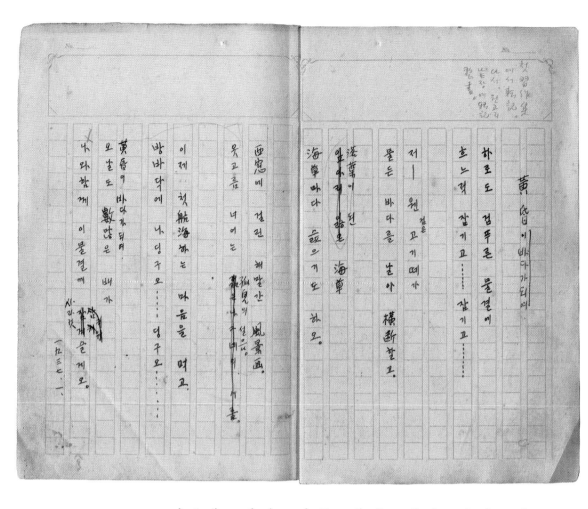

黃昏(황혼)이 바다가 되여、

하로도 검푸른 물결에
흐느적 잠기고……잠기고……

저— 웬 검은 고기떼가
물든 바다를 날아 橫斷(횡단)할고.

落葉(낙엽)이 된 海草(해초)
海草(해초)마다 슬으기도 하오.

西窓(서창)에 걸린 해말간 風景畵(풍경화)。
옷고름 너어는 孤兒(고아)의 설음.

이제 첫 航海(항해)하는 마음을 먹고.
방바닥에 나딩구오……딩구오……

黃昏(황혼)이 바다가 되여
오늘도 數(수)많은 배가
나와함께 이물결에 사라젓슬게오。

一九三七、一、

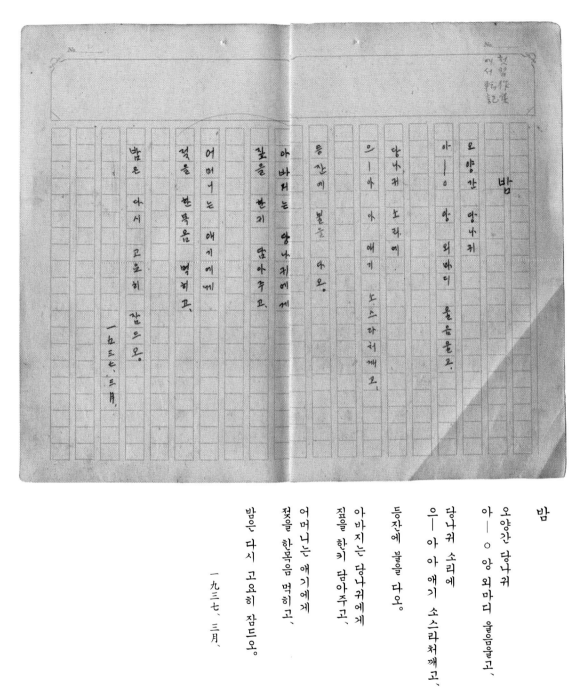

밤

오양간 당나귀
아—ㅇ 앙 외마디 울음울고,

당나귀 소리에
으—아 아 애기 소스라처깨고,

등잔에 불을 다오.

아바지는 당나귀에게
짚을 한키 담아주고,

어머니는 애기에게
젖을 한목음 먹이고,

밤은 다시 고요히 잠드오.

一九三七、三月、

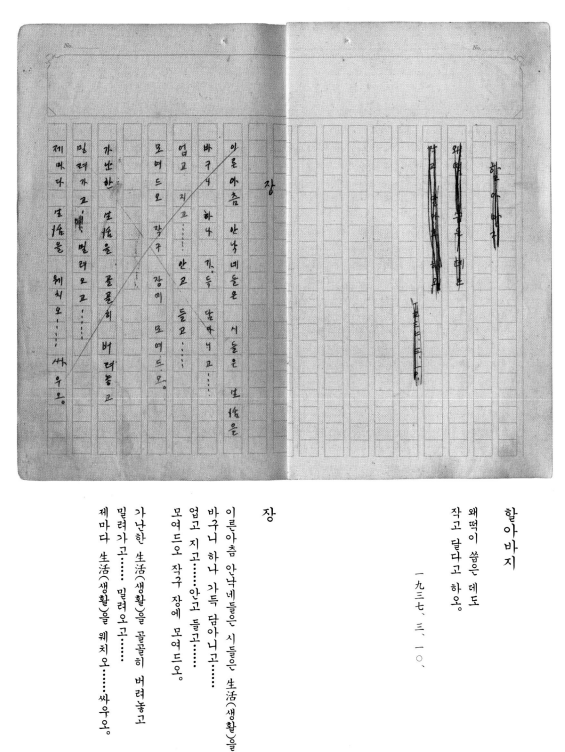

할아버지

왜떡이 쓴은 데도
작고 달다고 하오.

一九三七、三、一〇、

장

이른아츰 안낙네들은 시들은 生活(생활)을
바구니 하나 가득 담아니고……
업고 지고……안고 들고……
모여드오 작구 장에 모여드오。

가난한 生活(생활)을 골골히 버려놓고
밀려가고…… 밀려오고……
제마다 生活(생활)을 웨치오……싸우오。

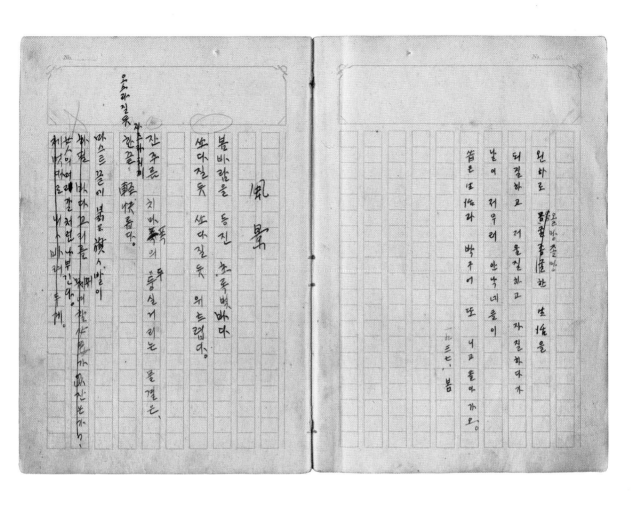

왼하로 올망졸망한 生活(생활)을
되질하고 저울질하고 자질하다가
날이 저무러 안녁네들이
쌈은生活(생활)과 박구어 또 니고돌아가오.

一九三七, 봄

風景(풍경)

봄바람을 등진 초록빛바다
쏘다질듯 쏘다질듯 위트럽다.

잔추름 치마폭의 두둥실거리는 물결은,
오스라질듯 한끝 輕快(경쾌)롭다.

마스트 끝에 붉은 旗(기)ㅅ발이
女人(여인)의 머리갈처럼나부긴다.

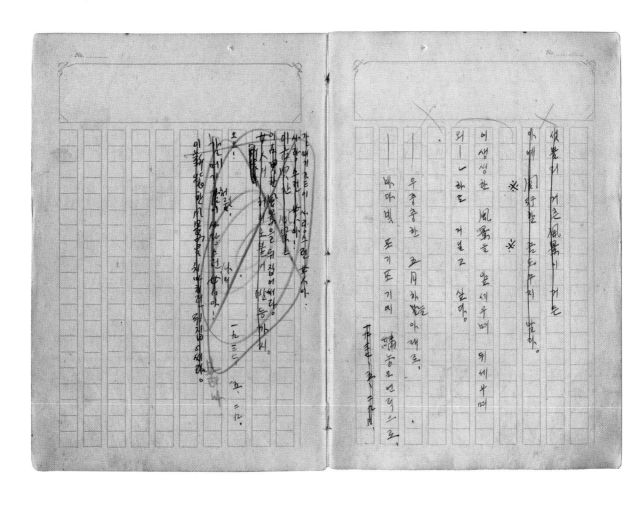

이 생생한 風景(풍경)을 앞세우며 뒤세우며
외—ㄴ하로 거닐고 싶다.

　　　　※
　　※

――우중충한 五月(오월)하늘아래로、
――바다빛 포기포기에 繡(수)놓은언덕으로、

　　　一九三七、五、二九、

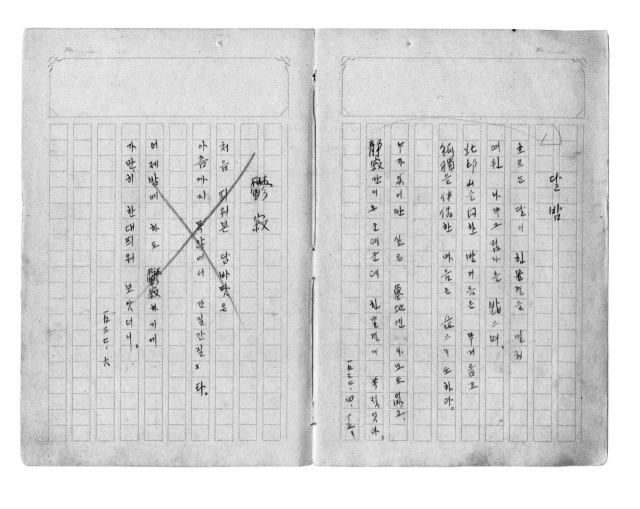

달밤

흐르는 달의 흰물결을 밀처

여윈 나무 그림자를 밟으며,

北邙山(북망산)을 向(향)한 발거름은 무거웁고

狐獨(고독)을 伴侶(반려)한 마음은 슬으기도하다.

누가 있어만 싶든 墓地(묘지)엔 아모도 없었고,

靜寂(정적)만이 군데군데 흰물결에 폭젖엇다.

一九三七、四、十五、

鬱寂(을적)

처음 피워본 담바맛은

아츰까지 목앙에서 간질간질 타.

어제밤에 하도 鬱寂(을적)하기에

가만히 한대피워 보앗더니.

一九三七、六

寒暖計(한난계)

싸늘한 大理石(대리석)기둥에 목아지를 비틀
어맨 寒暖計(한난계),
문득 드려다 볼수있는 運命(운명)한 五尺六寸(오척육촌)
의 허리가는 水銀柱(수은주),
마음은 琉璃管(유리관)보다 맑소이다.

血管(혈관)이 單調(단조)로워 神経質(신경질)인 與論動物
(여론동물),
각금 噴水(분수)같은 冷(냉)촘을 억지로 삼키기에,
精力(정력)을 浪費(낭비)함니다.

零下(영하)로 손구락질할 수돌네 房(방)처럼 침은
겨을보다
해바라기가 滿澆(만발)할 八月校庭(팔월교정)이 理想(리
상)교소
이다.
피끓을 그날이——

어제는 막 소낙비가 퍼붓더니 오늘은
좋은 날세올시다.

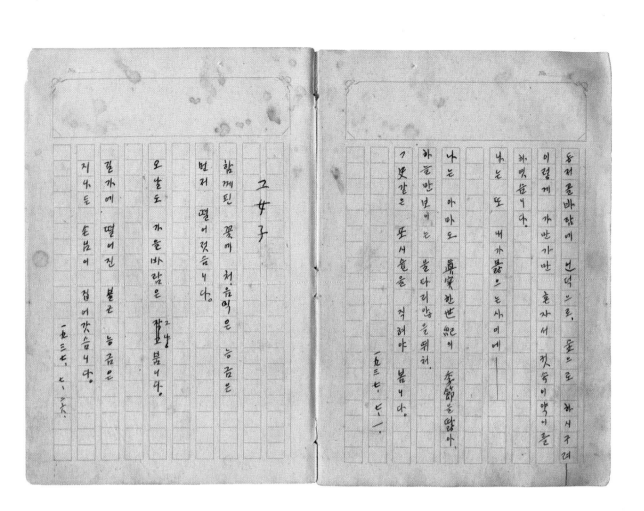

동저골바람에 언덕으로, 숩으로 하시구려―
이렇게 가만가만 혼자서 귓속이약이를
하엿슴니다.
나는 또 내가 몰으는사이에 ―

나는 아마도 眞実(진실)한世紀(세기)의 季節(계절)을 딿아、
하늘만보이는 울타리않을뛰처、
厂史(역사)같은 포시순을 직혀야 봄니다.

　　　　一九三七、七、一、

그 女子(여자)

함께 핀 꽃에 처음익은 능금은
먼저 떨어젓슴니다.

오늘도 가을바람은 그냥봅니다.

길가에 떨어진 불근 능금은
지나든 손님이 집어 갓슴니다.

　　　　一九三七、七、二六、

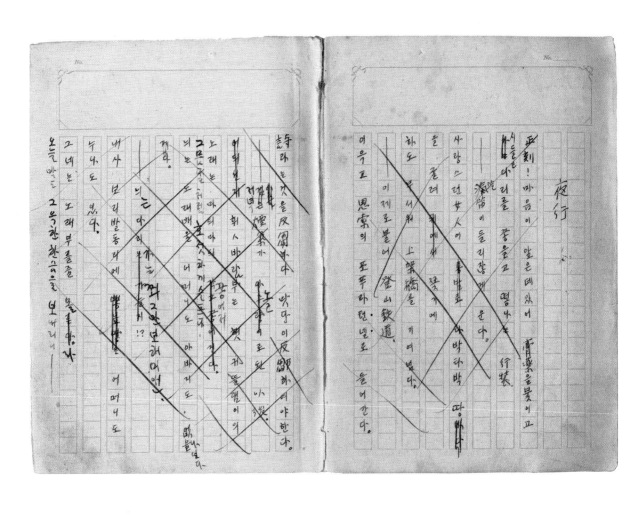

夜行(야행)

正刻(정각)—! 마음이 앞은데있어 靑藥(고약)을붙이고
시들은 다리를 꿀을고 떻나는 行裝(행장),
—汽笛(기적)이들리잡게 운다.
사랑스런女人(여인)이 타박타박 땅
을 굴려 쫓기에
하도 무서워 上架橋(상가교)를 기여넘다.
—이제로붙어 登山鉄道(등산철도),
이윽고 思索(사색)의 포푸라턴넬로 들어간다.
詩(시)라는것을反芻(반추)하다 맛당이反鄒(반추)하여야한
다.
—저녁煙氣(연기)가 놀로된 以後(이후).
휘ㅅ바람부는 햇 귀뜰램이의
노래는 마듸마듸 끊어저
그믐달 처럼 호젓하게슬프다,
늬는 노래배을 어머니도 아바지도 없나 보다
—늬는 다리가는 쬐그만보해미앤,
내사 보리밭동리에 어머니도
누나도 있다.
그네는 노래부를줄 몰라
오늘밤도 그윽한 한숨으로 보내리니 ——

一九三七、七、二六、

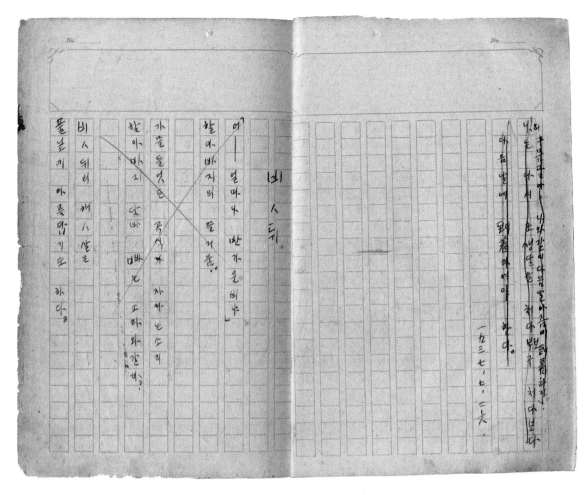

비스뒤

「어— 얼마나 반가운비냐」
할아바지의 즐거움.

가믈들엇든 곡식 자라는 소리
할아바지 담바 빠는 소리와같다.

비스뒤의 해스살은
풀닙에 아름답기도 하다.

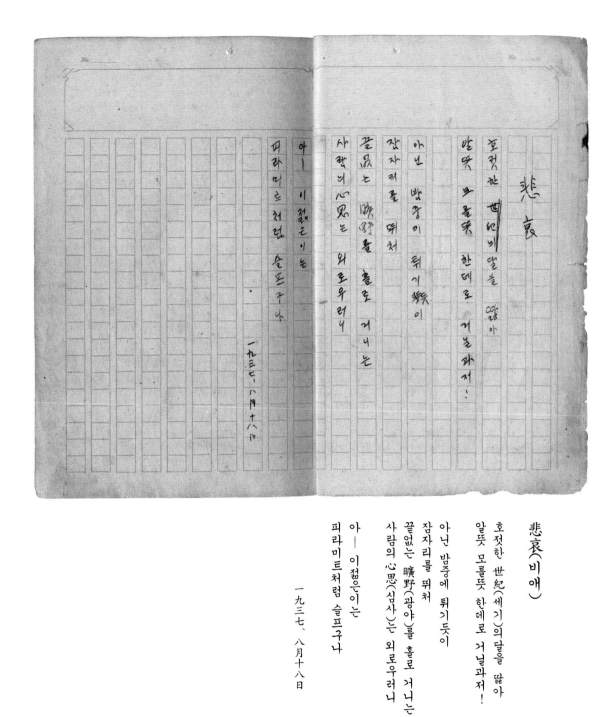

悲哀(비애)

호젓한 世紀(세기)의 달을 딿아
알뜻 모를뜻 한데로 거닐과저!

아닌 밤중에 튀기듯이
잠자리를 뛰처
끝없는 曠野(광야)를 홀로 거니는
사람의 心思(심사)는 외로우려니

아― 이젊은이는
피라미트처럼 슬프구나

一九三七、 八月十八日

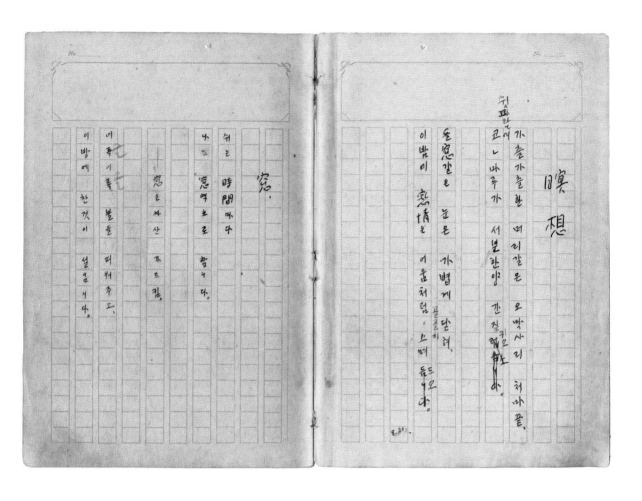

瞑想(명상)

가을가을한 머리갈은 오막사리 처마끝,
쉿파람에 코ㄴ마루가 서분한양 간질키오.

들窓(창)같은 눈은 가볍게 달혀,
이밤에 戀情(연정)은 어둠처럼 골골히 스며드오.

8.
20.

窓(창),

쉬는 時間(시간)마다
나는 窓(창)역흐로 함니다.

―― 窓(창)은 산 가르침.

이글이글 불을 피워주소,
이밤에 찬것이 설임니다.

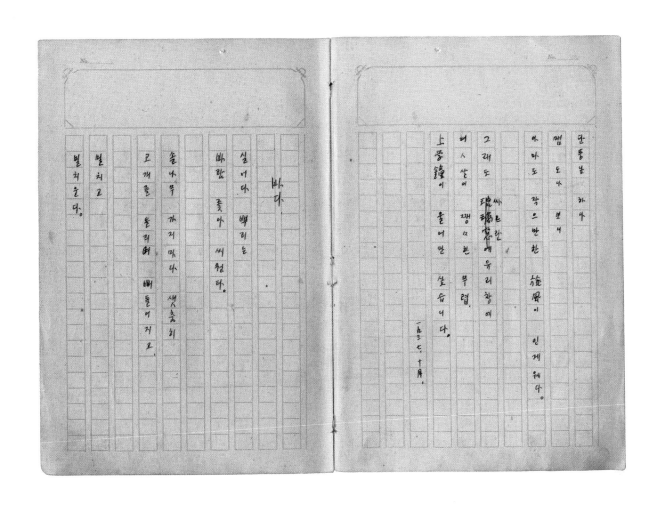

바다,

실어다 뿌리는
바람 좋아 씨원타.

솔나무 가지마다 샛춤히
고개를 돌리여 뻐들어지고、
밀치고
밀치운다.

단풍닢 하나
맴 도나 보니
아마도 작으만한 旋風(선풍)이 인게외다.

그래도 싸느란 유리창에
해ㅅ살이 쨍쨍한 무렵、
上学鐘(상학종)이 울어만 싶습니다.

一九三七、十月、

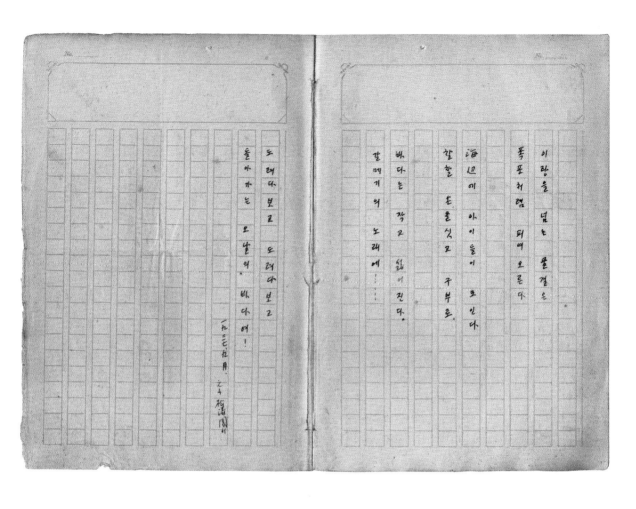

이랑을 넘는 물결은
폭포처럼 피여오른다

海辺(해변)에 아이들이 모인다
찰찰 손을싯고 구부로、

바다는 작고 설어진다。
갈메기의 노래에……

도려다보고 도려다보고
돌아가는 오늘의 바다여!

一九三七、九月、元山(원산) 松涛園(송도원)서

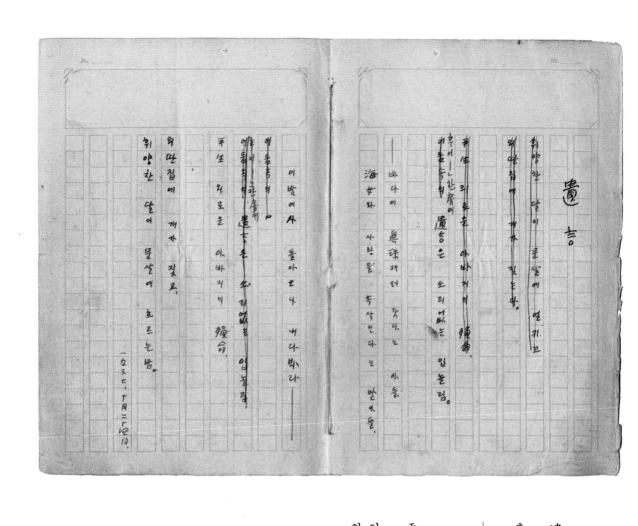

遺言(유언)

후어—ㄴ한房(방)에 遺言(유언)은 소리없는 입놀림.

—바다에 眞珠(진주)캐려 갓다는 아들
海女(해녀)와 사랑을 속삭인다는 맏아들,
이밤에사 돌아오나 내다봐라—

平生(평생) 외로운 아바지의 殞命(운명),
외딴집에 개가 짓고,
휘양찬 달이 문살에 흐르는밤.

　　　一九三七、十月二十四日、

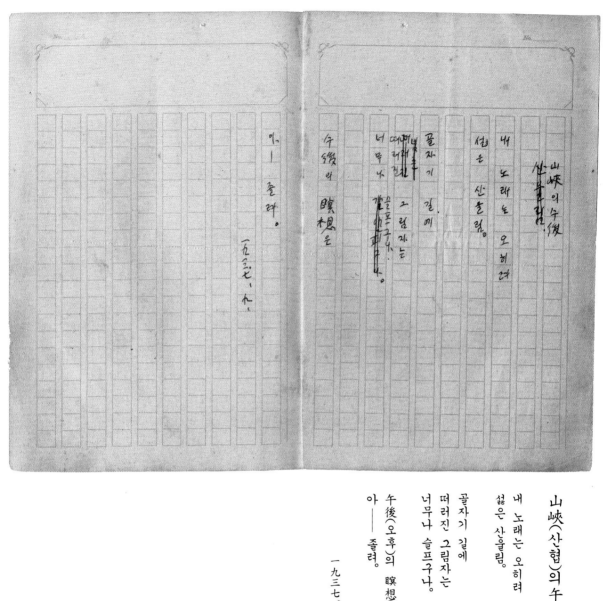

山峽(산협)의 午後(오후)

내 노래는 오히려
섦은 산울림.

골자기 길에
떠러진 그림자는
너무나 슬프구나.

午後(오후)의 暝想(명상)은
아—— 졸려.

一九三七、九、

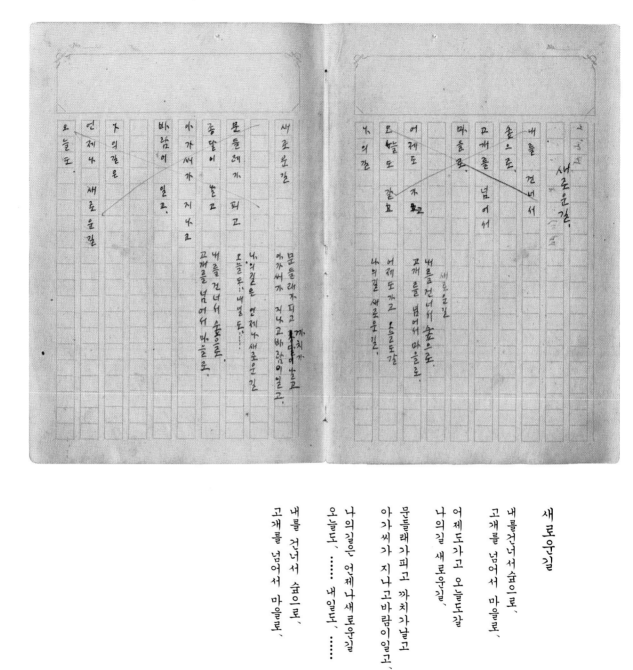

새 로 운 길

내를건너서 숲으로
고개를 넘어서 마을로,

어제도가고 오늘도갈
나의길 새로운길,

문들래가피고 까치가날고
아가씨가 지나고 바람이일고,

나의길은 언제나새로운길
오늘도…… 내일도,……

내를 건너서 숲으로,
고개를 넘어서 마을로,

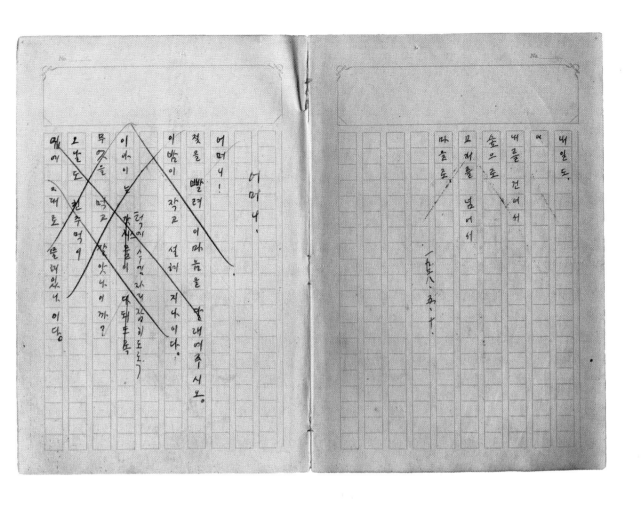

어머니,

어머니!
젖을 빨려 이마음을 달래여주시오.
이밤이 작고 설혀 지나이다.

이아이는 턱에 수염자리 잡히도록
무엇을 먹고 잘앗나이까?
오늘도 힌주먹이
입에 그대로 물려있나이다.

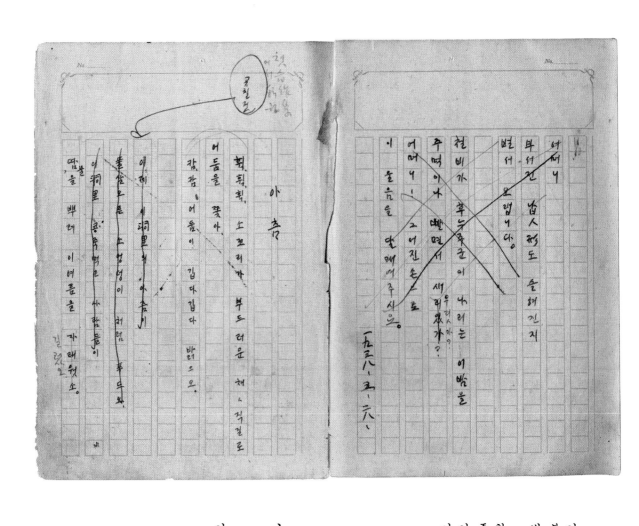

아츰

획、획、획、소꼬리가 부드러운 채ㅅ직질로
어둠을 쫓아、
참、참 어둠이 깁다깁다 밝으오.

땀물을 뿌려 이여름을 길렀오.

어머니
부서진 남人形(인형)도 슬혀진지
벌서 오램니다

철비가 후누주군이 나리는 이밤을
주먹이나 빨면서 새우릿가?
어머니! 그어진손으로
이 울음을 달래여주시요.

一九三八、五、二八、

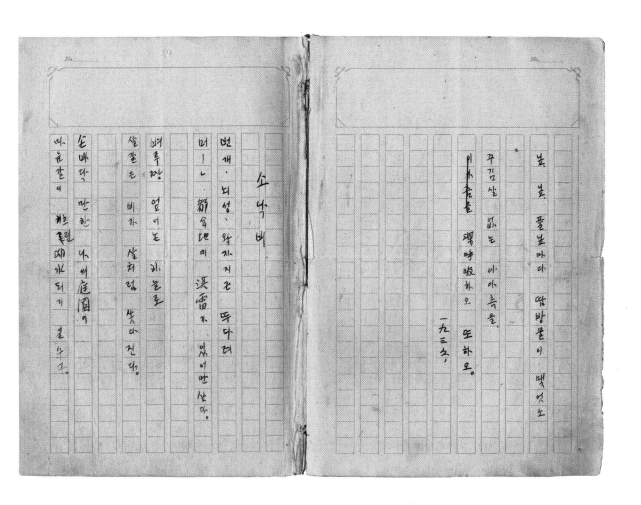

뇸, 뇸, 풀뇸마다 땀방울이 맺엇소

꾸김살 없는 이 아츰을,
深呼吸(심호흡)하오 또하오.

一九三六、

소낙비

번개、 뇌성、 왁자지근 뚜다려
머―ㄴ 都會地(도회지)에 落雷(낙뢰)가 있어만싶다.

벼루짱 엎어논 하늘로
살같은 비가 살처럼 쏫다진다.

손바닥 만한 나의庭園(정원)이
마음같이 흐린湖水(호수)되기 일수다。

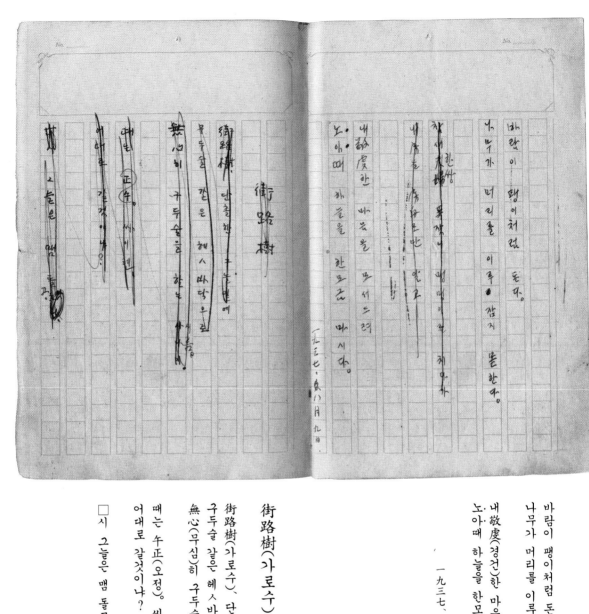

街路樹（가로수）

街路樹（가로수）, 단촐한 그늘밑에
구두술 같은 헤ㅅ바닥으로
無心（무심）히 구두술을 할는 시름.

때는 午正（오정）, 싸이렌,
어대로 갈것이냐？

□ 시 그늘은 맴 돌고.

바람이 팽이처럼 돈다.
나무가 머리를 이루 잡지 못한다.

내 敬虔（경건）한 마음을 모서드려
노아떼 하늘을 한모금 마시다.

　　　　　　一九三七、 八月 九日.

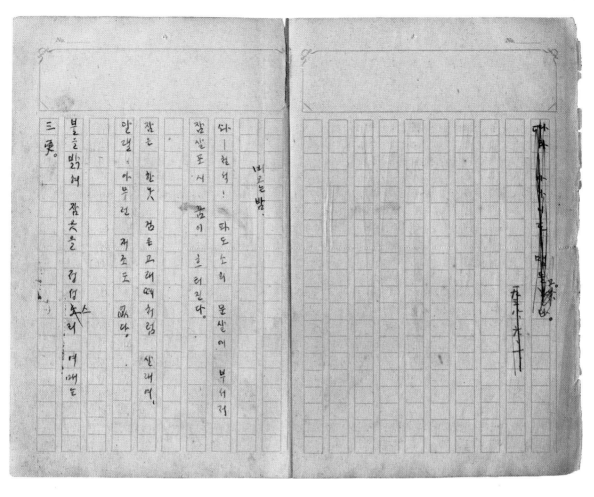

따라 사나이도 맴돌고。

一九三八、六、一

비 오는 밤。

쇄 — 철석! 파도소리 문살에 부서저
잠살포시 꿈이 흐터진다。
잠은 한낮 검은고래떼처럼 살래여、
달랠 아무런 재조도 없다。
불을 밝혀 잠옷을 정성스리 여매는
三更(삼경)。

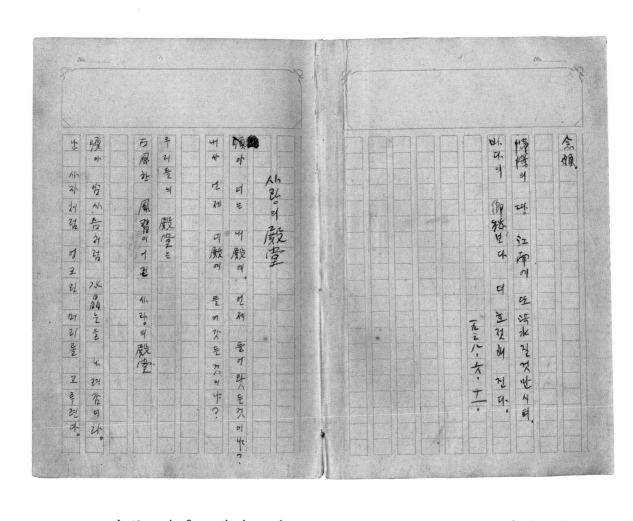

念願(염원).

憧憬(동경)의 땅 江南(강남)에 또 洪水(홍수)질것만시퍼,
바다의 鄕愁(향수)보다 더 호젓해 진다.

一九三八、六、十一、

사랑의 殿堂(전당)

아 너는 내 殿(전)에 언제 들어 왔드것이냐?
내사 언제 네 殿(전)에 들어 갓드것이냐?

우리들의 殿堂(전당)은
古風(고풍)한 風習(풍습)이어린 사랑의 殿堂(전당)

順(순)아 암사슴처럼 水晶(수정)눈을 나려감어라.
난 사자처럼 엉크린 머리를 고루련다.

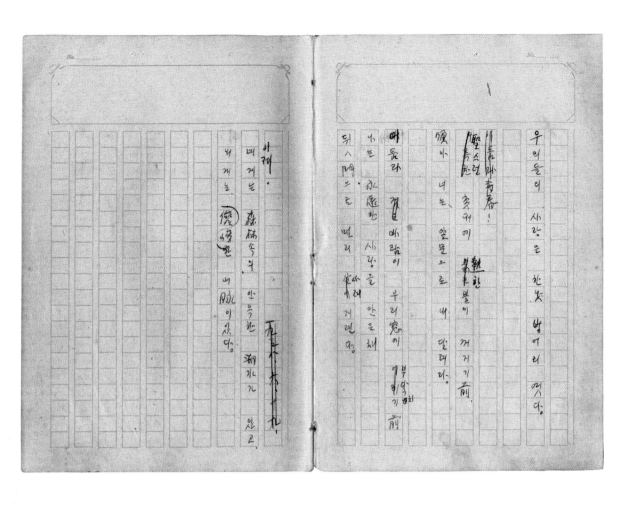

우리들의 사랑은 한낮 벙어리 엿다.

靑春(청춘)!

聖(성)스런 촛대에 熱(열)한불이 꺼지기前(전),

順(순)아 너는 암문으로 내 달려라.

뒤ㅅ門(문)으로 멀리 사려지련다.

나는 永遠(영원)한 사람을 안은채

어둠과 바람이 우리窓(창)에 부닥치기前(전)

이제.
네게는 森林(삼림)속의 안윽한 湖水(호수)가 있고,
내게는 峻險(준험)한 山脉(산맥)이 있다.

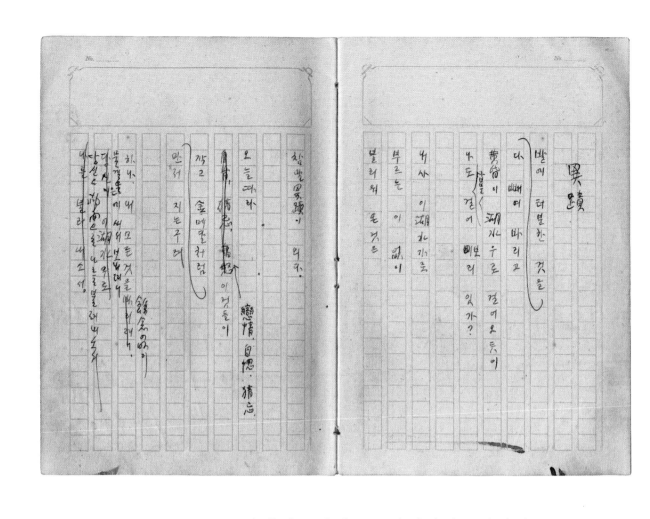

異蹟(이적)

발에 터부한 것을 다 빼여 바리고
黃昏(황혼)이 湖水(호수)우로 걸어오듯이
나도 삽분∼ 걸어 보리 잇가?

내사 이 湖水(호수)가로
부르는 이 없이
불리워 온것은
참말異蹟(이적)이 외다.

오늘따라
戀情(연정)、自惚(자홀)、猜忌(시기)、이것들이
작고 金(금)메달처럼 만저 지는구려

하나、내 모든것을 餘念(여념)없이
물결에 써서 보내려니
당신은 湖面(호면)으로 나를불려내 소서。

아 우 의 印像画.

씨 늘 한 달 이 서 리 여

붉 은 니 마 에

아 우 의 얼 골 은

슬 픈 그 림 이 다.

발 거 름 을 멈 추 어

살 그 먼 히 애 띤 손 을 잡 으 며

늬 는 자 라 무 엇 이 되 려 니

아우의 印像画(인상화).

붉은니마에 싸늘한 달이 서리여
아우의 얼골은 슬픈 그림이다.

발거름을 멈추어
살그먼히 애띤 손을 잡으며
『늬는 자라 무엇이 되려니』

一九三八、六、一九、

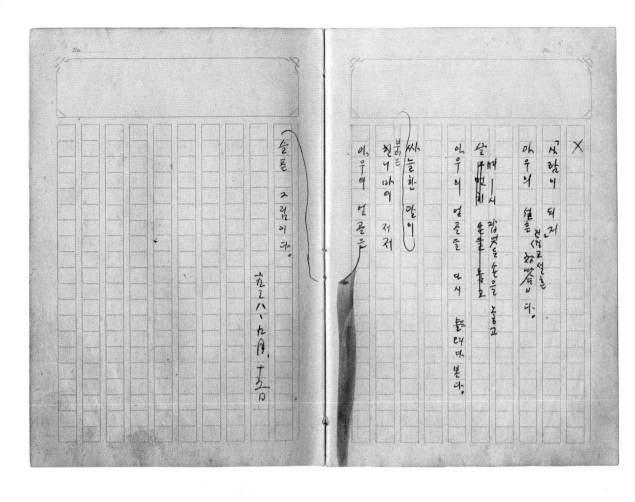

「사람이 되지」
아우의 설흔 전정코 설흔 처答이다.

슬머—시 잡엇든 손을 놓고
아우의 얼골을 다시 드려다본다.

싸늘한 달이 붉은니마에 저저
아우의 얼골은 슬픈 그림이다.

一九三八、 九月、 十五日

코쓰모쓰

淸楚(청초)한 코쓰모쓰는
오직 하나인 나의 아가씨,

달빛이 싸늘히 추운 밤이면
벳 少女(소녀)가 못견디게 그리워

코쓰모쓰 핀 庭園(정원)으로 찾어간다.

코쓰모쓰는
귀또리 울음에도 수집어지고,

코쓰모쓰 앞에선 나는
어렷슬적 처럼 부끄러워 지나니,

내 마음은 코쓰모쓰의 마음이오.
코쓰모쓰의 마음은 내 마음이다.

一九三八、九、二十日、

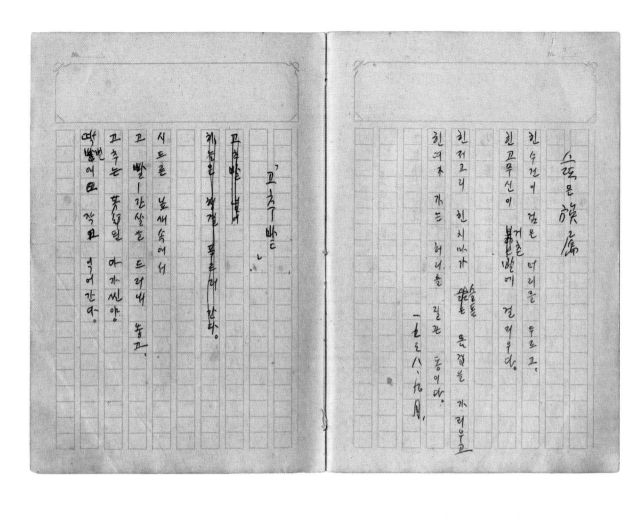

슬픈 族属(족속)

흰수건이 검은 머리를 두르고,
흰고무신이 거츤발에 걸리우다.

흰저고리 흰치마가 슬픈 몸집을 가리우고
흰띠가 가는 허리를 질끈 동이다.

一九三八、九月、

「고추밭」

시드른 닢새속에서
고 빨── 간살을 드러내 놓고,
고추는 芳年(방년)된 아가씬양
땍볕에 작고 익어간다.

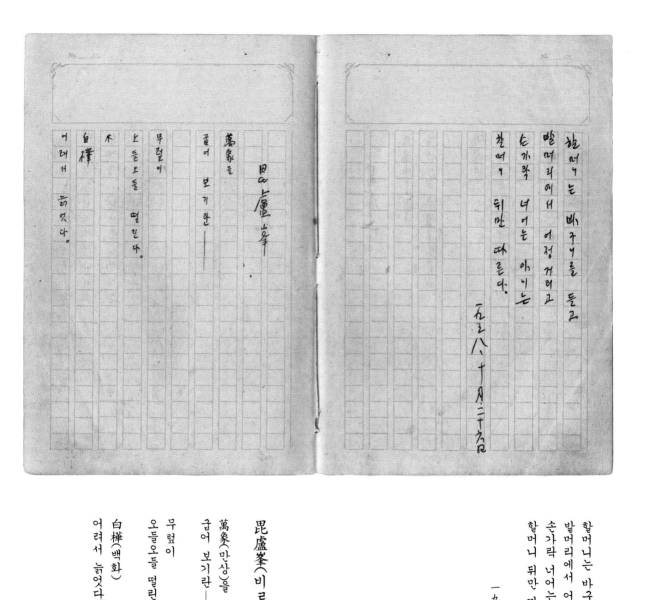

할머니는 바구니를 들고
발머리에서 어정거리고
손가락 너어는 아이는
할머니 뒤만 따른다.

一九三八、十月、二十六日

毘盧峯(비로봉)
萬象(만상)을
굽어 보기란——

무릎이
오들오들 떨린다.

白樺(백화)
어려서 늙엇다.

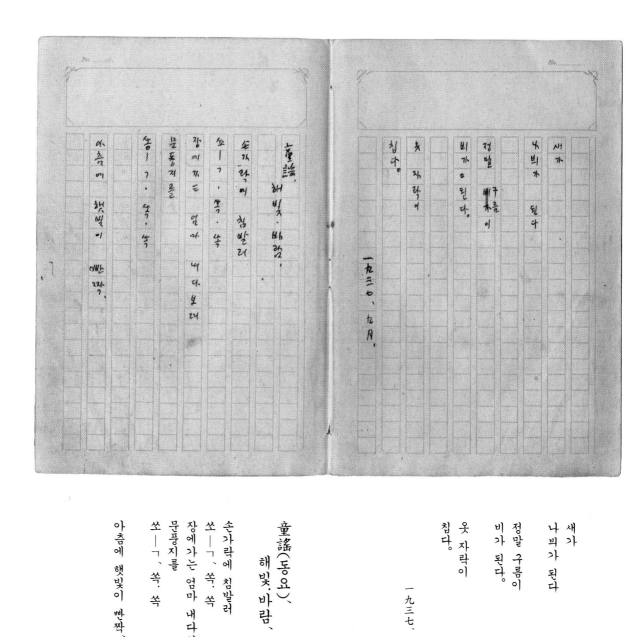

새가
나븨가 된다

정말 구름이
비가 된다.

옷 자락이
칩다.

一九三七、 九月、

童謠(동요)、
해빛·바람、

손가락에 침발러
쏘ーㄱ、쏙·쏙
장에가는 엄마 내다보려
문풍지를
쏘ーㄱ、쏙·쏙

아츰에 햇빛이 빤짝、

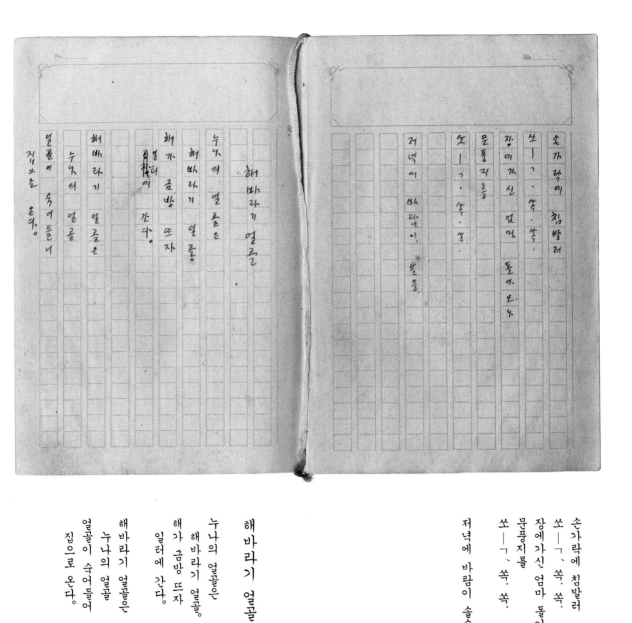

손가락에 침발러
쏘―ㄱ, 쏙. 쏙.
장에가신 엄마 돌아오나
문풍지를
쏘―ㄱ, 쏙. 쏙.

저녁에 바람이 솔솔.

해바라기 얼골

누나의 얼골은
해바라기 얼골.
해가 금방 뜨자
일터에 간다.

해바라기 얼골은
누나의 얼골
얼골이 숙어들어
집으로 온다.

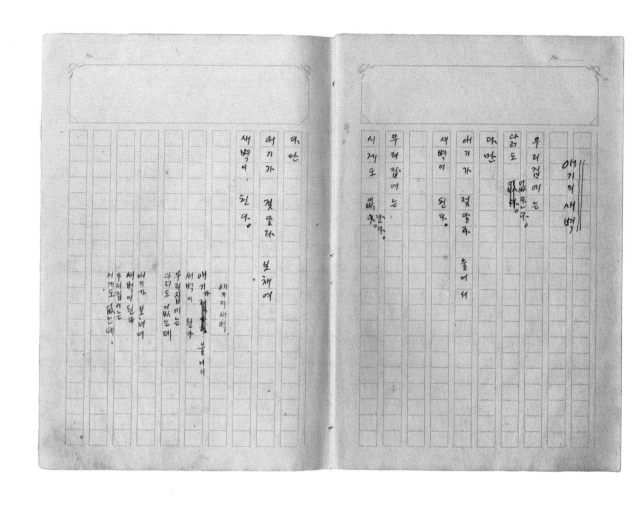

애기의 새벽

우리집에는
닭도 없단다.
다만
애기가 젖달라 울어서
새벽이 된다.

우리집에는
시계도 없단다.
다만
애기가 젖달라 보채여
새벽이 된다.

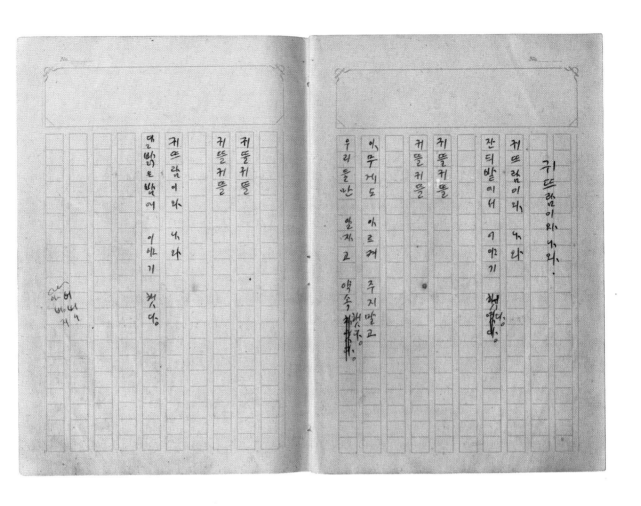

귀뚜람이와 나와.

귀뚜람이와 나와
잔듸밭에서 이야기 했다.

귀뚜귀뚤
귀뚤귀뚤

아무게도 아르켜 주지말고
우리둘만 알자고 약속했다.

귀뚤귀뚤
귀뚤귀뚤

귀뚜람이와 나와
달밝은밤에 이야기 했다.

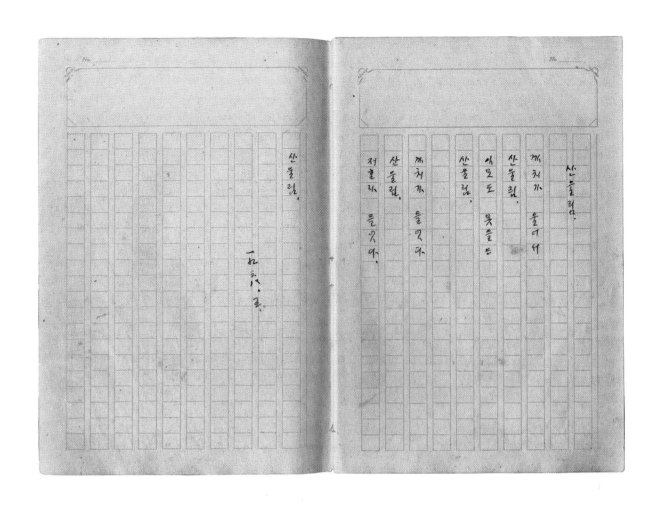

산울림.

까치가 울어서
산울림,
아모도 못들은
산울림,

까치가 들었다
산울림,
저혼자 들었다,
산울림,

一九三八、五、

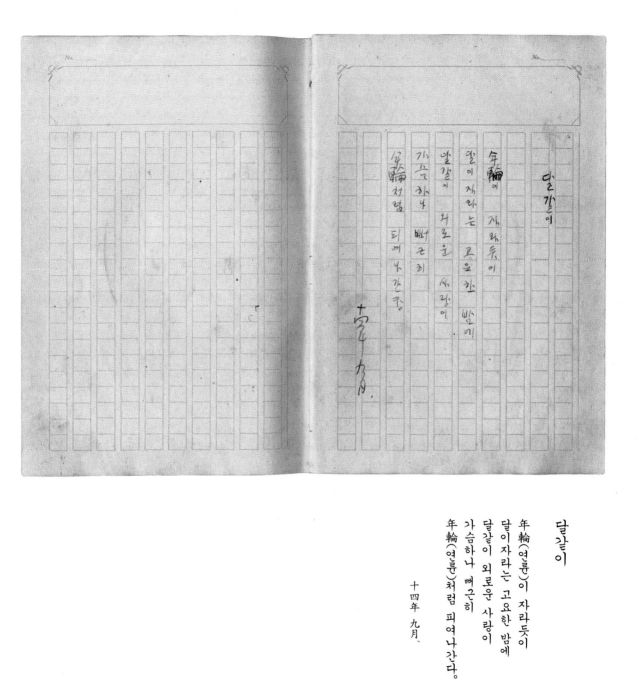

달갈이

年輪(연륜)이 자라듯이
달이 자라는 고요한 밤에
달갈이 외로운 사랑이
가슴하나 뻐근히
年輪(연륜)처럼 피여나간다。

十四年 九月、

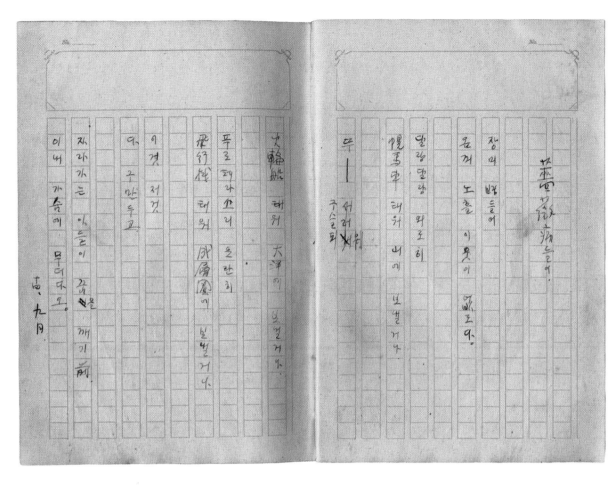

薔薇病(장미 병)들어.

장미 병들어
옴겨 노흘 이웃이 없도다.

옴겨 노흘 이웃이 없도다.

달랑달랑 외로히
幌馬車(황마차) 태워 山(산)에 보낼거나,

뚜—— 구슬피
火輪船(화륜선) 태워 大洋(대양)에 보낼거나,

푸로페라 소리 요란히
飛行機(비행기) 태워 成層圈(성층권)에 보낼거나

이것 저것
다 구만두고

자라가는 아들이 꿈을 깨기 前(전)
이내 가슴에 무더다오.

十四、九月

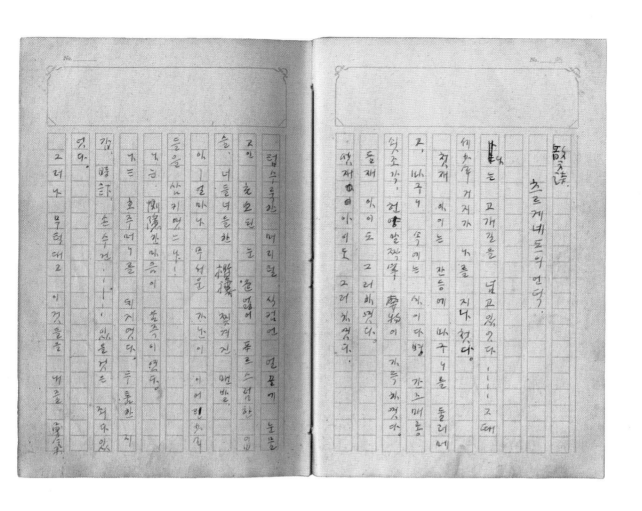

散文詩(산문시)、
츠르게네프의 언덕.

나는 고개길을 넘고있엇다……그때
세少年(소년)거지가 나를 지나첫다.

첫재 아이는 자등에 바구니를 둘러메
고、바구니 속에는 사이다 병 간즈매통
쇳조각, 헌양말짝等(등) 廢物(폐물)이 가득하엿다.

둘재 아이도 그러하엿다.

셋재 아이도 그러하엿다.

텀수룩한 머리털 식컴언 얼굴에 눈물
고인 充血(충혈)된 눈 色(색)엷어 푸르스럼한 입
슬、너들너들한 襤褸(남루) 찟겨진 맨발、

아ー얼마나 무서운 가난이 이어린少年(소년)
들을 삼키엿느냐!

나는 惻隱(측은)한마음이 움즉이엿다.

나는 호주머니를 뒤지엿다. 두툼한 지
갑、時計(시계)、손수건……잇슬것은 죄다 잇
엇다.

그러나 무턱대고 이것들을 내줄 勇氣(용기)

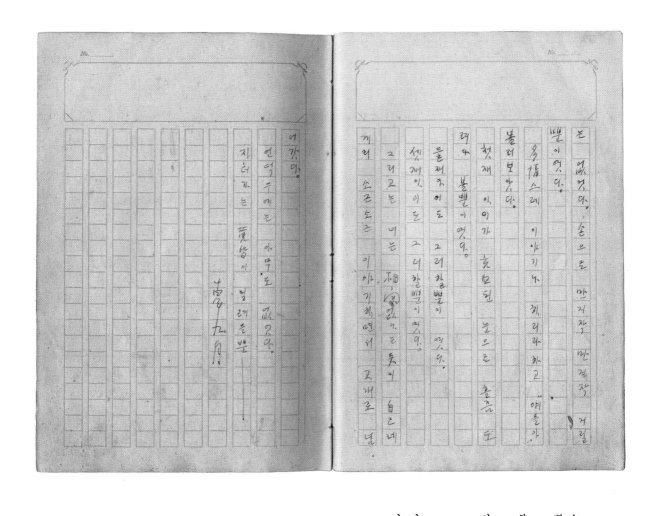

는 없었다。 손으로 만지작 만지작 거릴
뿐이엿다。

多情(다정)스레 이야기나 하리라하고 ˝얘들아˝
불러 보앗다。

첫재 아이가 充血(충혈)된 눈으로 흘끔 도
려다 볼뿐이엿다。

둘재아이도 그러할뿐이 엿다.

셋재아이도 그러할뿐이엿다.

그리고는 너는 相關(상관)없다 는듯이 自己(자기)네
끼리 소근소근 이야기하면서 고개로 넘
어갓다。

언덕우에는 아무도 없었다。

지러가는 黃昏(황혼)이 밀려들뿐──

十四年九月

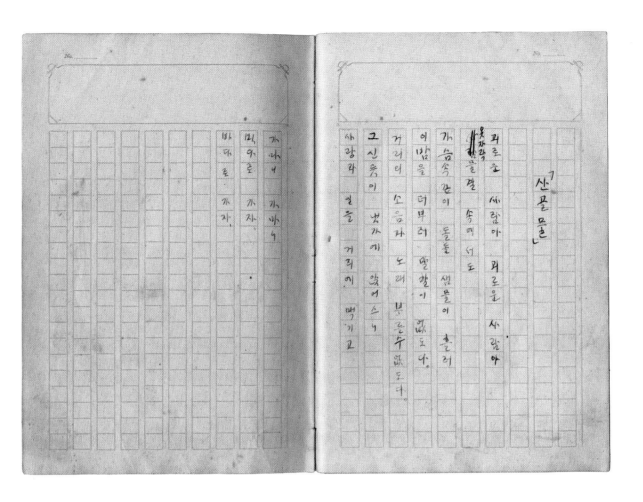

「산골물」

괴로운 사람아 괴로운 사람아
옷자락물결 속에서도
가슴속깊이 돌돌 샘물이 흘러
이밤을 더부러 말할이 없도다.
거리의 소음과 노래 부를수없도다.
그신듯이 벗가에 앉었으니
사랑과 일을 거리에 맥기고
가마니 가마니
바다로 가자,
바다로 가자、

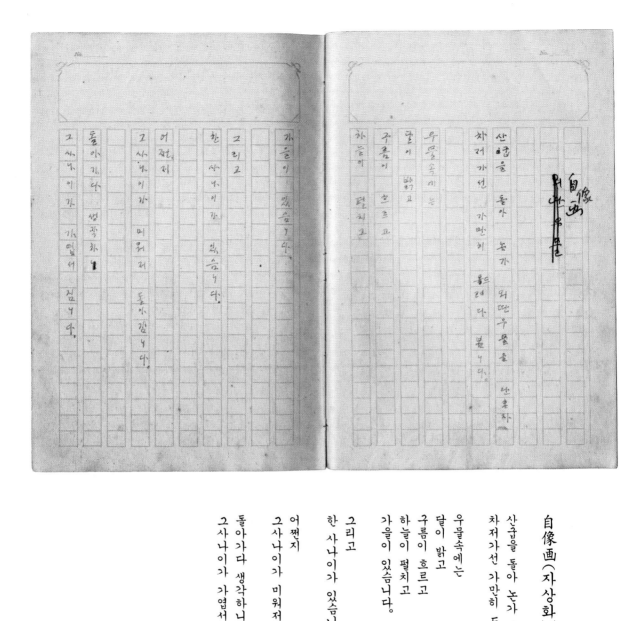

自像画(자상화)

산굽을 돌아 논가 외딴우물을 단혼자
차저가선 가만히 드려다 봄니다.

우물속에는
달이 밝고
구름이 흐르고
하늘이 펄치고
가을이 있슴니다.

그리고
한 사나이가 있슴니다.

어쩐지
그 사나이가 미워저 돌아감니다.

돌아가다 생각하니
그 사나이가 가엽서 짐니다.

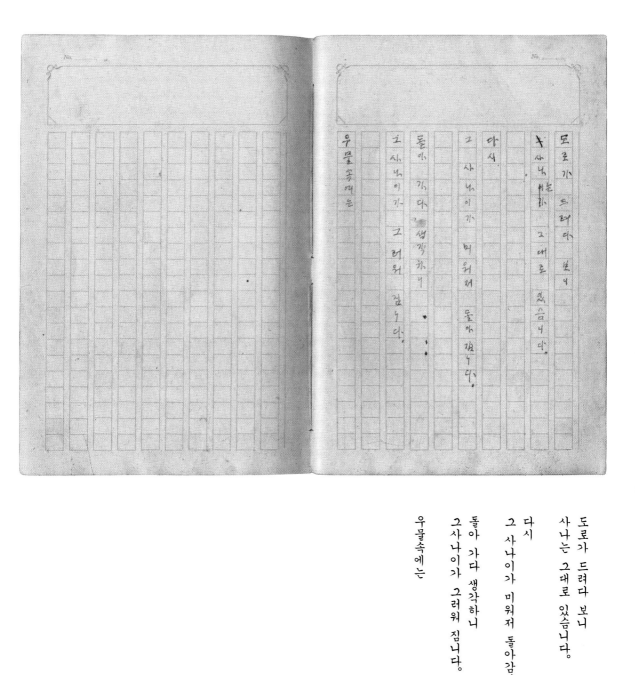

도로가 드려다 보니
사나는 그대로 있슴니다.

다시
그 사나이가 미워저 돌아감니다.

돌아 가다 생각하니
그 사나이가 그러워 짐니다.

우물속에는

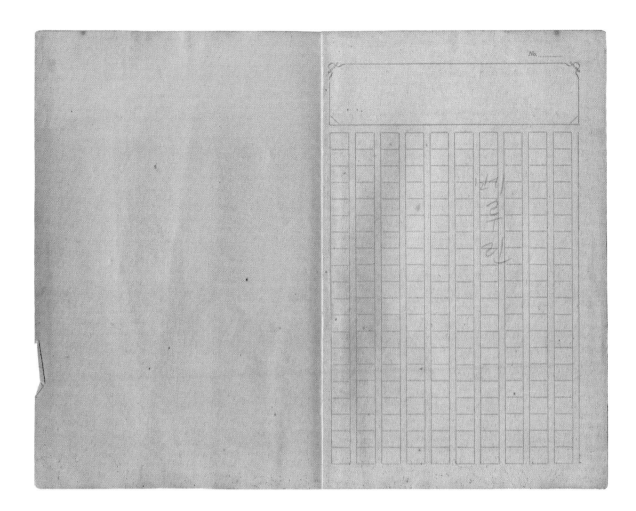

두 번째 원고노트 『窓』의 속표지임.

이 속표지는 원래 원고노트 『窓』의 겉표지(55쪽 참고) 안쪽에

있었음.

산문집

산문모음집임.

달을 쏘다

번거롭던 四圍(사위)가 잠잠해지고 時計(시계)소리
가 또렷하나 보니 밤은 저윽이 깊을대
로 깊은 모양이다. 보든冊子(책자)를 冊床(책상)머리
에 미러놓고 잠자리를 수습한다음 잠옷
을 걸치는 것이다. 『딱』스윗치 소리와 함께
電燈(전등)을 끄고 窓(창)역의 寢臺(침대)에 드러누으니
이 때까지 박은 휘양찬 달밤이엿든것을
感覺(감각)치 못하엿섯다. 이것도 밝은 電燈(전등)의
惠澤(혜택)이엿을가.

나의 陋醜(누추)한 房(방)이 달빛에 잠겨 아름
다은 그림이 된다는것보담도 오히려 슬
푼 船艙(선창)이 되는것이다. 창살이 이마로
부터 코마루, 입술 이렇게하야 가슴에
여맨 손등에까지 어른거려 나의마음을
간지리는것이다. 여페누운 분의 숨소리에
房(방)은 무시무시해 진다. 아이처럼 황황해
지는 가슴에 눈을 치떠서 박글내다 보니

·
111

가을하늘은 역시 맑고 우거진 松林(송림)은
한폭의 墨畵(묵화)다. 달비춘 솔가지에 솔가지
에 쏘다저 바람인양 솨—소리가 날뜻하
다. 들리는것은 時計(시계)소리와 숨소리와 귀
또리울음뿐 벅쩍고던 寄宿舍(기숙사)도 절간보다
더한층 고요한것이 아니냐?

나는 깊은 思念(사념)에 잠기우기한창이다.
따운 사랑스런 아가씨를 私有(사유)할수있는
아름다운 想華(상화)도 좋고, 어린쩍 未練(미련)을
두고온 故鄕(고향)에의 鄕愁(향수)도 좋거니와 그보
담 손쉽게 表現(표현)못할 深刻(심각)한 그무엇이있
다.

바다를 건너온 H君(군)의 편지사연을 곰
곰생각할수록 사람과사람사이의 感情(감정)이란
微妙(미묘)한것이다. 感傷的(감상적)인 그에게도 必然(필
연)코
가을은 왔나부다.

편지는 너무나 지나치지 않었든가 그
中(중)한토막.
『君(군)아! 나는 지금 울며울며 이글을
쓴다. 이밤도 달이뜨고, 바람이 불고,

人間(인간)인까닭에 가을이란 흙냄새도 안다.
情(정)의 눈물을 따뜻한 芸術學徒(예술학도)였던情(정)의 눈
물도 이밤이 마지막이다.
또 마지막 편으로 이런句節(구절)이 있다.
『당신은 나를永遠(영원)히 쫓차버리는것이 正
直(정직)할것이오.
나는 이글의 뉴안쓰를 解得(해득)할수있다.
그러나 事實(사실)나는 그에게 아픈소리한마디
안일이 없고 설흔글을 한쪽 보낸일이 없지
아니한가, 생각건대 이罪(죄)는 다만 가을에
게 지워 보낼수박게 없다.
紅顔書生(홍안서생)으로 이런 斷案(단안)을 나리는 것
은 외람한 일이나 동무란 한낫 괴로운
存在(존재)요 友情(우정)이란 진정코 위트럼은 잔에
떠노흔 물이다. 이말을反対(반대)할者(자) 누구라,
그러나 知己(지기)하나 엇기 힘든다하거늘 알
뜰한 동무하나 일허버린다는것이 살을베
여내는 아픔이다.
나는 나를 庭園(정원)에서 發見(발견)하고 窓(창)을
넘어 나왔다든가 房門(방문)을 열고 나왔다든

가 워 나왔느냐하는 어리석은 생각에 頭腦(두뇌)를 괴롭게할 必要(필요)는 없는것이다. 다만 귀뜨람이 울음에도 수집어지는 코쓰모쓰 앞에 그윽히서서 딱터뻴링쓰의 銅像(동상)그림자처럼 슬퍼지면 그만이다. 나는 이마음을 아무에게나 轉家(전가)식힐 심보는 없다. 옷갓은 敏感(민감)이여서 달비체도 싸늘히 추어지고 가을이슬이란 선득선득하여서 설혼 사나이의 눈물인 것이다.

발거름은 몸뚱이를 옴겨 못가에 세워줄때 못속에도 역시 가을이 있고, 三更(삼경)이 있고 나무가 있고, 달이 있다. (달이 있고……)

그刹那(찰나) 가을이 怨望(원망)스럽고 달이 미워진다. 더듬어 돌을 찾어 달을 向(향)하야 죽어라고 팔매질을 하엿다. 痛快(통쾌)! 달은 散散(산산)히 부서지고 말엇다. 그러나 놀랏든 물결이 자저들때 오래잔히 달은 도로 살아난것이 아니냐, 문득 하늘을 처다보니 얄미운 달은 머리우에서 빈정대는 것을—

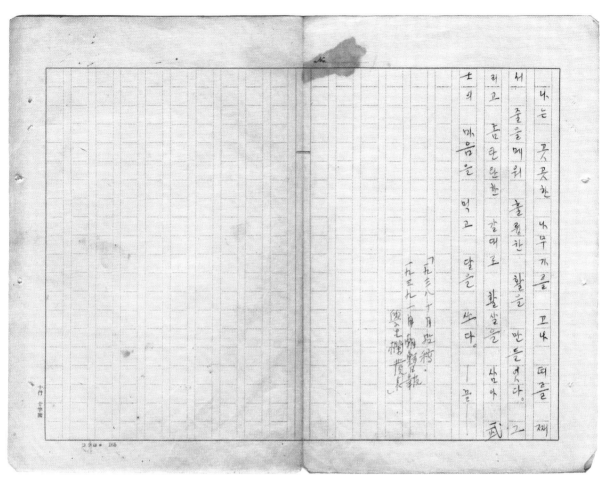

나는 곳곳한 나무가를 고나 따를 째
서 줄을메워 훌륭한 활을 만들엇다. 그
리고 좀탄탄한 갈대로 활살을 삼아 武
士(무사)의 마음을 먹고 달을 쏘다. —끝—

「一九三八 十月 投稿(투고)
一九三九 一月 朝鮮日報
學生欄發表(한생난발표)」

별똥 떨어진데

밤이다.

하늘은 푸르다 못해 濃灰色(농회색)으로 칠칠
하나 별들만은 또렷또렷 빛난다. 침침한
어둠뿐만 아니라 오삭오삭 춥다. 이유중
한 氣流(기류)가운데 自嘲(자조)하는 한 점은이가
있다. 그를 나라고 불러두자.

나는 이 어둠에서 胚胎(배태)되고 이 어둠
에서 生長(생장)하여서 아직도 이 어둠속에
그대로 生存(생존)하나 보다. 이제 내가 갈곳
이 어딘지 몰라 허우적거리는 것이다.

하기는 나는 世紀(세기)의 焦点(초점)인듯 憔悴(초췌)하
다.

얼핏 생각하기에는 내 바닥을 반듯이 받
들어 주는 것도 없고 그렇다고 내 머
리를 갑박이 나려 누르는 아모것도 없
는듯하다 만은 內幕(내막)은 그러치도 않다.
나는 도무 自由(자유)스럽지 못하다. 다만 나
는 없는듯 있는 하로사리처럼 虛空(허공)에

浮遊(부유)하는 한点(점)에 지나지 않는다. 이것이
하로사리처럼 輕快(경쾌)하다면 마침 多幸(다행)할 것
인데 그렇지를 못하구나!

이 点(점)의 對稱位置(대칭위치)에 또하나 다른 밝
음(明)의 焦点(초점)이 도사리고 있는듯 생각킨
다. 덥석 웅키였으면 잡힐듯도 하다.

만은 그것을 휘잡기에는 나 自身(자신)이
鈍質(둔질)이라는것보다 오히려 내마음에 아
무런 準備(준비)도 배포치 못한것이 아니냐.

그리고보니 幸福(행복)이란 별스런 손님을 불
러 들이기에도 또다른 한가닭 구실을 불
치르지 않으면 안될가 보다.

이밤이 나에게있어 어린적처럼 하날
恐怖(공포)의 장막인것은 벌서 흘러간 傳說(전설)이
오. 따라서 이밤이 享樂(향락)의 도가니라는
이야기도 나의 念頭(염두)에선 아직 消化(소화)식히
지못할 돌덩이다. 오로지 밤은 나의 挑
戰(도전)의 好敵(호적)이면 그만이다.

이것이 생생한 觀念世界(관념세계)에만 머므른다
면 애석한 일이다. 어둠속에 깜박깜박

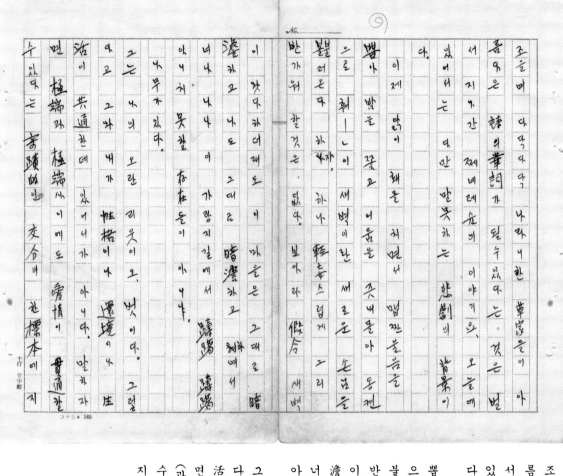

조을며 다닥다닥 나라니한 草家(초가)들이 아
름다운 詩(시)의 華詞(화사)가 될수있다는 것은 빌
서 지나간 째네레슌의 이야기요, 오늘에
있어서는 다만 말못하는 悲劇(비극)의 背景(배경)이
다.

이제 닭이 회를 치면서 맴짜을음을
뽑아 밤을 쫓고 어둠을 즛내몰아 동켠
으로 휘─ㄴ이 새벽이란 새로운 손님을
불러온다 하자. 하나 輕妄(경망)스럽게 그리
반가워 할것은 없다. 보아라 假令(가령) 새벽
이 왔다하더래도 이 마을은 그대로 暗
澹(암담)하고 나도 그대로 暗澹(암담)하고 하여서
너나 나나 이 가랑지길에서 躊躇 躊躇(주저 주저)
아니치 못할 存在(존재)들이 아니냐.

그는 나의 오란 리웃이오, 벗이다. 그렇
다고 그와 내가 共通(공통)한데 있어서가 아니다. 말하자
면, 極端(극단)과 極端(극단)사이에도 愛情(애정)이 貫通
(관통)할
수이있다는 奇蹟的(기적적)인 交分(교분)의 한 標本(표본)에
지

나지 못할것이다.

나는 처음 그를 퍽 不幸(불행)한 存在(존재)로
가 소롭게 여겻다. 그의 앞에 설때 슬퍼
지고 惻隱(측은)한 마음이 압을 가리군 하엿
다. 만은 오늘 도리켜 생각건대 나무처
럼 幸福(행복)한 生物(생물)은 다시 없을듯 하다.
궁금에는 이루 비길데 없는 바위에도
그리 탐탁치는 못할망정 生(생)의 뿌리를 박지
못하며 어디로 간들 生活(생활)의 不平(불평)이 있
을 소냐. 직직하면 솔솔 솔바람이 불어
오고, 심심하면 새가 와서 노래를 부르
다 가고, 촐촐하면 한줄기 비가 오고,
밤이면 數(수)많은 별들과 오손도손 이야기
할수있고 ── 보다 나무는 行動(행동)의 方向(방향)이
란 거치장스런 課題(과제)에 逢着(봉착)하지 않고
人爲的(인위적)으로든 偶然(우연)으로서든 誕生(탄생)식
혀준
자리를 직혀 無盡無窮(무진무궁)한 營養素(영양소)를 吸
取(흡취)
하고 玲瓏(영롱)한 해ㅅ빛을 받아드려 손쉽게
生活(생활)을 營爲(영위)하고 오로지 하늘만 바라고

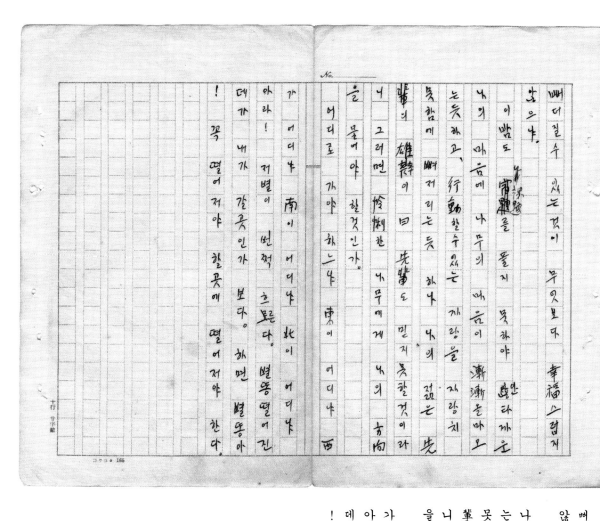

뻐더질수 있는것이 무엇보다 幸福(행복)스럽지
않으냐.

이밤도 課題(과제)를 풀지 못하야 안타까운
나의 마음에 나무의 마음이 漸漸(점점)올마 오
는듯하고, 行動(행동)할수있는 자람을 자랑치
못함에 뻐저리는듯 하나 나의 젊은 先
輩(선배)의 雄辯(웅변)이 曰(왈) 先輩(선배)도 밋지 못할것이라
니 그러면 怜悧(영리)한 나무에게 나의 方向(방향)
을 물어야 할것인가.

어디로 가야 하느냐 東(동)이 어디냐 西(서)
가 어디냐 南(남)이 어디냐 北(북)이 어디냐
아라! 저별이 번쩍 흐른다. 별똥떨어진
데가 내가 갈곳인가 보다. 하면 별똥아
! 꼭 떨어저야 할곳에 떨어저야 한다.

「花園(화원)에 꽃이 핀다」

개나리、진달래、안즌방이、라일락
문들레 찔레 복사 들장미 해당화 모란
릴락 창포 추립 카네슌 봉선화 백일홍
채송화 다리아 해바라기 코쓰모쓰—
코쓰모쓰가 홀홀히 떠러지는날 宇宙(우주)의 마
즈막은 아닙니다、여기에 푸른하늘이 놉하
지고、빨간 노란 단풍이 꽃에 못지 않
게 가지마다 물들엇다가 귀도리울음이 끊어 짐과
함께 단풍의 세게가 문허지고、그우에
하로밤 사이에 소복이 힌눈이 나려、싸이
고 火爐(화로)에는 빨간 숫불이 피여오르고
많은이야기와 많은 일이 이화로가에서
일우어짐니다。

讀者諸賢(독자제현)！여러분은 이글이 씨워지는
때를 独特(독특)한 季節(계절)로 짐작해서는 아니됨
니다、아니、봄、여름、가을、겨울、어느 철
로나 想定(상정)하서도 無(무)방합니다。사실 一年(일년)

내내 봄일수는 없습니다. 하나 이 花園(화원)에
는 사철내 봄이 靑春(청춘)들과 함께 싱싱하게 등대하여 있
다
고 하면 過分(과분)한 自己宣傳(자기선전)일가요. 하나의
꽃밭 이루어지도록 손쉽게 되는것이아니라 고생과 勞力(노
력)이 있이야하는 것입니다.
따는 얼마의 單語(단어)를 모아 이 拙文(졸문)을 지적거리
는 데도 내머리는 그
렇게 明晰(명석)한것은못됩니다. 한해동안을 내
頭腦(두뇌)로서가 아니라 몸으로서 일일히 헤
아려 겨우 몇줄의 글이 일우어집니다. 그리하야 나에게
있어 글을 쓴다는 것이 그리즐거운일일수는 없습니다.
봄바람의 苦悶(고민)에 짜들고, 綠陰(녹음)의 倦怠(권태)
에
시들고, 가을하늘 感傷(감상)에 울고, 爐邊(노변)의
思索(사색)에 졸다가 이몇줄의 글과 나의花園(화원)과 함
께 나의
一年(일년)은 이루어집니다.
시간을 먹는다는 이말의 意義(의의)와 이말의 妙味(묘
미)
는 칠판
앞에서 보신분과 칠판밑에 앉어 보신 분은 누구나
아실것입니다. 그것은 確實(확실)히 즐거운 일임
에 틀림없읍니다. 하로를 体講(휴강)한다는것보
다, ('하긴들그 먼지깨먹어버리면그만이지만)다못 한사간,
豫習(예습), 宿題(숙제)를 못해왔다든가
따분하고 졸리고한때, 한사간의 休講(휴강)은진실로
살로 가는 것이여서, 萬一敎授(만일교수)가 不便(불편)하
여 못나오섯다고 하더라도 미처우리들의
禮儀(예의)를 가출 사이가 없는 것임니다.

그러나 이것을 우리들의 망발과 時間(시간)의 浪費(낭비)라
고 速斷(속단)하서서 아
니 됩니다. 여기에 花園(화원)이 있습니다.
한포기 푸른풀과 하털기의 붉은 꽃과 함께 웃음이 있습니다.
노—

트장을 적시는 것보다. 더 明確(명확)한 眞理(진리)를
글줄과 씨름하는것보다. 牛汗充棟(우한충동)에 무처
探求(탐구)할수 있을런지 보다 더 많은 知識(지식)을 獲得(획
득)

할수있을런지 보다더 效果的(효과적)인 成果(성과)가 있을
지를 누가 否認(부인)하겠습니까.

나는 이 貴(귀)한 時間(시간)을 슬그머니 동무들
을떠나서 단혼자 花園(화원)에 거닐수 있습니
다. 단혼자 꽃들과 풀들가 이야기 할수
있다는 것이 얼마나 多幸(다행)한 일이겠습니
까. 참말 나는 溫情(온정)으로 이들을 대할수
있고 그들은 우슴을 対(대)한다는것은 나의 感傷(감상)
일가요, 孤独(고독), 精寂(정적)도 確実(확실)히 아름다운것
임에 틀림이 없으나. 여기에 또 서로마
음을 주는 동무가 있는것도 多幸(다행)한 일
이 아닐수 없습니다. 우리 花園(화원)를 請求(청구)하는
인, 동무들 중에, 집에 學費(학비)를 請求(청구)하는

편지를 쓰는 날저녁이면 생각하고 생각
해야할 書留(서류)X通称月給封套(통칭월급봉투)를 받아
든 손이

떨린다는 B君(군), 사랑을 爲(위)하여서는 밥맛
을잃고 잠을 이저버린다는 C君(군), 思想的(사상적)
撞着(당착)에 自殺(자살)을 期約(기약)한다는 D君
(군)……

나는이여러동무들의 갸륵한 心情(심정)을 내것
인것처럼 理解(이해)할수 있습니다. 서로 너그
러운 마음으로 처(대)할수있습니다.

나는 世界觀(세계관), 人生觀(인생관), 이런 좀더큰 問
題(문제)보다 바람과 구름과 햇빛과 나무와
友情(우정), 이런것들에 더많이 괴로워해 왔는
지도 모르겠습니다. 단지 이말이 나의
逆說(역설)이냐. 나自身(자신)을 흐리우는데 지날 뿐일가
요.

一般(일반)은 現代(현대) 學生道德(학생도덕)이 腐敗(부
패)했다고 말
함니다. 스승을 섬길줄을 모른다고들 함
니다. 올흔 말슴들입니다. 부끄러울 따름
임니다. 하나 이결함을 괴로워하는 우리
들 억개에 지워 曠野(광야)로 내쫓차 버려야
하나요, 우리들의 아픈데를 알어주는 스승.

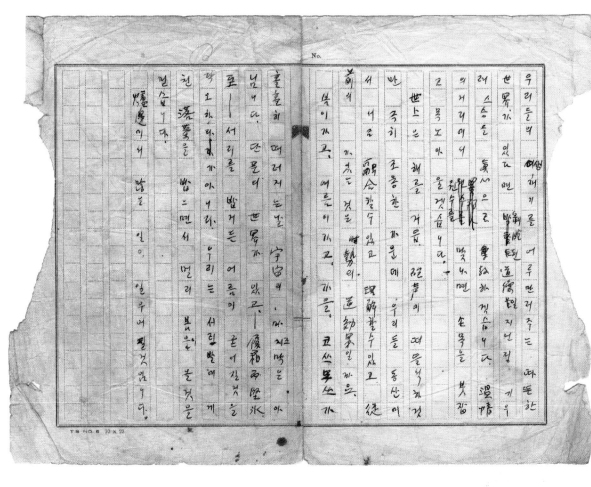

우리들의 생채기를 어루만저주는 따뜻한 世界(세계)가 있다면 剝脫(박탈)된 道德(도덕)일지언정 기우우려 스승을 眞心(진심)으로 尊敬(존경)하겠습니다. 溫情(온정)의 거리에서 원수를 맞나면 손목을 붓잡고 목노아 울겠습니다.

世上(세상)은 해를 거듭, 砲声(포성)에 떠들석하지만 극히 조용한 가운데 우리들 동산에서 서로 融合(융합)할수있고 理解(이해)할수있고 從前(종전)의   가 있었는것은時勢(시세)의 逆効果(역효과)일까요.

봄이가고, 여름이가고, 가을, 코쓰모쓰가 홀홀이 떠러지는날 宇宙(우주)의 마즈막은 아님니다. 단풍의 世界(세계)가 있고, ─ 履霜而堅氷(이상이견빙)조(지) ─ 서리를 밟거든 어름이 굳어질것을 각오하라 가아니라. 우리는 서리밭에 끼친 落葉(낙엽)을 밥으면서 멀리 봄이 올것을 믿습니다.

爐邊(노변)에서 많은 일이 일우어질것임니다.

終始(종시)

終点(종점)이 始点(시점)이 된다. 다시 始点(시점)이 終点(종점)이 된다.

아츰, 저녁으로 밥게 되는 데 이 자국을 밥게 된 緣由(연유)가 있다.

즉이 西山大師(서산대사)가 살아슬뜻한 松林(송림)속, 게다가 덩그러시 살림집은 외따로 한채뿐이엿으나 食口(식구)로는 굉장한것이여서 八道(팔도)사투리를 죄다 들을 만큼 몰아 노흔 미끈한 壯丁(장정)들만이 이 숙실하엿다. 이곳에 法令(법령)은 없어스나 女人禁納區(여인금납구)엿다. 萬一(만일) 强心臟(강심장)의 女人(여인)이 있어 不意(불의)의 侵入(침입)이 있다면 우리들의 好奇心(호기심)을 저윽히 자아내엿고, 房(방)마다 새로운 話題(화제)가 생기군 하엿다. 이럿듯 修道生活(수도생활)에 나는 소라속처럼 安堵(안도)하엿든 것이다.

事件(사건)이란 언제나 큰데서 動機(동기)가 되는

것보다 오히려 적은데서 더 많이 発作(발작)
하는 것이다.

눈온날이 엿다. 同宿(동숙)하는 친구의 친구
가 한 時間(시간) 남짓한 門(문)안들어 가는 車時間(차시간)
까지를 浪費(낭비)하기 為(위)하야 나의 친구를
찾어들어와서 하는 對話(대화)엿다.

「자네 여 보게 이집 귀신이 되려나?」

「조용한게 공부하기 자키나 좋장은가」

「그래 책장이나 뒤적뒤적하면 공부는」줄
아나 電車(전차)간에서 내다볼수있는 光景(광경)
停車場(정거장)에서 맛볼수있는光景(광경) 다시 汽車
(기차)

속에서 처(대)할수있는 모든일들이 生活(생활)아
닌것이 없거든、生活(생활)때문에 싸우는 이
雰圍氣(분위기)에 잠겨서、보고、생각하고、分析(분석)
하고、이거야 말로 眞正(진정)한 意味(의미)의 教
育(교육)이 아니겠는가 여보게! 자네 책장
만 뒤지고 人生(인생)이 어드럿니 社會(사회)가
어드럿니 하는것은 十六世紀(십육세기)에서나 찾
어볼일일세、斷然(단연) 門(문)안으로 나오도록
마음을 돌리게」

나안테하는 勸告(권고)는 아니엿으나 이말에
귀틈뜰려 상푸듕 그러리라고 생각하엿다.
非但(비단) 여기만이 아니라 人間(인간)을 떠나서
道(도)를 닥는다는것이 한낱 娛樂(오락)이오、娛樂(오락)
이매 生活(생활)이 될수없고、生活(생활)이 없으매
이또한 죽은 공부가 아니랴. 하야 공부
도 生活化(생활화)하여야 되리라 생각하고 밀일
내에 門(문)안으로 들어가기를 內心(내심)으로 斷
定(단정)해 버렷다. 그뒤 每日(매일)같이 이 자국을
밤게 된것이다.

나만 일즉이 아츰거리의 새로운 感觸(감촉)
을 맛볼줄만 알엇더니 벌서 많은 사람
들의 발자욱에 舖道(포도)는 어수선할대로 어
수선햇고 停留場(정류장)에 머믈때마다 이많은
무리를 죄다 어디갓다 터트릴 心算(심산)인지
꾸역꾸역 작구 박아실는데 늙은이 젊은
이 아이할것없이 손에 꾸럼이를
않든 사람은 없다. 이것이 그들 生活(생활)
의 꾸럼이오、同時(동시)에 倦怠(권태)의 꾸럼인지도
모르겠다.

이꾸럼이를 든 사람들의 얼굴을 하나
하나식 뜨더보기로 한다. 늙은이 얼굴이
란 너무오래 世波(세파)에 짜들어서 問題(문제)도
않되겠거니와 그젊은이들 낯짝이란 도무
지 말슴이아니다 열이면 열이 다 憂愁(우수)
그것이오 百(백)이면 百(백)이 다 悲慘(비참)그것이다.
이들에게 우슴이란 가믈에 콩싹이다. 必
境(필경) 귀여우리라는 아이들의 얼굴을 보는
나 蒼白(창백)하다. 或(혹)시 宿題(숙제)를 못해서 先生
(선생)
안테 꾸지람들을것이 걱정인지 쭈그러떠린것이
쭈그러떠린것이 活氣(활기)란 도무지 찾어 볼
수없다. 내상도 必然(필연)코 그꼴일텐데 내눈
으로 그꼴을 보지못하는것이 多幸(다행)이다.
萬一(만일) 다른사람의 얼굴을 보듯 그렇게
자주 내얼골을 보다 처(대)한다고 할것같으면 벌
서 天死(요사)하엿슬런지도 모른다.
나는 내눈을 疑心(의심)하기로 하고 斷念(단념)하
자!
차라리 城壁(성벽)우에 펼친 하늘을 처다보

는 편이 더 痛快(통쾌)하다. 눈은 하늘과 城

壁境界線(성벽경계선)을 따라 작구 달리는 것인데
이 城壁(성벽)이란 現代(현대)로써 참푸라지한 넷禁
城(금성)이다. 이안에서 어떤일이 일우어저스
며 어떤일이 行(행)하여지고 있는지 城(성)박
에서 살아왓고 살고있는 우리들에게는
알바가 없다 이제 다만 한가닥 希望(희망)은
이 城壁(성벽)이 끈어지는 곳이다.

企待(기대)는 언제나 크게 가질것이 못되여
서 城壁(성벽)이 끈어지는 곳에 總督府(총독부) 道廳(도
청)

무슨參考館(참고관), 遞信局(체신국), 新聞社(신문사), 消
防組(소방조), 무슨
株式會社(주식회사), 府廳(부청), 洋服店(양복점) 古物商
等(고물상등) 나라니
하고 연달아 오다가 아이스케이크看板(간판)에
눈이 잠간 머무는데 이놈을 눈나린 겨
을에 빈집을 직히는 꼴이라든가, 제身分(신분)
에 맞잔는 가개를 직히는 꼴을 살작
옐림에 올리여 본달것 같으면 한幅(폭)의
高等諷刺漫画(고등풍자만화)가 될터인데 하고 나는 눈
을감고 생각하기로 한다. 事實(사실) 요지음
아이스케이크 看板身勢(간판신세)를 免(면)치 아니치 못

할者(자) 얼마나 되랴. 아이스케이크 看板(간판)은
情熱(정열)에 불타는 炎暑(염서)가 眞正(진정)코 아수룸
다.

눈을 감고 한참 생각하느라면 한가지
꺼리끼는 것이 있는데 이것은 道德律(도덕률)이란
거치장스러운 義務感(의무감)이다. 젊은녀석이 눈
을 딱감고 빨이고 앉아 있다고 손구락
질하는것 같하야 번쩍 눈을 떠본다. 하
나 가차이 慈善(자선)할 對象(대상)이 없음에 자리
를 일치않겠다는 心情(심정)보다 오히려 아니
꼽게본 사람이 없어 스리란데 安心(안심)이 된다.
이것은 過斷性(과단성)있는 동무의 主張(주장)이지만
電車(전차)에서 맞난사람은 원수요, 汽車(기차)에서
맞난사람은 知己(지기)라는 것이다. 딴은 그러
리라고 얼마큼 首肯(수긍)하였댔다. 한자리에서
몸을 비비적거리면서도 「오늘은 좋은 날
세 올시다.」 「어디서 나리시나요」쯤의 인사
는 주고 받을 법한데, 一言半句(일언반구)없이 뚱
한꼴들이 자키나 큰 원수를맺고 지나는
사이들 같다. 만일 상량한사람이 있어 요
만쯤의 禮儀(예의)를 받는다고 할것같으면 電

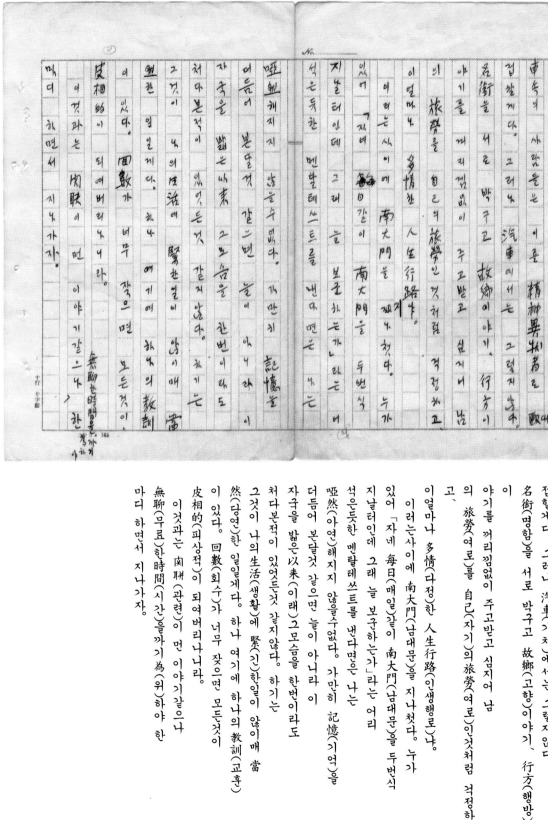

車(전차)속의 사람들은 이를 精神異狀者(정신이상자)로 대
접할게다. 그러나 汽車(기차)에서는 그렇지않다.

名銜(명함)을 서로 박구고 故鄕(고향)이야기, 行方(행방)

이
야기를 꺼리낌없이 주고받고 심지어 남
의 旅勞(여로)를 自己(자기)의 旅勞(여로)인것처럼 걱정하
고,

이얼마나 多情(다정)한 人生行路(인생행로)냐.

이러는사이에 南大門(남대문)을 지나쳤다. 누가
있어 「자네 每日(매일)같이 南大門(남대문)을 두번식
지날터인데 그래 늘 보군하는가」라는 어리
석은듯한 멘탈테쓰트를 낸다면은 나는

啞然(아연)해지지 않을수없다. 가만히 記憶(기억)을
더듬어 본달것 같으면 늘이 아니라 이
자구을 밟은以來(이래)그모습을 한번이라도
처다본적이 있었드것 같지않다. 하기는

그것이 나의 生活(생활)에 緊(긴)한일이 않이매 當
然(당연)한 일일게다. 하나 여기에 하나의 敎訓(교훈)
이 있다. 回數(회수)가 너무 잦으면 모든것이

皮相的(피상적)이 되여버리나니라.

이것과는 關聯(관련)이 먼 이야기같으나
無聊(무료)한 時間(시간)을까기 爲(위)하여야 한
마디 하면서 지나가자.

시골서는 제노라고 하는 양반이였든든모양
인데 처음 서울구경을 하고 돌아가서 며
칠동안 배운 서울말씨를 서뿔리 써가며
서울거리를 손으로 형용하고 말로서 떠
버려 옴겨 노트란데、「停車場(정거장)에 턱 나리니
앞에 古色(고색)이 蒼然(창연)한 南大門(남대문)이 반기는
듯
가로 막혀있고、 總督府(총독부)집이 크고、 昌慶苑(창경
원)
에 百(백)가지 禽獸(금수)가 봄즉했고 德壽宮(덕수궁)의
넷宮殿(궁전)이 懷抱(회포)를 자아 냇고、 和信乘降機(화신
승강기)는
머리가 힝—— 햇고 本町(본정)엔 電燈(전등)이 낮처럼
밝은데 사람이 물밀리듯 밀리고 電車(전차)란
놈이 윙윙소리를 질으며 질으며 연달아
달리고—— 서울이 自己(자기)하나를 爲(위)하야
이루워진것처럼 웃줄햇는데 이것쯤은 있
을듯한 일이다. 한데 게도 방정구러기가
있어

「南大門(남대문)이란 懸板(현판)이 참 名筆(명필)이지
요」
하고 물으니 対答(대답)이 傑作(걸작)이다。
「암 名筆(명필)이구말구 南字(남자) 大字(대자) 門字(문
자)하나
하나 살아서 막 꿈틀거리는것 같데」

어느모로나 서울자랑하려는 이양반으로서는
可當(가당)한 처답(대답)일게다. 이분에게 阿峴(아현)고개
막바지기에、―아니 치벽한데 말고、―가차이
鐘路(종로) 뒤골목에 무엇이 있든가를 물엇드
면 얼마나 當慌(당황)해 햇스랴.

나는 終点(종점)을 始点(시점)으로 박군다.
내가 나린곳이 나의 終点(종점)이오. 내가 타는
곳이 나의 始点(시점)이 되는까닭이다. 이찌른
瞬間(순간) 많은사람사이에 나를 물는것인데
나는 이네들에게 너무나 皮相的(피상적)이 된다.
나의 휴맨니티를 이네들에게 發揮(발휘)해낸다
는 재조가 없다. 이네들의 김븜과 슬픔
과 앞음을 나로서는 測量(측량)한다는수가
없는까닭이다. 너무 漢然(막연)하다. 사람이란
回數(회수)가 잦은데와 量(양)이 많은데는 너무나
쉽게 看守的(간수적)이 되나보다. 그럴사록 自己(자기)
하나 看守(간수)하기에 奔忙(분망)하나 보다.
씨 그날을 밤고 汽車(기차)는 왱― 떠난다.
故鄕(고향)으로 向(향)한 車(차)도아니건만 空然(공연)히
가
슴은 설렌다. 우리 汽車(기차)는 느릿느릿 가

다 숨차면 假停車場(가정거장)에서도 선다. 每日(매일)갈

이 원女子(여자)들인지 주룽주룽서 있다. 제마

다 꾸럼이를 아넜는데 例(예)의 그꾸럼인듯 싶

다. 다들 芳年(방년)된 아가씨들인데 몸매로보

아하니 工場(공장)으로 가는 職工(직공)들은 아닌모

양이다. 얌전히들 서서 汽車(기차)를 기다리는

모양이다. 判斷(판단)을 기다리는 모양이다. 하

나 輕妄(경망)스럽게 琉璃窓(유리창)을 通(통)하여 美人判

斷(미인판단)을 나려서는 않된다. 皮相法則(피상법칙)이

여기

에도 適用(적용)될지 모른다. 透明(투명)한듯하나 밀

지못할것이 琉璃(유리)다. 얼골을 찌깨눈듯이

한다든가 이마를 좁다랗게한다든가 코를

말코로 만든다든가 턱을 조개턱으로 만

든다든가하는 惡戲(악희)를 琉璃窓(유리창)이 때때로

敢行(감행)하는 까닭이다. 判斷(판단)을 나리는者(자)에게

는 別般(별반) 利害關係(이해관계)가 없다손치더래도 判

斷(판단)을 받는當者(당자)에게 오려든 幸運(행운)이 逃

亡(도망)

갈런지를 누가 保障(보장)할소냐. 如何間(여하간) 아무리

透明(투명)한 꺼풀일지라도 깨끗이 벗겨바리는

것이 맛당할것이다.

이윽고 턴넬이 입을 버리고 기다리는
데 거리 한가운데 地下鉄道(지하철도)도 않인 턴
넬이 있다는것이 얼마나 슬픈일이냐, 이
턴넬이란 人類歷史(인류역사)의 暗黑時代(암흑시대)요 人
生行
路(인생행로)의 苦悶相(고민상)이다. 空然(공연)히 박휘소
리만 요
하나 未久(미구)에 우리에게 光明(광명)의 天地(천지)가 있
다.

턴넬을 버서 낫을때 요지음 複線工事(복선공사)에
奔走(분주)한 勞働者(노동자)들을 볼수있다. 아츰 첫車(차)
에 나갓을때에도 일하고 저녁 늦車(차)에
들어올때에도 그네들은 그대로 일하는데
언제 始作(시작)하야 언제 끝이는지 나로서는
헤아릴수없다. 이네들이야말로 建設(건설)의 使徒(사도)
들이다. 이네들이 땀과 피를 애끼지않는다.

그 융중한 도락구를 밀면서도 마음만은
遙遠(요원)한데 있어 도락구 판장에다 서투른
글씨로 新京行(신경행)이니 北京行(북경행)이니 南京行
(남경행)이
니 라고써서 타고다니는것이아니라 밀고

다닌다. 그네들의 마음을 엿볼수있다. 그
것이 苦力(고력)에 慰安(위안)이 않된다고 누가 主張(주장)
하랴.

이제나는 곧 終始(종시)를 박궈야한다. 하나
내車(차)에도 新京行(신경행), 北京行(북경행), 南京行(남
경행)을 달고
싶다. 世界一週行(세계일주행)이라고 달고싶다. 아니
그보다 眞正(진정)한 내故鄕(고향)이 있다면 故鄕行(고향
행)
을 달겠다 다음 到着(도착)하여야할 時代(시대)의 停車場
(정거장)
이 있다면 더좋다.

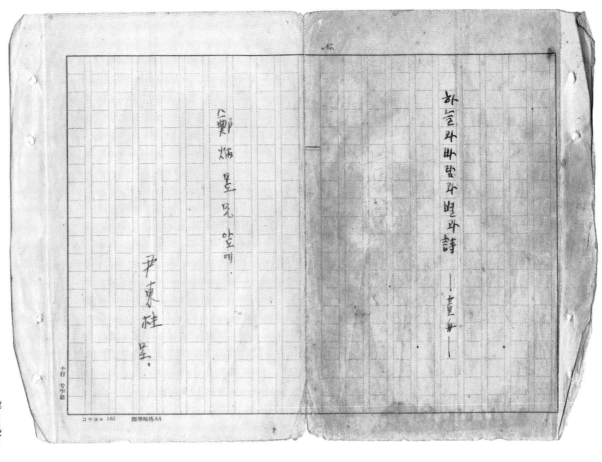

하늘과 바람과 별과 詩

유필 자선시집 표지임.

하늘과 바람과 별과 詩(시) —— 童舟(동주) ——

鄭炳昱兄(정병욱형) 앞에

尹東柱 呈(윤동주 정)

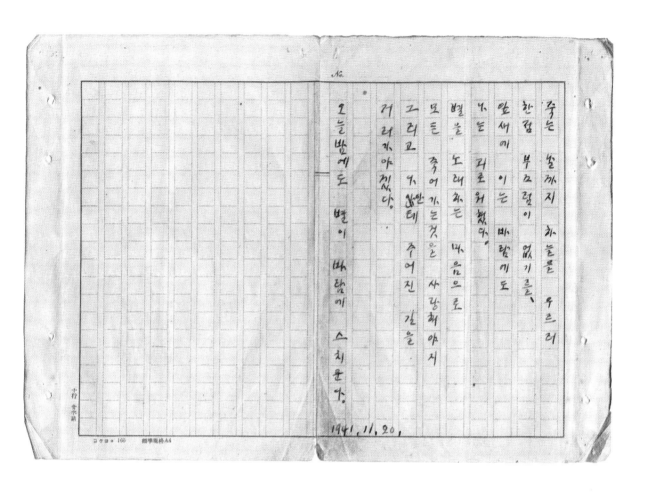

죽는 날까지 하늘을 우러러
한점 부끄럼이 없기를,
잎새에 이는 바람에도
나는 괴로워했다.
별을 노래하는 마음으로
모든 죽어가는것을 사랑해야지
그리고 나안테 주어진 길을
거러가야겠다.

오늘밤에도 별이 바람에 스치운다.

1941. 11. 20.

自画像(자화상)

산모퉁이를 돌아 논가 외딴우물을 홀로
찾어가선 가만히 드려다 봅니다.

우물속에는 달이 밝고 구름이 흐르고
하늘이 펄치고 파아란 바람이 불고 가
을이 있습니다.

그리고 한 사나이가 있습니다.
어쩐지 그 사나이가 미워저 돌아갑니다.

돌아가다 생각하니 그사나이가 가엽서집
니다. 도로가 드려다 보니 사나이는 그
대로 있습니다.

다시 그사나이가 미워저 돌아갑니다.
돌아가다 생각하니 그사나이가 그리워집
니다.

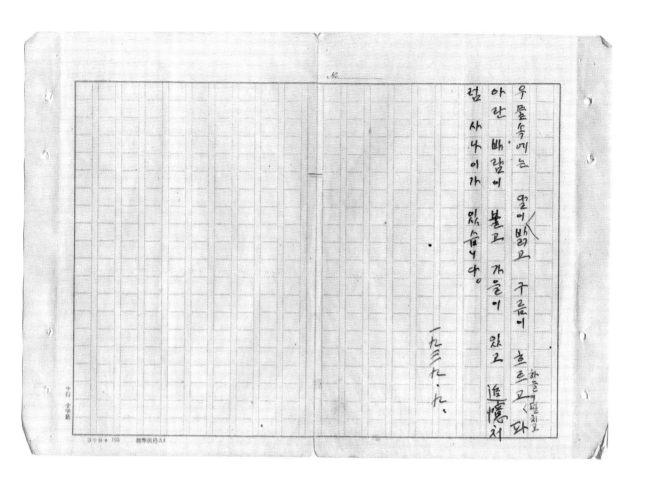

우물속에는 달이 밝고 구름이 흐르고 하늘이 펼치고 파
아란 바람이 불고 가을이 있고 追憶(추억)처
럼 사나이가 있습니다.

一九三九、九、

少年(소년)

여기저기서 단풍닢 같은 슬픈가을이 뚝 뚝 떨어진다. 단풍닢 떨어져 나온 자리마다 봄을 마련해 놓고 나무가지 우에 하늘이 펼처있다. 가만이 하늘을 드려다 보려면 눈섭에 파란 물감이 든다. 두손으로 따뜻한 볼을 쓰서보면 손바닥에도 파란 물감이 무더난다. 다시 손바닥을 드려다 본다. 손금에는 맑은 강물이 흐르고, 맑은 강물이 흐르고, 강물속에는 사랑처럼 슬픈얼골—— 아름다운 順伊(순이)의 얼골이 어린다. 少年(소년)은 황홀이 눈을 감어 본다. 그래도 맑은 강물은 흘러 사랑처럼 슬픈얼골—— 아름다운 順伊(순이)의 얼골은 어린다.

一九三九.

눈오는地圖(지도)

順伊(순이)가 떠난다는 아츰에 말못할 마음으로 함박눈이 나려, 슬픈것 처럼 窓(창)밖에 아득히 깔린 地圖(지도)우에 덥힌다. 房(방)안을 도라다 보아야 아무도 없다. 壁(벽)과 天井(천정)이 하얗다. 房(방)안에까지 눈이 나리는 것일까, 정말 너는 잃어버린 歷史(역사)처럼 홀홀이 가는것이냐, 떠나기 前(전)에 일러 둘말이 있든것을 편지를 써서도 네가 가는 곳을 몰라 어느거리, 어느마을, 어느집웅밑, 너는 내 마음속에만 남어 있는 것이냐, 네 쪼고만 발자욱을 눈이 작고 나려 덥혀 따라갈수도 없다. 눈이 녹으면 남은 발자욱자리마다 꽃이 피리니 꽃사이로 발자욱을 찾어 나서면 一年(일년)열 두달 하냥 내 마음에는 눈이 나리리라.

一九四一,三,一二,

돌아와 보는밤

세상으로부터 돌아오듯이 이제 내 좁은
방에 돌아와 불을 끄옵니다. 불을 켜두
는것은 너무나 피로롭은 일이옵니다. 그것
은 낮의 延長(연장)이옵기에———

이제 窓(창)을 열어 空氣(공기)를 밖구어 드려야
할턴데 밖을 가만이 내다 보아야 房(방)안
과같이 어두어 꼭 세상같은데 비를 맞
고 오든길이 그대로 비속에 젖어 있사
옵니다.

하로의 울분을 씻을바 없어 가만이 눈
을 감으면 마음속으로 흐르는 소리, 이
제, 思想(사상)이 능금처럼 저절로 익어 가옵
니다.

一九四一. 六.

病院（병원）

살구나무 그늘로 얼골을 가리고. 病院（병원）뒷
뜰에 누어, 젊은 女子（여자）가 힌옷아래로 하
얀다리를 드려내 놓고 日光浴（일광욕）을 한다.
한나절이 기울도록 가슴을 알른다는 이
女子（여자）를 찾어 오는 이, 나비 한마리도
없다. 슬피지도 않은 살구나무가지에는
바람조차 없다.

나도 모를 아픔을 오래 참다 처음으로
이곳에 찾어 왔다. 그러나 나의 늙은 의
사는 젊은이의 病（병）을 모른다. 나안테는
病（병）이 없다고 한다. 이 지나친 試鍊（시련）, 이
지나친 疲勞（피로）, 나는 성내서는 않된다.

女子（여자）는 자리에서 일어나 옷깃을 여미고
花壇（화단）에서 金盞花（금잔화） 한포기를 따 가슴에
꼽고, 病室（병실）안으로 살어진다. 나는 그 女子（여자）

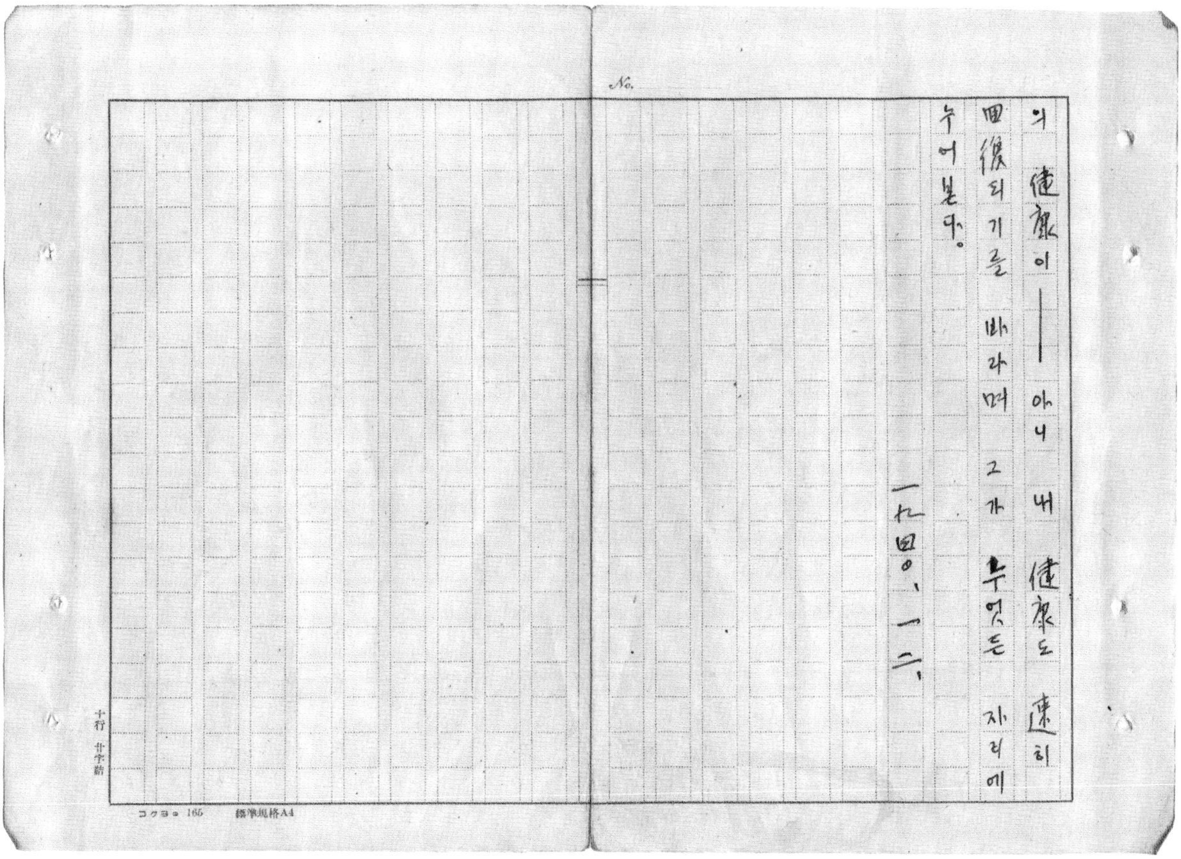

의 健康이 ── 아니 내 健康도 速히
回復되기를 바라며 그가 누엇든 자리에
누어본다.

一九四〇、一二、

의 健康(건강)이 ── 아니 내 健康(건강)도 速(속)히
回復(회복)되기를 바라며 그가 누어든 자리에
누어본다.

一九四〇、一二、

새로운길

내를 건너서 숲으로
고개를 넘어서 마을로

어제도 가고 오늘도 갈
나의길 새로운길

문들레가 피고 까치가 날고
아가씨가 지나고 바람이 일고

나의길은 언제나 새로운길
오늘도……내일도……

내를 건너서 숲으로
고개를 넘어서 마을로

　　　　一九三八、五、一〇、

看板(간판)없는거리

停車場(정거장) 푸랄 쫌에
나렷을때 아무도없어,

다들 손님들뿐,
손님갈은 사람들뿐,

집집마다 看板(간판)이없어
집 찾을 근심이없어

모롱이마다
慈愛(자애)로운 헌 瓦斯燈(와사등)에

불붓는 文字(문자)도없이
파라케
빨가케

불을 혀놓고,

손목을 잡으면
다들, 어진사람들
다들, 어진사람들

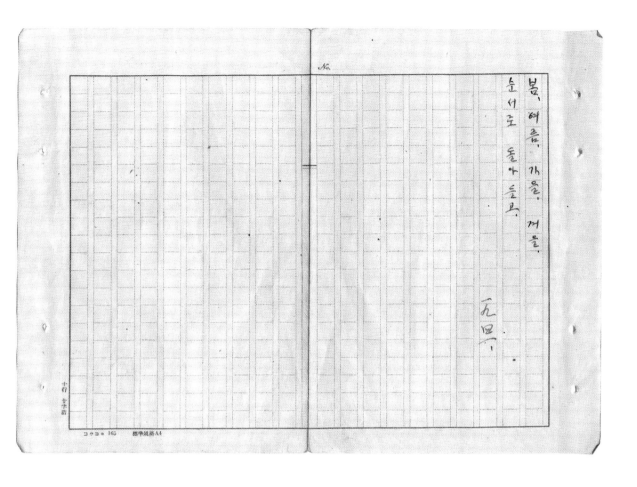

봄、여름、가을、겨울、

순서로 돌아들고、

一九四一、

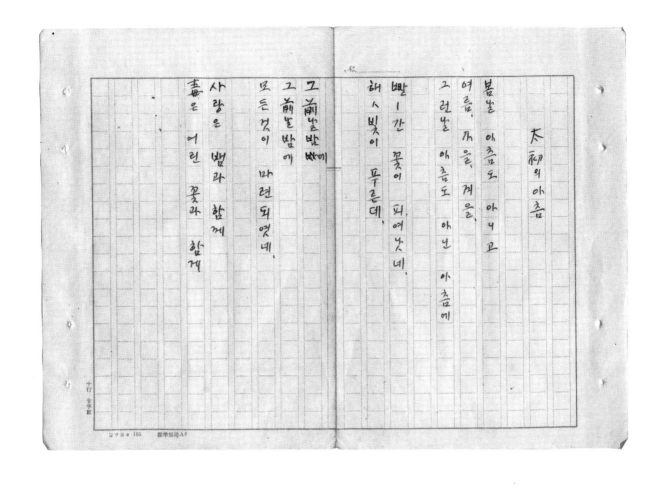

太初(태초)의 아츰

봄날 아츰도 아니고
여름, 가을, 겨을,
그런날 아츰도 아닌 아츰에

빨—간 꽃이 피여낫네,
해ㅅ빛이 푸른데,

그前(전)날밤에
그前(전)날밤에
모든것이 마련되엿네,

사랑은 뱀과 함께
毒(독)은 어린 꽃과 함께

또 太初(태초)의 아츰

하얗게 눈이 덮이엿고
電信柱(전신주)가 잉잉 울어
하나님말슴이 들려온다.

무슨 啓示(계시)일가.

빨리
봄이 오면
罪(죄)를 짓고
눈이
밝어

이앤가 解産(해산)하는 수고를 다하면

無花果(무화과) 잎사귀로 부끄런데를 가리고

나는 이마에 땀을 흘려야겟다.

1941、5、31、

새벽이 올때까지

다들 죽어가는 사람들에게
검은 옷을 입히시요.

다들 살어가는 사람들에게
힌 옷을 입히시요.

그리고 한 寢台(침대)에
가즈런이 잠을 재우시요

다들 울거들랑
젖을 먹이시요

이제 새벽이 오면
나팔소리 들려 올게외다.

一九四一、五、

무서운 時間(시간)

거 나를 부르는것이 누구요,

가랑닢 입파리 푸르러 나오는 그늘인데,
나 아직 여기 呼吸(호흡)이 남어 있소.

한번도 손들어 보지못한 나를
손들어 표할 하늘도 없는 나를

어디에 내 한몸둘 하늘이 있어
나를 부르는 것이오.

일이 마치고 내 죽는날 아츰에는
서럽지도 않은 가랑닢이 떠러질텐데……

나를 부르지마오.

一九四一、二、七

十字架(십자가)

쫓아오든 햇빛인데
지금 敎會堂(교회당) 꼭대기
十字架(십자가)에 걸리였습니다.

尖塔(첨탑)이 저렇게도 높은데
어떻게 올라갈수 있을가요.

鐘(종)소리도 들려오지 않는데
휫파람이나 불며 서성거리다가,

괴로왔든 사나이,
幸福(행복)한 예수·그리스도에게
처럼
十字架(십자가)가 許諾(허락)된다면

목아지를 드리우고
꽃처럼 피여나는 피를

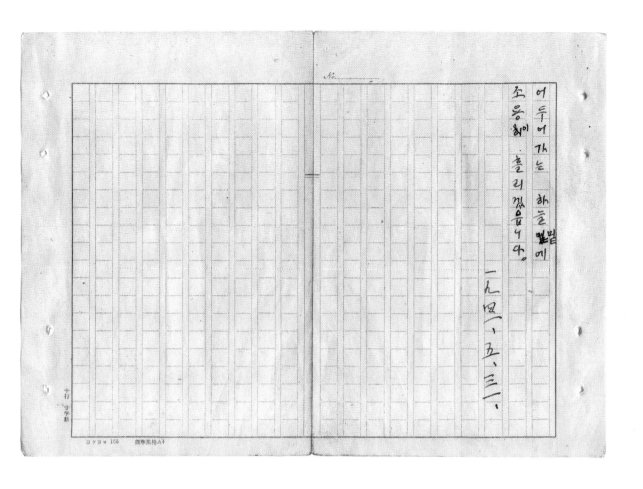

어두어가는 하늘밑에
조용이 흘리겠읍니다.

一九四一、五、三一、

바람이 불어

바람이 어디로부터 불어와
어디로 불려가는 것일가,

바람이 부는데
내 괴로움에는 理由(이유)가 없다.

내 괴로움에는 理由(이유)가 없을가,

단 한 女子(여자)를 사랑한 일도 없다.
時代(시대)를 슬퍼한 일도 없다.

바람이 작고 부는데
내 발이 반석우에 섯다.

강물이 작고 흐르는데
내 발이 언덕우에 섯다.

一九四一、六、二

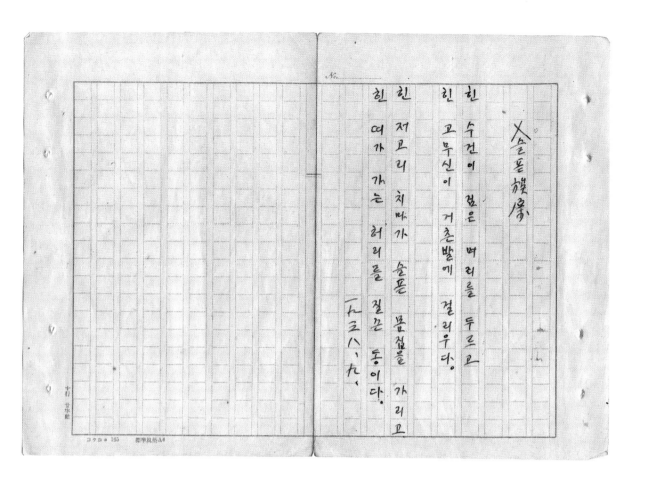

슬픈 族屬(족속)

흰 수건이 검은 머리를 두르고
흰 고무신이 거츤발에 걸리우다.

흰 저고리 치마가 슬픈 몸집을 가리고、
흰 띠가 가는 허리를 질끈 동이다.

一九三八、九、

눈감고간다

太陽(태양)을 사모하는 아이들아
별을 사랑하는 아이들아

밤이 어두었는데
눈감고 가거라.

가진바 씨앗을
뿌리면서 가거라

발뿌리에 돌이 채이거든
감었든 눈을 왓작떠라.

一九四一、五、三一、

또다른故鄕(고향)

故鄕(고향)에 돌아온날밤에
내 白骨(백골)이 따라와 한방에 누엇다.

어둔 房(방)은 宇宙(우주)로 通(통)하고
하늘에선가 소리처럼 바람이 불어온다.

어둠속에 곱게 風化作用(풍화작용)하는
白骨(백골)을 드려다 보며
눈물 짓는것이 내가 우는것이냐
白骨(백골)이 우는것이냐
아름다운 魂(혼)이 우는것이냐

志操(지조) 높은 개는
밤을 새워 어둠을 짓는다.

어둠을 짓는 개는
나를 쫓는 것일게다.

가자 가자
쫓기우는 사람처럼 가자
白骨(백골)몰래
아름다운 또다른 故鄉(고향)에 가자!

一九四一、九、

길

잃어 버렸습니다.
무얼 어디다 잃었는지 몰라
두 손이 주머니를 더듬어
길에 나아갑니다.

돌과 돌과 돌이 끝없이 연달아
길은 돌담을 끼고 갑니다.

담은 쇠문을 굳게 닫어
길 우에 긴 그림자를 드리우고

길은 아침에서 저녁으로
저녁에서 아침으로 통했습니다.

돌담을 더듬어 눈물 짓다
쳐다보면 하늘은 부끄럽게 프릅니다.

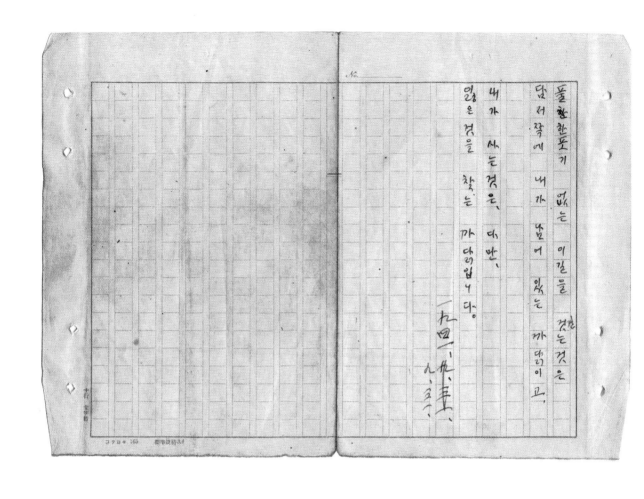

풀 한포기 없는 이길을 걷는것은
담저쪽에 내가 남어 있는 까닭이고,

내가 사는것은, 다만,
잃은것을 찾는 까닭입니다.

一九四一、九、三一、

하늘과바람과별과詩

•
163

별 헤는 밤

季節이 지나가는 하늘에는
가을로 가득 차 있습니다.

나는 아무 걱정도 없이
가을속의 별들을 다 헤일듯합니다.

가슴속에 하나 둘 색여지는 별을
이제 다 못헤는 것은
쉬이 아츰이 오는 까닭이오.
來日밤이 남은 까닭이오.
아직 나의 靑春이 다하지 않은 까닭입니다.

별하나에 追憶라
별하나에 사랑라
별하나에 쓸쓸함라
별하나에 憧憬과

별 헤는 밤

季節(계절)이 지나가는 하늘에는
가을로 가득 차 있습니다.

나는 아무 걱정도 없이
가을속의 별들을 다 헤일듯합니다.

가슴속에 하나 둘 색여지는 별을
이제 다 못헤는것은
쉬이 아츰이 오는 까닭이오,
來日(내일)밤이 남은 까닭이오,
아직 나의 靑春(청춘)이 다하지 않은 까닭입
니다.

별하나에 追憶(추억)과
별하나에 사랑과
별하나에 쓸쓸함과
별하나에 憧憬(동경)과

별 하나에 詩(시)와
별 하나에 어머니, 어머니,

어머님, 나는 별 하나에 아름다운 말
한 마디식 불러 봅니다. 小學校(소학교)때 冊床(책상)을
같이 했든 아이들의 일홈과, 佩(패)、鏡(경)、玉(옥)
이런 異國少女(이국소녀)들의 일홈과 벌서 애기
어머니 된 게집애들의 일홈과, 가난한
이웃사람들의 일홈과, 비둘기, 강아지, 토
끼, 노새, 노루, 「뿌랑시쓰·짬」「라이넬·마
리아·릴케」이런 詩人(시인)의 일홈을 불러봄
니다.

이네들은 너무나 멀리 있습니다.
별이 아슬이 멀듯이,

어머님,
그리고 당신은 멀리 北間島(북간도)에 게십니다.

나는 무엇인지 그러워

이밤은 별빛이 나린 언덕우에
내 일홈자를 써보고,
흙으로 덥히 버리엇습니다.

따는 밤을 새워 우는 버레는
부끄러운 일홈을 슬퍼하는 까닭입니다.
(一九四一、十一、五)

그러나 겨을이 지나고 나의 별에도 봄이 오면
무덤우에 파란 잔디가 피여나듯이
내일홈자 뭋힌 언덕우에도
자랑처럼 풀이 무성 할게외다.

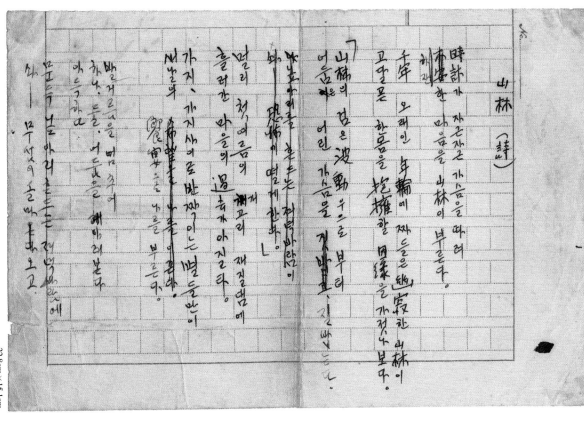

습유작품(拾遺作品)

낱장 상태로 보관되어 온 원고들임.

山林(산림) (詩(시))

時計(시계)가 자그마한 가슴을 따려
하잔한 마음을 山林(산림)이 부른다.

千年(천년) 오래인 年輪(연륜)에 짜들은 幽寂(유적)한 山
林(산림)이
고달픈 한몸을 抱擁(포옹)할 因緣(인연)을 가젓나 보다.

「山林(산림)의 검은 波動(파동)우으로부터
어둡은 어린 가슴을 질밥는다.」

멀리 첫여름의 개고리 재질댐에
흘러간 마을의 過去(과거)가 아질타.

가지, 가지사이로 반짝이는 별들만이
새날의 饗宴(향연)으로 나를 부른다.

발거름을 멈추어
하나, 둘, 어둡을 헤아려본다
아득하다

문득 뇌아리흔드는 져녁바람에
쇠──── 무섭이울마오고.

22.6cm × 15.2cm

黃昏(황혼)이 바다가 되여(詩(시))

하로도 검푸른 물결에
흐느적 잠기고……잠기고……

저— 웬 검은고기떼가
물든 바다를 날아 橫斷(횡단)할고、

落葉(낙엽)이 된 海草(해초)
海草(해초)마다 슬프기도 하오。

西窓(서창)에 걸린 해말간 風景画(풍경화)、
옷고름너어는 孤兒(고아)의 설음

이제 첫 航海(항해)하는 마음을 먹고
방바닥에 나딩구오……딩구오……

黃昏(황혼)이 바다가 되여
오늘도 數(수)많은 배가
나와함께 이물결에 잠겨슬 게오。

慰勞(위로)

거미 란 놈이 흉한심보로 病院(병원) 뒷뜰난간과 꽃
발사이 사람발이 살다찌
않는 곳에 그물을처 놓앗다, 屋外(옥외)
療養(요양)을 받는 젊은사나이가 누어서
치여다 보기 바르게—

나비가한마리 꽃밭에 날어들다 그물에걸
리엿다, 노—란날개를 파득거려도
파득거려도 나비는 작고 감기우기만한다.
거미는쏜살가치 가더니 끝없는끝없
는실을뽑아나비의 온몸을 감아버린다
사나이는 긴한숨을쉬엿다.

나(歲)보담 무수한 고생 끝에 때를잃고
病(병)을얻은 이사나이를慰勞(위로)할말이—
거미줄을 헝크러 버리는 박에 慰勞(위로)의
말이없엇다.

28.4cm×14.3cm

八福（팔복）

마태福音（복음）五章（장）三──十二、

슬퍼 하는자는 복이 있나니
슬퍼 하는자는 복이 있나니
슬퍼 하는자는 복이 있나니
슬퍼 하는자는 복이 있나니
슬퍼 하는자는 복이 있나니
슬퍼 하는자는 복이 있나니
슬퍼 하는자는 복이 있나니
슬퍼 하는자는 복이 있나니

저히가 永遠（영원）히 슬플것이오.

慰勞

거미란 놈이 흥한 심보로 ㅗ病院 뒤ㅅ뜰
난간과 꽃밭사이 사람발이 잘 다 찌않
는곳이 그물을 처 놓앗다. 屋外療
養을 밧는 젊은 사나이가 누어서
치여다 보기 바르게─

나비가 한 마리 꽃밭에 날어들다 그물에
걸리엇다. 노─란 날개를 파득거려도
파득거려도 나비는 작고 감기우기만한
다. 거미가 쏜살갓이가더니 끌었는끌
었는 실을뽑아 나비의 온몸을 감어버
린다. 사나이는 긴 한숨을 쉬엇다.

나(歲)보담 무수한 고생 끝에 때를잃
고 病을 얻은 이사나이를 慰勞할말이
─ 거미줄을 헝크러 버리는 것박에
慰勞의 말이 없엇다.

一九四○. 十二. 三.

20.8cm×14.3cm

慰勞(위로)

거미란 놈이 흥한 심보로 病院(병원) 뒤ㅅ뜰
난간과 꽃밭사이 사람발이 잘 다 찌않
는곳에 그물을 처 놓앗다. 屋外療
養(옥외요양)을 받는 젊은 사나이가 누어서
치여다 보기 바르게─

나비가 한마리 꽃밭에 날어들다 그물에
걸리엇다. 노─란 날개를 파득거려도
파득거려도 나비는 작고 감기우기만한
다. 거미가 쏜살갓이가더니 끌었는끌
었는실을뽑아 나비의 온몸을 감어버
린다. 사나이는 긴 한숨을쉬엇다.

나(歲)보담 무수한 고생끝에 때를잃
고 病(병)을 얻은 이사나이를 慰勞(위로)할말이
─ 거미줄을 헝크러 버리는 것박에
慰勞(위로)의 말이 없엇다.

一九四○. 十二. 三.

病院(병원)

살구나무 그늘로 얼골을 가리고 病院(병원)뒷뜰에
누어 젊은 女子(여자)가 힌옷아래로 하얀다리를
들어내 놓고 日光浴(일광욕)을 한다. 한나절이
기울도록 가슴을 앓른다는 이 女子(여자)를찾어 오는이
나비 한마리도없다. 슬프지도않은 살구나무가지에는
바람조차없었다.

나도모를아픔을오래참다, 처음으로 이곳에찾어왔다.
그러나 나의 늙은의사는젊은이의病(병)을모른다, 나안테
는病(병)이없다고
한다, 이 지나친 試鍊(시련), 이지나친 疲困(피곤), 나는
성내서는
않된다.

女子(여자)는 자리에서 일어나 옷깃을 여미고,
花壇(화단)에서 金盞花(금잔화)한포기를 따 가슴에꼽고·
病室(병실)로 살어진다, 나는 그
女子(여자)의 健康(건강)이──아니 내健康(건강)도 速
(속)히 回復(회복)되기를바라
며 그가 누었든 자리에 누어본다.

못자는밤,

하나, 둘, 셋, 네
....
밤은
많기도 하다.

유고작품[拾遺作品]―유화이전

흐르는 거리

돌아와 보는밤、

세상으로부터 돌아오듯이
이제 내 좁은 房(방)에 돌아와서
불을 끄옵니다。

불을 켜두는것은 너무나 피롭은 일이옵니다、
그것은 낮의 延長(연장)이옵기에—

밖을 가만히 내다 보아야
房(방)안과같이 어두어
꼭 세상같은데

비를맞고 오든길이 그대로 에 남어 있사옵니다。

하로의 울분을 씻을 바 없어
가만히 눈을감으면
마음속으로 흐르는 소리、이제、
思想(사상)이 능금처럼 저절로익어 가옵니다、

21cm×15cm

肝(간)

바닷가 해빛 바른 바위우에
습한 肝(간)을 펴서 말리우자,

코카사쓰山中(산중)에서 도맹해온 토끼처럼
둘러리를 빙빙 돌며 肝(간)을 직히자.

내가 오래 기르든 여윈 독수리야!
와서 뜨더먹어라, 시름없이

너는 살지고
나는 여위여야지, 그러나,

거북이야!
다시는 龍宮(용궁)의 誘惑(유혹)에 안떠러진다.

푸로메디어쓰 불상한 푸로메디어쓰
불 도적한 죄로 목에 맷돌을 달고
끝없이 沈澱(침전)하는 푸로메디어쓰,

一九四一, 十一, 二九日,

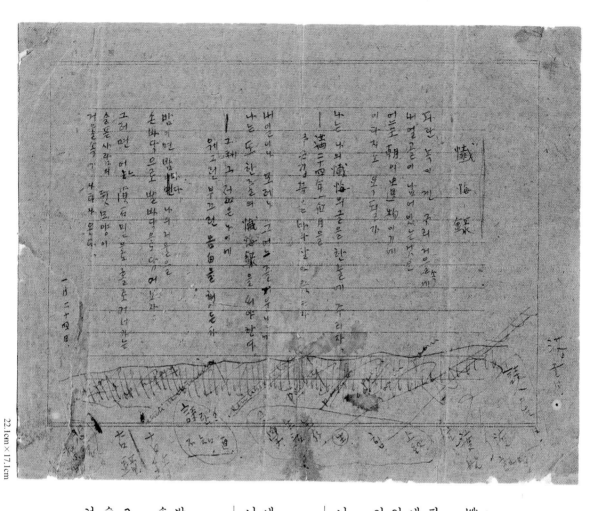

懺悔錄(참회록)

파란 녹이 낀 구리 거울속에
내얼골이 남어 있는것은
어느 王朝(왕조)의 遺物(유물)이기에
이다지도 욕될가

나는 나의 懺悔(참회)의 글을 한줄에 주리자,
── 滿二十四年一仈月(만이십사년일개월)을
무슨깁븜을바라살아왔든가

내일이나 모레나 그어느 즐거운날에
나는 또 한줄의 懺悔錄(참회록)을 써야한다.
── 그때 그 젊은나이에
웨 그런 부끄런 告白(고백)을 했든가.

밤이면 밤마다 나의거울을
손바닥으로 발바닥으로 닦어 보자

그러면 어느 隕石(운석)밑으로 홀로거러가는
슬픈사람의 뒷모양이
거울속에 나타나온다.

　　　　　　　　一月二十四日.

20.8cm×18.5cm

흰 그림자.

黃昏(황혼)이 지터지는 길모금에서
하로종일 시드른 귀를 가만이 기우리면
땅검의 옮겨지는 발자취소리,

발자취소리를 들을수있도록
나는총명했든가요.

이제 어리석게도 모든것을 깨다른다음
오래 마음 깊은속에
괴로워하든수많은 나를
하나, 둘 제고장으로 돌려보내면
거리모통이 어둠속으로
소리없이사라지는 흰그림자,

흰 그림자들
연연히 사랑하든 흰그림자들,

내 모든것을 돌려보낸뒤
허전히 뒷골목을 돌아
黃昏(황혼)처럼 물드는 내방으로 돌아오면

信念(신념)이 깊은 으젓한 羊(양)처럼
하로 종일 시름없이 풀포기나 뜯자。

四、十四、

사랑스런追憶(추억)

봄이오든 아츰、 서울어느쪼그만 停車場(정거장)에서
希望(희망)과 사랑처럼汽車(기차)를 기다려、

나는푸라트·폼에 간신한그림자를터러트리고、
담배를 피웠다。

내 그림자는 담배연기 그림자를날리고、
비들기 한떼가 부끄러울것도없이
나래속을 속、 속、 햇빛에빛위、 날었다。

汽車(기차)는아무새로운소식도없이
나를 멀리 실어 다 주어、

봄은 다가고 ── 東京郊外(동경교외)어느 조용한 下宿房(하숙방)

에서, 옛거리에 남은 나를 希望(희망)과 사랑처럼 그리워한다.

오늘도 汽車(기차)는 몇번이나 無意味(무의미)하게 지나가고,

오늘도 나는 누구를 기다려 停車場(정거장)가차운 언덕에서 서성거릴게다.

── 아아 젊음은 오래 거기 남어있거라.

五月十三日.

흐르는거리

으스럼이 안개가 흐른다. 거리가 흘러간다.
저 電車(전차), 自動車(자동차), 모든 바퀴가 어디로 흘러가는 것일까? 定泊(정박)할 아무 港口(항구)도없이, 가련한 많은 사람들을 실고서, 안개속에 잠긴 거리는,

거리모통이 붉은 포스트 상자를 붓잡고,

20.8cm×18.5cm

서슬라면 모든것이 흐르는속에 어렴푸시빛
나는 街路燈(가로등), 꺼지지 않는것은 무슨象徵(상징)
일까? 사랑하는동무 朴(박)이여! 그리고 金(김)이여!
자네들은 지금 어디 있는가? 끝없이 안개가
흐르는데,

「새로운날아츰 우리 다시 情(정)답게 손목을잡
어 보세」 몇字(자) 적어 포스트속에 떠러트리고,
밤을 새워 기다리면 金徽章(금휘장)에 金(금)라추를
삐였고 巨人(거인)처럼 찬란히 나타나는 配達夫(배달부),
아츰과 함께 즐거운 來臨(내림),

이밤을 하욤없이 안개가 흐르다.

五月十二日.

쉽게씨워진詩(시)

窓(창)밖에 밤비가 속살거려
六疊房(육첩방)은 남의 나라,

20.8cm×18.5cm

詩人(시인)이란 슬픈天命(천명)인줄 알면서도
한줄詩(시)를 적어 볼가,

땀내와 사랑내 포근히 품긴
보내주신 學費封套(학비 봉투)를 받어

大學(대학)노一트를 끼고
늙은 敎授(교수)의 講義(강의) 들으려 간다.

생각해보면 어린때 동무를
하나, 둘, 죄다 잃어 버리고

나는 무얼 바라
나는 다만, 홀로 沈澱(침전)하는것일가?

人生(인생)은 살기 어렵다는데
詩(시)가 이렇게 쉽게 씌워지는것은
부끄러운 일이다.

六疊房(육첩방)은 남의 나라.
窓(창)밖에 밤비가 속살거리는데,

등불을 밝혀 어둠을 조금 내몰고,
時代(시대)처럼 올 아침을 기다리는 最後(최후)의 나,

나는 나에게 적은 손을 내밀어
눈물과 慰安(위안)으로 잡는 最初(최초)의 握手(악수).

一九四二, 六, 三.

봄,

봄이 血管(혈관) 속에 시내처럼 흘러
돌, 돌, 시내가 차운 언덕에
개나리, 진달래, 노―란 배추꽃,

三冬(삼동)을 참어온 나는
풀포기 처럼 피여난다.

즐거운 종달새야
어느 이랑에서나 즐거웁게 솟처라.

푸르른 하늘은
아른, 아른, 높기도 한데……

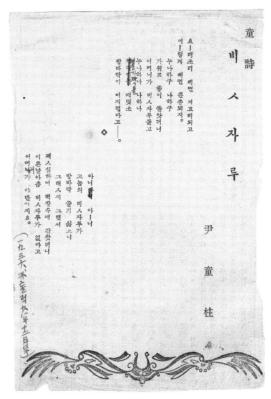

「비ㅅ자루」(《카톨릭 少年》 1936년 12월호)

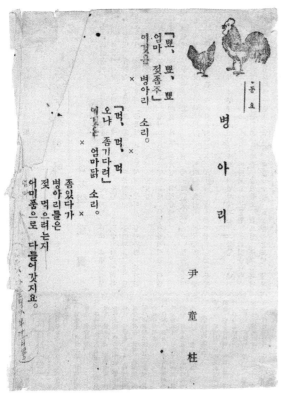

「병아리」(《카톨릭 少年》 1936년 11월호)

「무얼 먹구 사나」(《카톨릭 少年》 1937년 3월호)

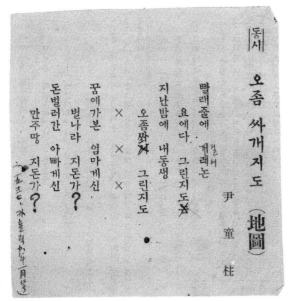

「오줌 싸개지도」(《카톨릭 少年》 1937년 1월호)

거 즛 뿌 리　　尹 童 舟

뚝、뚝、뚝、
문좀 열어주서요
하로밤 자고갑시다。
밤은깊고 날은추운대
거 누굴가?

문열어주고 보니
검둥이 꼬리가
거즛뿌리 한걸。
꼬끼요 꼬끼요
닭알 나앗다
간난아! 어서집어가거라。

간난이 뛰여가보니
닭알은 무슨닭알
고놈의 암닭이
대낮에 새빨간
거즛뿌리 한걸。

一九三七、十月 거이

「거즛뿌리」(《카톨릭 少年》 1937년 10월호)

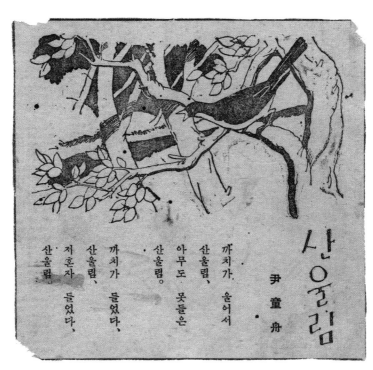

산울림

尹童舟

까치가 울어서
산울림、
아무도 못들은
산울림。

까치가 들었다、
산울림、
저혼자 들었다、
산울림。

「산울림」(《少年》 1939년 3월호)

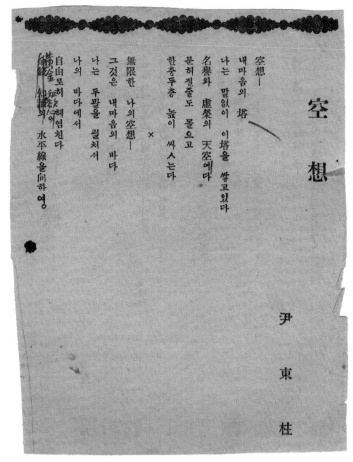

「공상」(《崇實活泉》 1935년 10월호)

「아우의 인상화」(《朝鮮日報》 1938년 10월 17일)

「유언」(《朝鮮日報》 1939년 2월 6일)

제2부

사진판 자필 메모, 소장서 자필 서명

1. 소장 도서에서 볼 수 있는 서명들

『鄭芝溶詩集』에 있는 한글 서명(위)과 한자 서명(아래).
한글 서명은 〈윤동주〉를 좌우 반대로 세로쓰기 한 것임
(거울에 비추어 보면 〈윤동주〉로 보임).

『藝術學』에 있는 한자 서명

『山內義雄譯詩集』에 있는 한자 서명

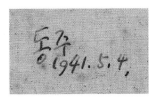

『旗手クリストフ・リルケの愛と死の歌』에 있는 한글 서명

『鄭芝溶詩集』에 있는 한자 서명

『乙亥名詩選集』에 있는 한글 서명

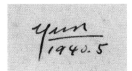

『BITTER SWEET & THE VORTEX』에
있는 영자 서명

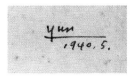

『SELECTED POEMS of WALTER DE
LA MARE』에 있는 영자 서명

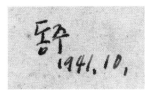

『學生と歷史』에 있는 한글 서명

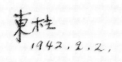

『前兆と寓話』에 있는 한자 서명

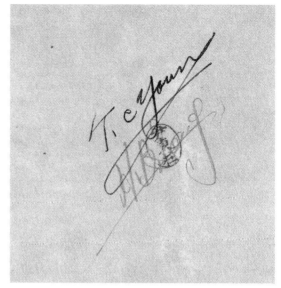

『哲學辭典』에 있는 영자 서명과 도장.
〈H.B.Song〉은 송한범(송몽규의 아명)의 영자 서명

2. 소장 도서에서 볼 수 있는 시인의 필적

2-1. 『鄭芝溶詩集』

비가 남기고 간
나무 밑으로 가나
어린 나그네 꿈이
梧桐나무 꽃으로 불밝힌

△ 五月消息

소근 소근거리는구나.
記憶만이
책상 턱에 이마를 고일 때나,
시시로 파랑새가 되여오려니.
이곳 첫여름이 그립지 아니한가?

〈(누의에게서)〉

30쪽.「五月消息」.
제목 옆에 연필로 〈(누의에게서)〉라고 씌어 있음

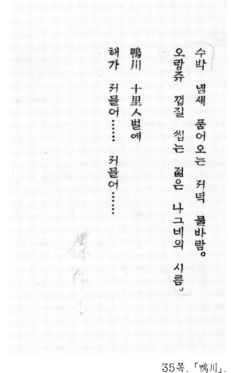

수박 냄새 품어오는 저녁 불바람.
오량쥬 껍질 씹는 젊은 나그네의 시름,
鴨川 十里ㅅ벌에
해가 저물어…… 저물어……

35쪽.「鴨川」.
작품 끝에 파란 색연필로 〈傑作!〉이라고 씌어 있음

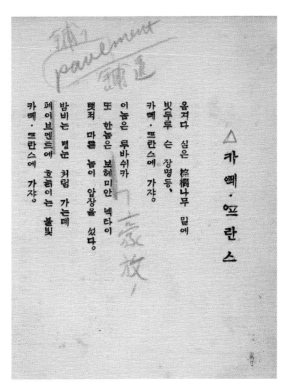

46쪽. 「카페·프란스」. 2연 위에 붉은 색연필로 〈鋪/pavement/鋪道〉라 씌어 있음.
같은 연 2행 밑에 〈豪放!〉이라 씌어 있음

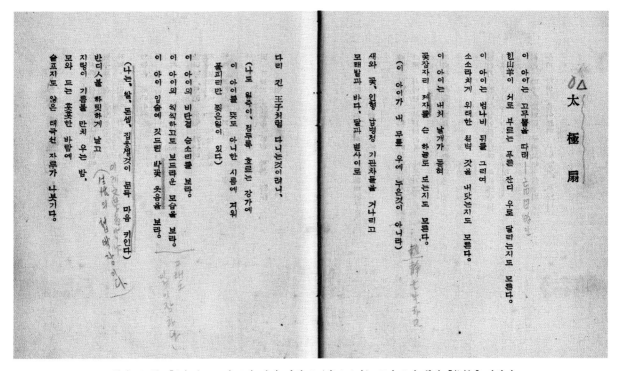

44쪽과 45쪽. 「太極扇」. 1연 1행 밑에 연필로 〈盲目的인〉, 3연 2행 끝에 「熱靜을 말하다」,
7연 밑에 〈그래도 이것이장하다〉, 8연 밑에 〈이게文學者아니냐(生活의 협박장이다)〉라고 씌어 있음

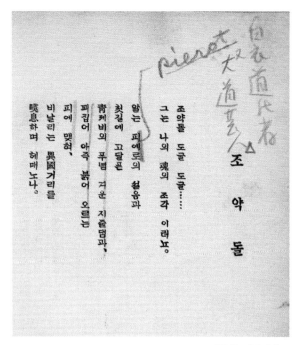

조 약 돌

조약돌 도굴 도굴……
그는 나의 魂의 조각 이러뇨.
알는 피에로의 설음과
첫길에 고달픈
靑꼐비의 푸념 겨운 지줄댐과,
피집어 아즉 붉어 오르는
피에 맺혀,
비날리는 異國거리를
嘆息하며 헤매노나.

（pierot）
（白衣道化者 又大道芸人）

50쪽. 「조약돌」.
제목 위에 붉은 색연필로 〈白衣道化者/又大道芸人〉,
1연 위에 〈pierot〉라고 씌어 있음

내 마음의 어딘듯 한편에 끗업는
강물이 흐르네
도처오르는 아츰 날빗이 빤질한
은결을 도도네
가슴엔듯 눈엔듯 또 피ㅅ줄엔듯
마음이 도른도른 숨어잇는 곳
내마음의 어딘듯 한편에 끗업는
강물이 흐르네

〈1〉밑에 붉은 색연필로 〈마음의 강물〉이라고 씌어 있음

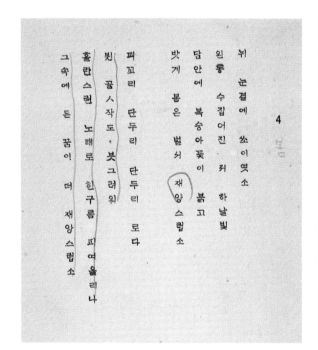

뉘 눈결에 쏘이엿소
왼통 수집어진 커 하날빗
담안에 복숭아꽃이 붉고
밧게 봄은 벌서
재앙스럽소

피피리 단두리 단두리 로다
빗 골ㅅ작도 붓그려워
흘란스런 노래로 한구름 피여올리나
그속에 든 꿈이 더 재앙스럽소

〈4〉밑에 파란 색연필로 〈봄〉이라고 씌어 있음

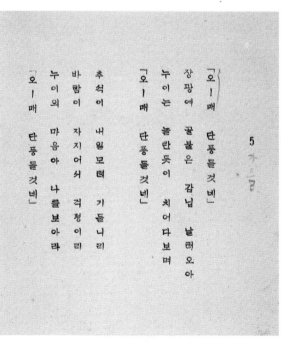

「오―매 단풍들것네」
장광에 골불은 감닙 날러오아
누이는 놀란듯이 치어다보며
「오―매 단풍들것네」

추석이 내일모레 기둘니리
바람이 자지어서 걱정이리
누이의 마음아 나를 보아라
「오―매 단풍들것네」

〈5〉밑에 파란 색연필로 〈가을〉이라고 씌어 있음

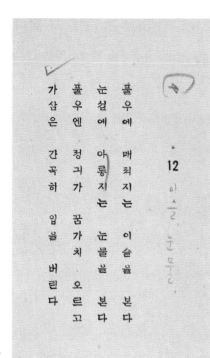

풀우에 매쳐지는 이슬을 본다

눈섭에 아롱지는 눈물을 본다

풀우엔 청긔가 꿈가치 오르고

가삼은 간곡히 입을 버린다

12

〈12〉 밑에 파란 색연필로
〈이슬, 눈물〉이라고 씌어 있음

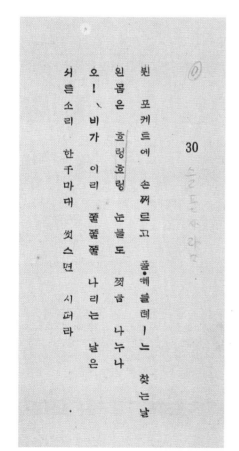

흰 포케트에 손 쩌르고 풀·해들레—는 찾는 날

왼 몸은 흐링흐링 눈물도 쩟금 나누나

오ー \ 비가 이리 쫄쫄 나리는 날은

쉬른 소리 한 구마대 썻스면 시퍼라

30

〈30〉 밑에 파란 색연필로 〈슬픈 사람〉이라
고 씌어 있음

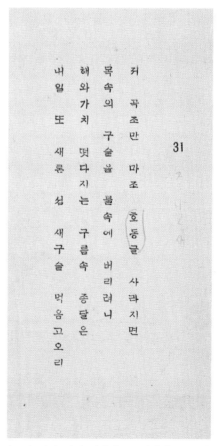

커 곡 조 만 마 조 호동글 사라지면

목속의 구슬을 불속에 버리려니

해와가치 떳다지는 구름속 종달은

너일 또 새론 십 새구슬 먹음고 오리

31

〈31〉 밑에 파란 색연필로 〈종달새〉라고 씌
어 있음

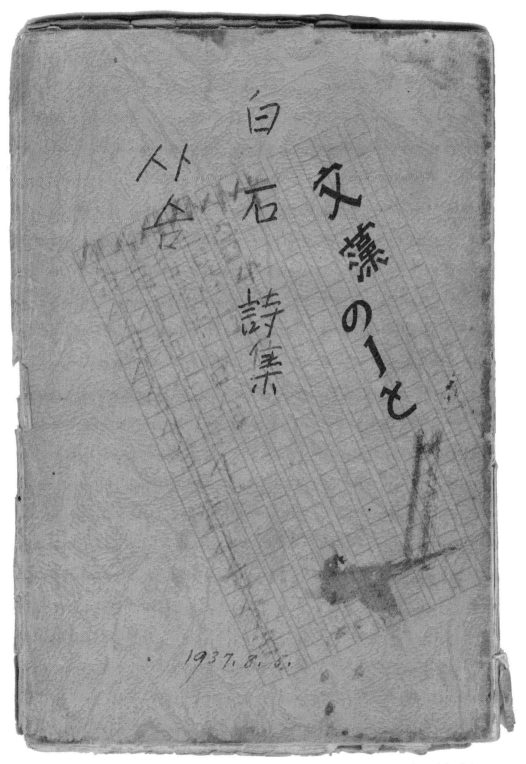

표지. 윗 부분에 검정 잉크로 〈白石 詩集/ 사슴〉, 밑 부분에 〈1937. 8. 5.〉라고 씌어 있음

「모닥불」끝 부분.
붉은 색연필로 〈傑作이다.〉라고 씌어 있음

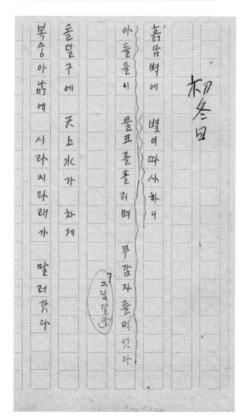

「初冬日」.
1연과 2연 사이 검정 잉크로 〈「그림 같다」〉라
고 씌어 있음

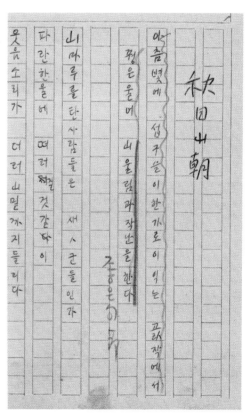

「秋日山朝」.
1연 끝에 붉은 색연필로 〈좋은 句節〉이라고 씌어
있음

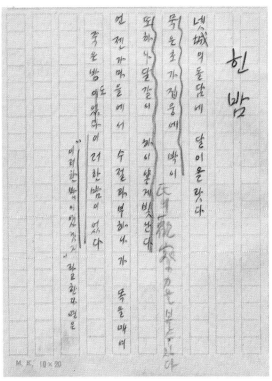

「한밤」. 2행 밑에 붉은 색연필로 〈氏의 觀察力을 볼 수 있다.〉,
5행 옆에 〈"이러한 밤이였겟지"라고 한다면은〉이라고 씌어 있음

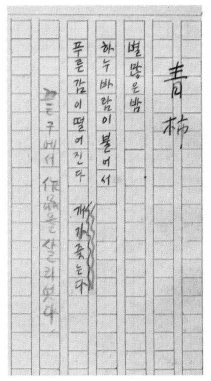

「靑柿」. 3행 옆에 붉은 색연필로
〈끝구에서 作品을 살리엇다.〉라고 씌어 있음

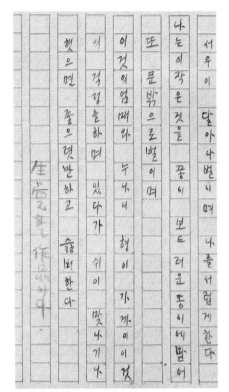

「修羅」. 끝 부분.
붉은 색연필로 〈生覺할 作品이다.〉라고 씌어 있음

「비」.
2행 옆에 붉은 색연필로 〈我不知道〉라고 씌어 있음

【ア】

アーノルド、ゴットフリード (Arnold Gottfried) ドイツの神學者。「思想家人名辭典」を見よ。

アーノルド、ブレスキアの (Arnold of Brescia) イタリーの修道士。「思想家人名辭典」を見よ。

アーメン (Amen) ヘブライ語で、「確に」若しくは「眞に」の意。今語られたることを自己のものとして採用する目的で用ゐられる。即ち「さうである」又は「さうなりたい」との謂である。舊約聖書時代には誓言、呪咀、祈願、讃美などに對して同意を示す語として屢使せられ、新約聖書之を襲用し、キリスト教會も赤禮拜式其外に之を用ゐる。新約コリント前書十四の十六、ロマ書一の二十五、默示録三の十四等參照。因みにヨハネ傳其外に於てイエスが「誠に汝等に告げん」と言つてゐる「誠に」とは此「アーメン」に當る。

アーリアの宗教 印度、ペルシア、ギリシヤ、ローマ、ケルト、スラヴ等の人種を含むインド・ヨーロッパ又はインド・ゼルマンを總稱する民族をアーリア人といふ。此民族は初め同一地方から

【ア】 哲學辭典

分れ出た同一人種であることは其言語、習慣、儀式、神話等に共通點があるに依つてものであるとした、此外因は極めて多種多樣の知られる。其宗教上の特異點を次に擧げて拜ものであるとした、此外因の人類愛は先づストア學派に依り、普遍的人類愛はキリスト等に依つて説かう。(一) 孰れも天空を最高神として拜し、且名稱が甚だよく似かよつてゐる。(二) 各人種に依つて種々の神の性質は異つてゐるが其語源が同じいこと。(三)地方的部族的神が少くて、天地日月星等を神格化せる普遍的神が多いこと。(四)天然の事物を神格化する傾向を示してゐること。(五)神は甚だ人間的であり、人は容易に神位に入り得る。即ち神人同格教であること。(六)家族は各家長を中心とする家庭の信仰を持ち、其團結は鞏固であり、隨つて祖先崇拜が盛であること。(七)死者は火葬と埋葬とで葬むるが、埋葬が古い習慣で、葬式は嚴肅であること。(八)神の上に立つか、或は神と同格の運命を信ずることが強いものである。

説かれた。キリスト教では、愛は道德の根源であるのみならず萬有の本である。又ショーペンハウエルに從へば、眞に純粹なる一切の愛は同情である、同情でない愛は我慾に他ならぬとした。我慾はエロス(感覺的殊に性的愛)であり、同情はアガペー(非感覺的愛)である。通常は此等兩者の混和したものを指す。

アイオーン (Aion) ギリシヤ語で、本來時間の繼續を意味し、永遠、人の一代又は時代の意味に用ゐられた。グノーシス派では、諸のアイオーンは神から流れ出て人格化された神の力であるとし、此等諸のアイオーンを包括したものをプレローマ(靈的世界)と稱した。

愛 原始キリスト教徒は相互の愛を表し且之を強うする爲に相集つて食事を共にし、又之に依つて貧しき者を助けることに存する。其起原は「主の晩餐」と同じ所にしてゐた。又之に依つて貧しき者を助けることにいふ。其詳細は新約コリント前書十一の十七―三十四に就きて見られよ。(「アガペ」參照)

愛憐 憎みと對立關係にあるものであつて、人類の感情の中で最も廣義では、自己、他人及び人類以外の對象に對して好意を表し、自ら快感を覺ゆることであるが、嚴密なる意味に於ては人と人との間にのみ行はれるものに限らる。スピノザは、愛は或外因の觀念と結着いた

愛他主義 「利他主義」に同じ、其項を

『哲學辭典』1쪽.〈アーノルド, アーメン, 愛〉등의 항목에 붉은 색연필로 옆줄이 그어져 있음

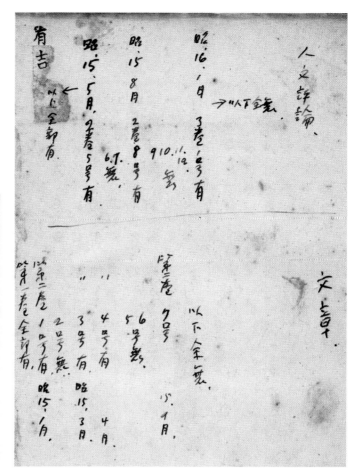

この一定度の「統一」は「一致」「秩序」として顯はれる。「この秩序から凡ての美が生する。そして美は愛を呼び醒ます。」もう一度説明しよう。美の喜悦はそれ故に心的の力の中に存するところの「多」の中に統一をば成し遂げる法則に従へる心的の力の強まつた活動の意識的の結果である。かくて「他の人間の美、おそらくまた動物の美、加之實に無生物、繪畫乃至藝術作品の美」は「その映像が吾々に刻印附けられる」ことによって「高められたる完全な存在とそれに相應する喜悦とを吾々の中に「植附け呼び醒ます」といふことになる。然る後「吾々の心意」は「悟性は未だこれを理解しないがそれにも拘らす全く合理的な一つの完全性を「感する」のである。ライブニッツによれば、この點から音樂の美的印象が説明されるのである。

『體驗と文學』뒤 속표지.
《人文評論》과 《文章》의 소장 유무사항이 기재되어 있음.
〈有吉〉은 서점명

『近世美學史』35쪽.
위에 〈完全なる理解をともなった時に果して美は全きものとして存するか〉
라고 씌어 있음

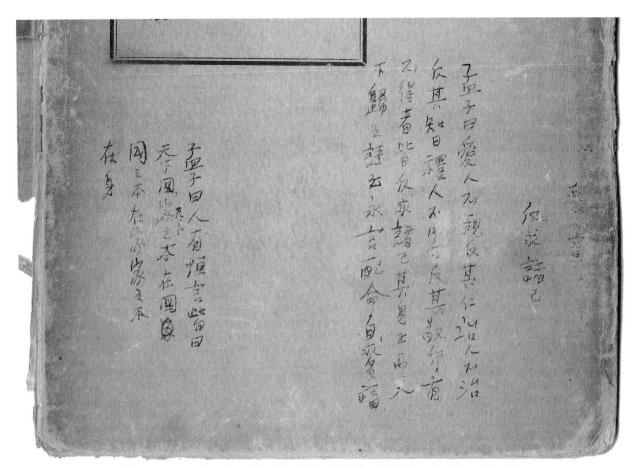

『藝術學』 책 케이스 앞면 아래 부분. 『孟子』 「離婁篇」의 구절이 검정 잉크로 적혀 있음

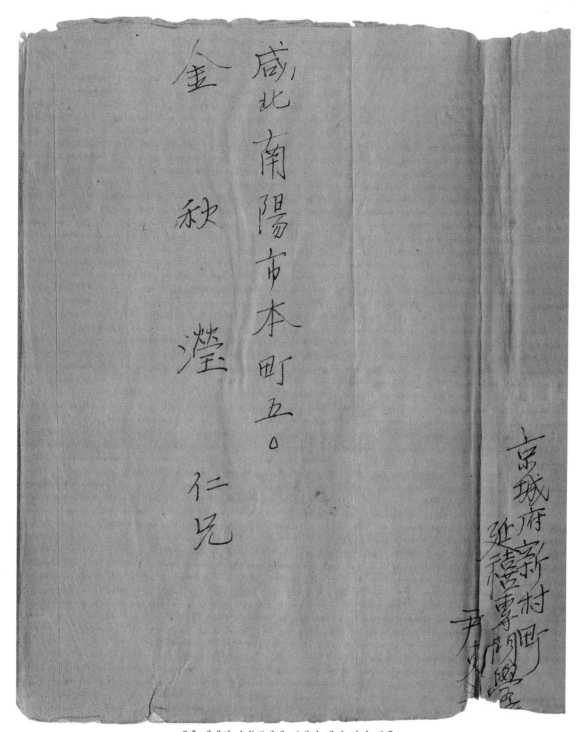

咸北 南陽市本町五〇

金秋瀅 仁兄

京城府新村町 延禧專門 尹東柱

6촌 매제인 金秋瀅에게 보내려 했던 편지 봉투.
『永郎詩集』의 겉표지 속에 펼쳐진 채로 붙어 있었음.
윤동주는 『永郎詩集』의 겉표지가 헤지자 이 봉투지를 펴서 안쪽에 덧대어 붙인 것으로 판단됨

자필 서명 및 메모

3. 鄭炳昱의 증정사

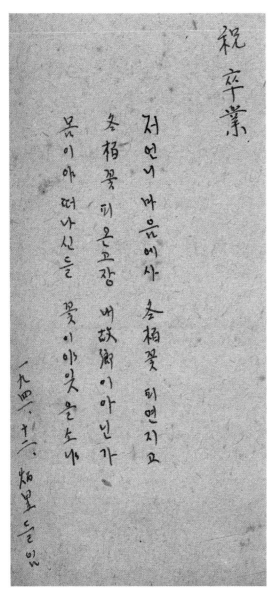

『昭和十六年春季版現代詩』 속표지

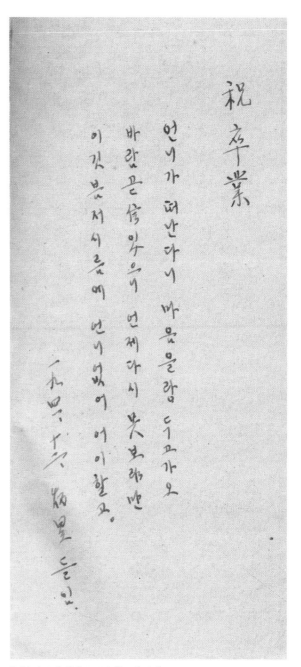

『昭和十六年秋季版現代詩』 속표지

제3부

시 고 본문 및 주

나의 習作期의 詩 아닌 詩

윤동주의 첫번째 원고노트. 표지 오른쪽에 밀로의 비너스상
주앙하단에 〈文藝〉가 인쇄되어 있으며
비너스상 오른편에 세로로 〈美術〉고 人生을썼다.
중앙상단에 가로로 〈나의 習作期의 詩아닌詩〉가
각각 자필로 씌어 있음.

초한대
삶과죽음
래일은없다
(童謠) 조개껍질
童詩 고향집
병아리
오즘쏘개디도
창구멍
짝수갑
牡丹峯에서
食券
離別
(詩)비들기
黃昏
가슴 1
가슴 2
종달새
山上
거리에서
空想
이런날
午後의 球場
陽地쪽
山林
가슴 3
꿈은깨여지고
蒼空 (未定稿)
南쪽하늘
빨래

(童詩)비스자록
해人비
童詩 비행기
닭
谷間
[제목 없음]
童詩 굴뚝
무얼먹구사나
童詩 봄
참새 (未定)
개
편지
버선본
눈
사과
눈
닭
아츰
겨을
호주머니
黃昏
童詩 거즈뿌리
둘다
반디불
밤
할아바지
만들이
童詩 개
나무

目 次

* 『나의 習作期의 詩 아닌 詩』의 첫면에 시인이 써놓은 목차임.

초한대·

초한대 ——
내 방에 픔긴 향내를 맛는다.
×
光明의 祭壇이 문허지기젼.
나는 깨끗한 祭物을보앗다.
×
염소의 갈비뼈같은 그의 몸.
그의 生命인 心志까지
白玉같은 눈물과 피를 흘려·
불살려 버린다.
×
그리고도 책머리에 아롱거리며·
선녀처럼 초ㅅ불은 춤을춘다.
×
매를 본꿩이 도망가드시
暗黑이 창구멍으로 도망한·
나의 방에 픔긴
祭物의 偉大한香내를 맛보노라·

昭和九年十二月二十四日、

3연2행·〈그의生命인〉은 원래〈그리고도〉이며、 연필로 삭제되었음.
4연1행·〈책머리에〉는 원래〈책상머리에〉.
5연1행·〈도망가드시〉의〈가〉옆에 연필로〈하〉가 씌어 잇음.
2행·〈도망한〉은 원래〈도망간〉이며、〈한〉은 연필로 수정되었음.
3행·〈방에〉는 원래〈방의〉.
4행·〈祭物의〉는 원래〈祭物의아름다운犧牲의〉.〈아름다운〉은 삽입되었음.

삶과 죽음·

삶은 오늘도 죽음의 序曲을 노래하엿다.
이 노래가 언제나 끝나랴.

×

세상사람은——
뼈를 녹여내는듯한 삶이 노래에.
춤을 추ㄴ다.
사람들은 해가 넘어가기 前,
이 노래 끝의 恐佈를
생각할 사이가 없엇다.

×

하늘 복판에 알색이드시.
이 노래를 불은者가 누구뇨
그리고 소낙비 끝인뒤같이도
이 노래를 끝인者가 누구뇨.

×

죽고 뼈만남은,
죽음의 勝利者 偉人들!

昭和九、十二、二四、

2연1행·〈세상사람은——〉은 행간에 삽입되었음.
2행·〈삶이〉는 원래 〈한삶이〉.
4행·〈사람들은 해가 넘어가기 前〉은 행간에 삽입되었음.
5행·○〈이 노래 끝의 恐佈를 생각할 사이가 없엇다〉는 원래 〈이 노래의 끝의 恐佈를 생각할 사이가 ┃ 없엇다〉이며、연필로 행갈음 표시가 되어 있음.
〈이 노래 끝의〉는 원래 〈이 노래의 끝을〉、연필로 행갈음 표시가 되어 있음.
〈恐佈〉는 〈恐怖〉의 오자인 듯함.

3연2행·〈이〉는 삽입되었음.
〈누구뇨〉는 원래 〈누구냐〉이며、연필로 수정되었음.

○ 2연과 3연 사이에 다음 5행이 부기되어 있음.

〈나는이것만이알앗다.
이 노래의 끝을 맛본 니들은、
自己만알고.
다음노래의 맛을알르켜주지아니
하엿다〉

래일은없다,
〈어린마음의물은―〉

래일래일 하기에
물엇더니.
밤을자고 동틀때
래일이라고.
　　×
새날을 찾은나는
잠을자고 돌보니.
그때는 내일이아니라.
오늘이더라.
　　×
무리여!·(동무여!·)
래일은 없나니
‥‥‥‥

昭和九年十二月二十四日

부제·〈〈어린마음의 물은―〉〉은 행간에 삽입되었음。〈마음〉은 원래 〈아히〉。

1연·3행·〈밤을자고〉는 원래 〈밤자고〉。
2연·1행·〈새날을〉은 원래 〈새로운날을〉。〈찾은〉의 오른쪽 옆에 연필로 〈ㅈ는〉
　이라고 씌어 있음。
4행·〈오늘이더라〉의 밑에 괄호 표시가 있으며, 〈이걸〉·〈이거슬〉이라고 씌
　어 있음。
3연·1행·〈무리여!·(동무여!·)〉는 행간에 삽입되었음。

(童謠) 조개껍질、

──(바다물소리듯고싶어)──

아롱아롱 조개껍대기
울언니 바다가에서
주어온 조개껍대기
×
여긴여긴 북쪽나라요
조개는 귀여운선물
작난감 조개껍대기.
×
데굴데굴 굴리며놀다、
짝읿은 조개껍대기
한짝을 그리워하네
×
아롱아롱 조개껍대기
나처럼 그리워하네
물소리 바다물소리

一九三五年十二月、鳳岫里에서.

부제·〈싶어〉는 원래 〈섯어〉.

童詩 고향집

—(만주에서 불은)—

헌집신짝 끌을고
나 여긔 웨 왓노
두만강을 건너서
쓸쓸한 이 땅에

×

남쪽하늘 저밑엔
따뜻한 내 고향
내 어머니 게신곧
그리운 고향집.

一九三六、 一、 六

병아리

『뾱, 뾱, 뾱,
엄마 젓좀주』
병아리 소리.

×

『꺽, 꺽, 꺽
오냐, 좀기다려』
엄마닭 소리.

×

좀잇다가
병아리들은
어미품으로
다들어 갓지요.

昭和十一年一月六日.

1연3행·〈병아리〉는 원래 〈이것은 병아리〉.
2연3행·〈엄마닭〉은 원래 〈이것은 어미닭〉.
3연2행·〈병아리들은〉과 〈어미품으로〉 사이에 있던 〈젓 먹이려는지〉가 연필로 삭제되었음.
3행·〈어미품으로 ／ 다들어 갓지요〉는 원래 〈어미품으로 다들어 갓지요〉

【참고】《카톨릭 少年》 1936년 11월호에 같은 작품이 尹童柱라는 필명으로 다음과 같이 발표되었음. (주)는 활자화된 후 본인에 의해 수정된 부분을 설명한 것임.

동요 병아리
尹童柱

『뾱, 뾱, 뾱
엄마 젓좀주』
이것은 병아리 소리.

× ×

『꺽, 꺽, 꺽
오냐 좀기다려』
이것은 엄마닭 소리.

× ×

좀잇다가
병아리들은
젓 먹이려는지
어미품으로 다들어 갓지요.

(주) 1연 3행과 2연 3행의 〈이것은〉은 잉크로 지워졌음.
〈젓 먹이려는지〉는 잉크로 지워졌음.
〈어미품으로 다들어 갓지요〉는 〈엄마품으로 ／ 다들어 갓지요〉로 수정되었음.

오줌쏘개디도

빨래、 줄에 걸어논
요에다 그린디도
지난밤에 내동생
오줌쏴 그린디도.
×
꿈에가본 어머님게신、
별나라 디도ㄴ가、
돈벌러간 아바지게신
만주땅 디도ㄴ가、

제목 : 〈주〉은 삭제되었다가 그 오른쪽 옆에 다시 씌어졌음.

1연-1행 : 〈빨래、 줄에〉는 원래 〈바줄에〉.
2행 : 〈요에다〉의 〈다〉 아래에 잉크로 지워졌다가、 그 오른쪽 옆에 연필로 다시 씌어졌음. 〈디도〉는 원래 〈디도는〉이며、 〈는〉은 연필로 삭제되었음. 〈그린디도〉는 원래 〈그린 디도〉. 〈린〉과 〈디〉 사이에 이음표시 잉씀.
3행 : 〈지난밤에〉는 원래 〈간밤에〉.
4행 : 〈오줌쏴〉는 원래 〈오줌쏴서〉이며、 〈서〉가 연필로 삭제되었음.
2연-1행 : 〈꿈에가본〉은 원래 〈꿈에본〉. 〈어머님게신〉은 원래 〈도라가신〉.
2행 : 〈별나라 디도ㄴ가〉는 원래 〈어머님게신 나라ㄴ가〉.
3행 : 〈돈벌러간〉은 원래 〈돈벌러가신〉. 2연〈〈꿈에~디도ㄴ가〉〉는 원래

【참고】 《카톨릭 少年》 1937년 1월호에 다음과 같이 발표되었음. (주)는 활자화된 후 본인에 의해 수정된 부분을 설명한 것임.

동시 오줌 싸개지도(地圖)
尹童柱

빨래줄에 거러논
요에다 그린지도는
지난밤에 내동생
오줌쏴서 그린지도
× × ×
꿈에가본 엄마게신
별나라 지돈가
돈벌러간 아빠게신
만주땅 지돈가

우에운것은
꿈에본 만주땅
그아래
길고도가는건 우리땅.

(주) 〈거러논〉은 〈걸어논〉으로 수정되었음. 〈아줌쏴서〉는 〈오줌쏴〉로 수정되었음.
2연 2행과 4행의 〈지돈가〉는 〈지도ㄴ가?〉로 수정되었음. 〈그린지도는〉은 〈그린지도〉로 수정되었음.

창구멍

바람부는 새벽에 장터가시는
우리압바 뒷자취 보구싶어서
춤을발려 뚤려논 적은창구멍
아롱아롱 아츰해 빛이웁니다

X

눈나리는 저녁에 나무팔려간
우리압바 오시나 기다리다가
헤끝으로 뚤려논 적은창구멍
살랑살랑 찬바람 날아듭니다.

* 미발표작.

1연1행·〈바람부는〉은 처음에〈눈 나리는〉으로, 다시〈바람부
는〉으로 수정되었음.
2연1행·〈눈나리는〉은 처음에〈우리압바〉에서〈눈 나리
는〉으로, 다시〈눈 나리는〉으로 수정되었음.〈바람부
는〉에서〈눈나리는〉으로 수정되었음.〈우리리는〉은 원래〈우리 。〉

짝수갑.

* 제목만 있음. 원고지 아홉 줄이 빈칸으로 남아 있음.

기와장내외

비오는날 저녁에 긔와장내외
잃어버린 외아들 생각나선지
꼬부라진 잔등을 어루만지며
쭉룩쭉룩 구슬피 울음웁니다

X

대궐집웅 우에서 긔와장내외
아름답든 녯날이 그리워선지
주름잡힌 얼골을 어루만지며
물끄럼이 하늘만 처다봅니다.

1연2행·〈생각나선지〉는 원래〈생각이나서〉.
4행·〈울음웁니다〉는 원래〈울음웁니다〉.

（詩） 비둘기

안아보고십게 귀여운
산비둘기 닐곱마리
하늘끝까지 보일듯이 맑은 주일날아침에
벼를거두어 빽々한논에서
앞을다투어 요를주으며
어려운 니약이를 주고받으오.

二月、 十日、

날신한 두나래로 조용한 공기를흔들어
두마리가나오,
집에 색기생각이나 는몽양이오,

離別!

눈이오다、 물이되는날.
재ㅅ빛하늘에 또뿌연내、 그리고、
크다른 棧車는 뻬ー액ー 을며、
쪽그만、 가슴은、 울렁거린다.

　　×

리별이 너무재빠르다、 안탑갑게도、
사랑하는 사람을、
일터에서 만나자하고ーー.
더운손의맛과、 구슬눈물이마르기전
기차는 꼬리를 산구비로돌렷다.

一九三六年三月二十日 永鉉君을ーー

1연1행 · 〈안아보고십게〉는 처음에 〈맥끈하게 안아보고십게〉에서 〈안아보고십게
맥끈한〉으로, 다시 〈안아보고십게〉로 수정되었음.
〈귀여운〉은 원래 〈귀여워보이는〉.
6행 · 〈주고받으오.〉는 원래 〈주고받는다.〉.
2연1행 · 〈두나래로〉는 원래 〈두나래로로〉.
2행 · 〈나오〉는 원래 〈난다〉.
3행 · 〈몽양이오〉는 원래 〈몽양이다〉.

1연2행 · 〈재ㅅ빛하늘에〉는 원래 〈뿌연하늘에〉.
3행 · 〈크다른 棧車는 뻬ー액ー 을며〉는 원래 〈크다른〉.
4행 · 〈쪽그만, 가슴은〉은 원래 〈가슴은〉 울며, 〈쪽그만〉은 〈가슴은〉의 오른쪽에
씨어 있음.
2연4행 · 〈마르기전〉은 원래 〈마리기전〉.

食券、

식권은 하로세끼를 준다、

×

식모는 젊은아히들에게、
한때 흰그릇셋을준다、

×

大同江 물로 끄린국、
平安道 쌀로 지은밥、
朝鮮의 매운고추장、

×

식권은 우리배를 부르게、

一九三六、三月二十日、

2연2행 · 〈한그릇〉의 〈흰〉이 씨어진 칸에 〈ㅎ〉으로 추정되는 글자가 씨어졌다가
지워졌음。

牡丹峯에서

앙당한 솔나무가지에、
훈훈한 바람의날개가스치고、
얼음석긴 大同江물에、
한나절햇발이 미끄러지다、

허무러진 城터에서
철모르는 女兒들이
저도모를 異邦말로、
재질대며 씸을뛰고。

난데없는 自動車가 밈다、

一九三六、三月、二十四日、

1연2행 · 〈바람의날개가스치고〉는 원래 〈바람의스치고〉。
2연3행 · 〈異邦〉의 〈邦〉은 〈國〉의 취음取音인 듯함。
3연1행 · 〈밈다〉 뒤에 있었던 다음 2행이 삭제되었음。

모지와 까소린내에
코이 절이다。

黃昏

햇살은 미다지틈으로
길쭉한 一字를쓰고……지우고

까무기떼 집웅우으로
둘, 둘, 셋, 작고날아지난다,
쏙々 ─꿈틀꿈틀 북쪽하늘로,

내사……
북쪽하늘에 나래를펴고싶다,

一九三六 三月二十五日

가슴, 1.

소리없는 大皷
답답하면 주먹으로,
뚜다려보앗으나

그래봐도
후──
가─ 는 한숨보다 몯하오,

* 첫번째 원고노트 『나의 習作期의 詩 아닌 詩』 수록 작품 중에 같은 제
  목의 작품이 두 편 있음.
○ 제목 위에 붉은 색연필로 동그라미표가 그려져 있음.
2연2행 : 〈둘, 둘, 셋〉은 원래 〈하나, 둘, 셋〉. 연필로 수정되었음.
3연2행 : ○〈북쪽하늘에 나래를펴고싶다〉에 붉은 색연필로 옆줄이 그어져 있음.

[참고] 두번째 원고노트 『窓』에 같은 작품이 있음. (253쪽 참조)

1연1행 : 〈大皷〉의 〈皷〉는 〈鼓〉의 오자인 듯함.
2연1행 : 〈그래봐도〉는 연필로 씌어졌으며, 행간에 삽입되었음.
2행 : 〈후──〉 다음 행의 〈입으로 나오는〉이 삭제되었음.
3행 : 〈몯하오〉는 원래 〈몯한다〉. 연필로 수정되었음.

[참고] 두번째 원고노트 『窓』에 같은 작품이 있음. (254쪽 참조)

가슴 2、

늦은가을 쓰르램이
숲에쌔워 공포에 떨고、

우슴웃는 힌달생각이 도망가오、

一九三六、三、二十五、

종달새

종달새는 일은봄날
즐드즌 거리의 뒷골목이
슱더라。
명랑한 봄하늘、
가벼운 두나래를펴서
요염한 봄노래가、
좋더라。
그러나、
오날도 구멍뚤린 구두를끌고、
훌렁훌렁 뒷거리길로、
고기새기같은나는 헤매나니、
나래와노래가 없음인가、
가슴이 답답하구나。

一九三六、三、平、想、

* 미발표작。

1연2행·〈숲에쌔워〉는 원래 〈숲속에 숴어〉。
2연1행·〈우슴웃는〉은 원래 〈웃음웃는〉。〈도망가오、〉는 원래 〈도망갓다。〉。

○ 작품 아래 빈 공간에 〈가슴、／불꺼진／화로〉라고 씌어 있음。

[참고] 두번째 원고노트 『窓』에 같은 작품이 있음。(254쪽 참조)

山上、

거리가 바둑판처럼보이고、
江물이 배암의 색기처럼 기는、
山우에까지 왔다。
아직쯤은 사람들이。
바둑돌 처럼 벌여 있으리라。

×

한나절의 태양이
함석집웅에만 빛이고、
굼벙이 거름을하드기차가、
停車場에 섯다가、 검은내를토하고、
또 거름밭을 탄다、

×

텐트같은 하늘이 문허저
이 거리를덮을가 궁금하면서、
좀더높은곧으로 올나가고싶다、

一九三六、五月日.

○ 제목 위에 붉은 색연필로 동그라미표가 그려져 있음。

1연 2행 · 〈기는〉은 원래 〈거는〉.
3행 · 〈왔다〉는 처음에 〈왔소〉로、 다시 〈왔다〉로 수정되었음。

2연 2행 · 〈함석집웅〉에 붉은 색연필로 옆줄이 그어져 있음。
4행 · 〈停車場〉의 〈場〉은 삽입되었음。
5행 · 〈거름밭〉에 붉은 색연필로 옆줄이 그어져 있음。

3연 2행 · 〈궁금하면서〉는 원래 〈담담하면서도〉.
○ 〈도〉 위에 붉은 색연필로 가위표가 그어져 있음。

【참고】 두번째 원고노트 『窓』에 같은 작품이 있음。 (255쪽 참조)

거리에서.

달밤의 거리
狂風이 휘날리는
北國의 거리
都市의 眞珠
電燈밑을 헤엄치는.
쪽으만人魚 나,
달과던등에 빛어.
한몸에 둘셋의 그림자,
커젓다 적어젓다、

　　　　×

궤롬의 거리
灰色빛 밤거리를.
것고있는 이마음.
旋風이 닐고 있네.
웨로우면서도.
한갈피 두갈피.
피여나는 마음의 그림자.
푸른 空想이
높아젓다 나자젓다。

　　　　　一九三五、 一、 十八、

1연4행·〈都市의 眞珠〉는 처음에 〈都市의 별들에〉에서 〈都市의 眞珠街〉로、 다시
　〈都市의 眞珠〉로 수정되었음.
5행·〈電燈밑을 헤엄치는〉은 원래 〈電燈밑을 방황하는〉.
6행·〈쪽으만人魚〉는 원래 〈적으만人어〉.
2연1행·〈궤롬의 거리〉는 원래 〈궤롬의 거리를〉.
7행·〈피여나는〉은 원래 〈일어나는〉.

空想、

空想──
내 마음의 塔

나는 말없이 이 塔을쌓고있다、
名譽와虛榮의 天空에다、
무허질줄들도 몰으고、
한층두층 높이 싼는다、

    ×

無限한 나의空想──
그것은 내마음의바다、
나는 두팔을 펼처서、
나의 바다에서
自由로히 헤염친다、
黃金、知慾의水平線을向하여。

2연6행·〈黃〉에 다른 글자의 흔적이 있음.

[참고] 이 작품은 1935년 10월、《崇實活泉》에 다음과 같이 발표되었음.
(주)는 활자화된 후 본인에 의해 수정된 부분을 설명한 것임.

空想
    尹東柱

空想──
내 마음의 塔

나는 말없이 이 塔을 쌓고있다
名譽와 虛榮의 天空어다
무허질줄들도 몰으고
한층두층 높이 싸는다

    ×

無限한 나의空想──
그것은 내마음의 바다
나는 두팔을 펼처서
나의 바다에서
自由로히 헤염친다
金錢 知識의 水平線을向하여。

(주) 〈天空어다〉의 〈어〉는 파란색 잉크로 〈에〉로 수정되었음.
〈金錢 知識의〉는 잉크로 〈黃金 知慾의〉로 수정되었음.

이런날.

사이좋은正門의 두돌긔둥끝에서
五色旗와、太陽旗가 춤을추는날、
금(線)을끊은地域의 아이들이즐거워하다、

X

아이들에게 하로의乾燥한学課로、
해ㅅ말간 勸怠가기뜰고、
「矛盾」두자를 理解치 못하도록
머리가 單純하엿구나、

X

이런날에는
잃어버린 頑固하던兄을、
부르고싶다。

一九三六、六月十日.

* 〈이런날〉은 원래 〈矛盾〉。 육필 목차에도 〈矛盾〉으로 되어 있음.

1연1행 · 〈〈線〉〉은 삽입되었음。 〈아이들〉의 〈이〉는 삽입되었음。
2연1행 · 〈하로의乾燥한学課로、〉는 원래 〈하로의乾燥한学課가、〉。〈한〉은 삽입되었음。
2행 · 〈勸怠가기뜰고、〉는 원래 〈勸怠를주고〉。
〈勸〉은 〈倦〉의 오자인 듯함。
4행 · 〈머리가 單純하엿구나、〉는 처음에 〈머리가 進步되엿슬가?〉에서 〈머리가單純하구나、〉로、다시 〈머리가 單純하엿구나、〉로 수정되었음。
2연1행 · 〈이런날에는〉에 붉은 색연필로 괄호 표시가 있음。
2행 · 〈잃어버린 頑固하던兄을、〉부르고싶다。〉에 붉은 색연필로 엷풀이 그어져 있음。

午後의 球場

늦은봄기다리든土曜日날.
午後세時半의京城行列車는,
石炭煙氣를자욱이 품기고,
소리치고 지나가고
　　×
한목음의물이
한목음을끊을기에 强하든.
공(뻘)이 磁力을잃고
불붓는목을.
축이기에 넉넉하다,
젊은가슴의피循環이잣고,
두鉄脚이 늘어진다.
　　×
검은汽車煙氣와함께.
풀은山이
아지랑저쪽으로
까라안는다,

　　　　一九三六、五月、

1연1행·〈늦은봄기다리든〉은 원래 〈늦으ㄴ봄날〉。
2행·〈午後세時半〉은 원래 〈午後세時半〉。
4행·○〈소리치고 지나가고〉에 맞은편 쪽 원고지에서 묻어난 듯한 잉크자국
이 두 줄 있음.
2연2행·〈뻘〉은 삽입되었음. 〈뻘〉은 〈〈뻘〉〉로도 읽을 수 있음.
3행·〈한목음의물이 │ 불붓는목을〉은 원래 〈한목음이물이 불붓는목을〉。
5행·〈축이기에〉는 원래 〈적시기에〉이며 그 오른쪽 행간에 〈축이〉가 씌어
다가 지워지고 다시 왼쪽 행간에 〈축이〉가 씌어졌음.
3연2행·〈풀은山이 │ 아지랑저쪽으로〉는 원래 〈풀은山이 아지랑저쪽으로〉이며,
연필로 행갈음 표시가 되어 있음.

陽地쪽、

저쪽으로 黃土실은 봄바람이
커ー브를 돌아 피하고
아롱진 손길의 四月太陽이
좀먹어시드른 가슴을만진다、

×

異域인줄 모르는小学生애들이
地図째기 노름에.
한뼘의손가락이
쩔음을 限함이여.
아서라! 열븐 平和가깨여질가 근심스럽다、

ー九三六봄想、6、26.

2연1행・〈小学生애〉의 〈애〉는 연필로 삽입되었음.
2행・〈地図째기 노름에〉는 원래 〈線을끊어 땅떼먹기에〉. 〈地図〉의 〈図〉는 〈圖〉의 중국식 한자와 비슷함.
3행・〈한뼘의손가락이 | 쩔음을限함이여〉는 원래 〈한쯈의 손가락이 쩌르다〉.
5행・〈아서라! 열븐〉은 삽입되었음.
○ 2연의 첫머리와 끝에 붉은 색연필로 「 」표시가 되어 있음.

[참고] 두번째 원고노트 『窓』에 같은 잠뭄이 있음.「 」표시가 되어 있음.(256쪽 참조)

山林、

잔득까라앉은 房에
자―욱이 不安이 깃들고
時計가 자근자근가슴을떨려
山林으로 쫓는다、

幽暗한 山林이
고단한한몸을抱擁할
因緣을 가젓다.

山林의 波動우으로 불어
어둠이 어린가슴을짓밟고、
낢아리를 흔드는 저녁바람이
쇠――恐怖에 떨게하고

멀리 첫여름의 개고리 소리에
그림은 過去의 斷片이아질다.

나무틈으로 반짝이는 별만이
새世紀의 希望으로 나를이끈다.

一九三六、六、二十六日

○ 제목 위에 붉은 색연필로 동그라미표가 그려져 있음.

2연2행·〈抱擁할〉은 원래 〈抱擁하고〉.
  3행·〈因緣을 가젓다.〉는 원래 〈넉넉하다.〉.
3연4행·〈佈〉는 〈怖〉의 오자인 듯함.
4연1행·〈나무틈으로 반짝이는 별만이 / 새世紀의 希望으로 나를이끈다.〉에
  푸른 색연필로 엷줄이 그어져 있음.

[참고] 두번째 원고노트 『窓』(257쪽 참조)과 낱장으로 된 원고(〈습유작품〉)
  에 각각 같은 작품이 있음. (335쪽 참조)

가슴 3.

불꺼진 화독을
안고도는 겨울밤은 깊었다.

재(灰)만남은 가슴이
문풍지 소리에 떤다.

　　　　　　一九三六、7、24、

* 정음사 刊 『하늘과 바람과 별과 詩』에는 「가슴 2」로 발표되었음.

【참고】 두번째 원고노트 『窓』에 같은 작품이 있음. (255쪽 참조)

"꿈은깨여지고"

꿈은 눈을 떳다、
그윽한 幽霧에서。

노래하든 종달이、
도망처 나라나고。

지난날 봄파 령하든
금잔되 밭은아니다。

塔은 문허젓다、
붉은 마음의 탑이——

손톱으로색인 大理石塔이——
하로져녁暴風에 餘地없이도、

오—荒癈의쑥밭.
눈물과 목메임이여!

꿈은 깨여젓다、
塔은 문허젓다。

　一九三五 十月二十七日、
　36. 7. 27 改作.

6연1행·〈荒癈〉의 〈癈〉는 〈廢〉(약자 〈廃〉)의 오자인 듯함。

蒼空·(未定稿)

그 여름날、
熱情의 포푸라는、
오려는 蒼空의 푸른 젓가슴을
어루만지려
팔을 펼쳐、흔들거럿다。
끌는 太陽그늘 좁다란地点에서。

×

天幕같은 하늘 밑에서、
떠들든 소낙이、
그리고 번개를。

춤추든 구름은 이끌고、
南方으로 도망하고、
높다라케 蒼空은·한폭으로
가지우에 퍼지고、
둥근달 과 기럭이를 불러왓다、

×

푸드른 어린마음이 理想에타고、
그의 憧憬의날 가을에
凋落의눈물을 비웃다。

一九三五年 十月二十日、平壤서、

1연4행·〈어루만지려〉는 원래 〈어루만지려〈하엿다。〉〉。
5행·〈팔을 펼쳐〉는 원래 〈팔을 들어〉。〈쳐〉는 연필로 수정되었음。왼쪽 행 간에 〈소을 저엇다〉가 씨어졌다가 삭제되었음。
6행·〈끌는 太陽그늘〉은 원래 〈끌는 太陽그늘에서〉。이 행의 왼쪽 행간에 있 던 〈좁다란 地点에서〉가 삭제되었음。

2연5행·〈도망하고〉는 원래 〈도망가고〉。연필로 수정되었음。
6행·〈한폭으로〉는 원래 〈道人처럼〉。
8행·〈둥근달 과 기럭이를 불러왓다〉는 원래 〈둥근달 과 기럭이를 / 불러 왓다〉。

3연1행·〈푸드른〉은 원래 〈푸른〉。

南쪽하늘、

제비는 두나래를 가지엇다.
시산한 가을날—

×

어머니의 젖가슴을
그리는 서리나리는 저녁—
어린영(靈)은 쪽나래의 鄕愁를 타고,
南쪽하늘에 떠돌뿐—

一九三五、十月、平에서、

○ 제목 오른쪽 옆에 붉은 색연필로 동그라미표가 그려져 있음.

1연 2행 · ○ 1연 2행부터 2연 4행까지 푸른 색연필로 옆줄이 그어져 있음.
2연 1행 · 〈젖가슴을〉은 원래 〈젓을〉.
3행 · 〈靈〉은 〈靈〉의 약자임.

【참고】 두번째 원고노트 『窓』에 같은 잠프이 있음. (258쪽 참조)

빨래

빨내줄에 두다리를 느리고
힌빨내가 귓속니약이하는 午後、

쌍々한 七月 해ㅅ발은 고요히도.
아담한 빨내에만 빛인다(달린다)

一九三六—

1연 2행 · ○ 1연과 2연 사이에 연필로 한 줄 띔 표시가 있음.
2연 1행 · 〈七月〉은 삽입되었음.
○ 〈해ㅅ발은〉의 〈해〉 위에 작은 가위표가 있음.

【참고】 두번째 원고노트 『窓』에 같은 잠프이 있음. (258쪽 참조)

童詩 비ㅅ자루

요―리 조리 베면 저고리 되고、
이―러케 베면 큰총되지.

누나하구 나하구
가위로 좋이 쏠앗더니、
어머니가 비ㅅ자루 들고
누나하나 나하나
엉덩이를 따렷소
방바닥이 어지럽다고―

아니 아니
고놈이 비ㅅ자루가
방바닥 쓸기 싫으니
그래ㅅ지 그래ㅅ서、
괘씸하여 벽장속에 감췃더니
이튿날아츰,
비ㅅ자루가 잃어젓다고.
어머니가 야단이 지요.

一九三六、九、九、

제목・○〈童詩〉에 물결 모양의 사각형 테두리가 쳐져 있음.

2연6행・〈이튿날아츰에 / 비ㅅ자루가 잃어젓다고.〉는 원래 〈이튿날아츰에、비ㅅ자루가 잃어젓다고.〉이며、〈에〉는 여필로 삭제되었음.

7행・〈비ㅅ자루가 잃어젓다고.〉에 행갈음 표시가 있음.
〈잃어젓다고.〉는 원래 〈없다고.〉.

[참고] 이 작품은 《카톨릭 少年》 1936년 12월호에 尹童柱라는 필명으로 다음과 같이 발표되었음. (주)는 활자화된 후 본인에 의해 수정된 부분
을 설명한 것임.

◇

童詩 비ㅅ자루
尹童柱

요―리조리 베면 저고리되고
이―렇게 베면 큰총되지.

누나하구 나하구
가위로 좋이 쏠앗더니
어머니가 비ㅅ자루들고
누나하나 나하나
엉덩이를 때렷소
방바닥이 어지럽다고―。

아니아니 아―니
고놈의 비ㅅ자루가
방바닥 쓸기 싫으니
그래ㅅ지 그래ㅅ서
괘씸하여 벽장속에 감췃더니
이튿날아츰 비ㅅ자루가 없다고
어머니가 야단이지요.

(주)〈엉덩이를〉이〈볼기짝을〉으로 수정되었음.
〈아니아니〉가〈아니〉로 수정되었음.
〈어머나가〉가〈어머니가〉로 수정되었음.

해ㅅ비.

앗씨처럼 나린다
보슬보슬 해ㅅ비
맞아 주자, 다가치
옥수수대 처럼 크게
닷자엿자 자라게
해ㅅ님이 웃는다,
나 보고 웃는다,

하날다리 놓엿다,
알롱달롱 무지개
노래 하자, 줍겁게
동모들아 이리 오나,
다 갓이 춤을추자,
해ㅅ님이 웃는다,
즐거워 웃는다.

一九三六、九、九、

童詩、비행긔、

머리에 푸로페라가、
연자깐 풍채보다、
더 ― 빨리돈다。

×

따에서 오를때보다
하늘에 놉히떠서는
빠르지 못하다
숨결이 찬모양이야。

×

비행긔는 ―
새처럼 나래를
펄럭거리지 못한다
그리고、 늘、 ―
소리를 지른다。
숨이찬가바。

（註）연자깐 ＝ 石磨깐、

一九三六 十月 初、

1연2행・〈연자깐〉에 방점이 있음。
3행・○ 《(註)연자깐＝石磨깐、》은 윤동주의 자필임。
3연6행・〈숨이찬가바〉는 삽입되었음。

"닭"

한간 鷄舍 그넘어는 蒼空이 깃들어
自由의 鄕土를 닛으(忘) 닭들이
시들은 生活을 주잘대고,
生産의 苦勞를 부르지젓다.

陰酸한 鷄舍에서 쏠려나온
外來種 레구홍,
學園에서 새무리가 밀려나오는
三月의 맑은午後도잇다.

닭들은 녹아드는 두엄을파기에
아담한두다리가 奔走하고
굼주렷든 주두리가
바즈런하다.
두눈은 여무럿고,
날수잇는 技能을忘却하엿고나,
아깝다 洗練한 그몸이.

1연·1행: 〈깃들어〉는 원래 〈기뜰어〉.

3행: 〈주잘대고〉는 원래 〈주잘거리고〉.

4행: ○〈生産의 苦勞를 부르지젓다〉에는 푸른 색연필로 옆줄이 그어져 있음.

2연·1행: 〈陰酸〉은 〈陰散〉의 오자인 듯함.

3행: ○〈學園에서〉에 붉은 색연필로 「표시되어 있음.
〈밀러나오는〉은 원래 〈쏠러나오는〉.

4행: ○〈있다〉에 붉은 색연필로 「표시되어 있음.

5행: 〈두엄〉의 오른쪽 옆에 〈덤〉이 씌어 있음.
○ 2연 5행부터 10행까지 〈〈닭들은~忘却하엿고나〉〉 푸른 색연필로 옆줄이 그어져 있음.

8행: 〈바즈런하다〉는 처음에 〈구데기 줏기에 바즈런하다〉로 수정되었으나 〈바즈런하다〉만 남기고 모두 삭제되었음.

9행: 〈두눈〉 앞의 〈그리고〉는 삭제되었음. 〈두눈〉은 원래 〈두눈이〉.

10행: ○〈技能을~그몸이〉에 붉은 색연필로 옆줄이 그어져 있음.
○〈忘却하엿고나〉는 밑에 붉은 색연필로 ＞표시되어 있음.

11행: 〈그몸이〉 뒤에 있던 다음 2행이 삭제되었음.

　　홀로 씨드른 우슴을웃음이여!
　　가장 理解하기쉬운 싱싱한風景에,

[참고] 두번째 원고노트 『窓』에 같은 작품이 있음. (259쪽 참조)

谷間

산들이 두줄로 줄다름질치고,
여울이 소리처 목이 자졋다.
한여름의 햇님이 구름을타고,
이골짝이를 빠르게도 건너런다.

　　×　×

산등아리에 송아지뿔처럼,
울뚝불뚝히 어린바위가
얼룩소의 보드러운털이
이산등서리에 푸러케자랏다.

　　×　×

산꼴나 그네의 발거름이
타박타박 땅을고누다.
벌거승이 두루미, 다리, 같이.

　　×　×

三年만에 故鄕찾이드는,
헌신짝이 집행이끝에
목아지를 달아매여 늘어지고,
까치가 색기의 날밭을태우려,
푸루룩 저산에날뿐, 고요하다.

　　×　×

갓쓴양반 당나구타고, 모른척지나고,
이땅에두멀든,
말탄섬나라 사람이,
길을뭇고지남이 異常한일이다.
다시, 곺작 은고요하다 나그내의마음보다.

○ 제목 위에 가위표가 있음.

1연1행 · ○ 1행과 2행 사이 위쪽에 붉은 색연필로 동그라미표가 있음.
2연1행 · 〈산등아리에 │ ~푸러케자랏다.〉의 4행에 푸른 색연필로 옆줄이 그
　　　　　어져 있음.
2행 · 〈어린바위가 〈××〉는 모두 행간에 있음.
2행 · 〈어린바위가〉는 처음에 〈어린바위가솟구〉에서 〈어린바위가자라구〉로
　　　수정되었다가, 다시 〈어린 바위가〉만 남기고 연필로 삭제되었음.
3행 · 〈얼룩소〉는 원래 〈얼럭소〉.
3연4행 · 〈두루미, 다리, 같이.〉는 처음에 〈두루미다리, 가.〉에서 〈두루미다리,
　　　　가치.〉로, 다시 〈두루미, 다리, 같이.〉로 수정되었음.
4연3행 · 〈까치가 색기의 날밭을태우려〉는 처음에 〈까치가 나무가지를 물고〉에서
　　　　〈까치가 색기를 날밭을태우려〉로, 다시 〈까치가 색기의 날밭을태우려〉
　　　　로 수정되었음.
5연3행 · 〈사람이〉앞에 〈삼〉자가 있었으나 붉은 색연필로 가위표가 그어져 있음.
5행 · 〈다시〉는 삽입되었음. 〈곺작은〉은 원래 〈곺작이〉.
　　　○ 4연과 5연 《〈고요하다.~갓쓴양반〉 사이에 있던 다음 4행이 삭제
　　　　되었음.

　　　　버리지들이 연달아 노래하고,
　　　　저기, 집이있으니 사람도있을것이다.
　　　　가담가담 놓여되있어
　　　　늙으이와 아회의 말싸흠을태보다.

　(주) 〈저기〉는 삽입되었음.
　　　〈집이있으니 사람도있을것이다.〉는 원래 〈집 이있스나보니 사람
　　　도있을게낄다.〉.
　　　〈늘으이와 아회의 말싸흠을태본다〉에 붉은 색연필로 옆줄이 그
　　　어져 있음.

【참고】 두번째 원고노트 『愁』에 같은 작품이 있음. (260쪽 참조)

나의 習作期의 詩아닌 詩

●
235

구즌비 나리는 가을밤

벌거숭이 그대로

잠자리에서 뛰여나와、

마루에 쭈구리고서서、

아이—ㄴ양 하고

쏴——— 오좀을쏘다。

一九三六。十月二十三日밤、

童詩、굴뚝、

산골작이 오막사리 나즌굴뚝엔

몽긔몽긔 웬인내굴 대낮에솟나、

×

감자를 굽는게지· 총각애들이

깜박깜박 검은눈이 못여앉어서、

입술이 꺼머케 슐을바르고、

넷 이야기 한커리에 감자하나식、

×

산골작이 오막사리 나즌굴뚝엔

살낭살낭 솟아나네 감자굽는내。

一九三六 가을、

○ 제목이 〈雜筆〉에서 〈아이ㄴ양〉으로 수정되었다가 연필로 모두 삭제되

었음。

【참고】 두번째 원고노트 『窓』에 같은 작품이 있음。(259쪽 참조)

2연4행 ·〈넷 이야기〉는 원래 〈호랑서방 넷말〉。〈넷이야기〉의 〈이야기〉 위에 글

자가 쓰어졌다가 지워진 흔적이 있음。

무얼먹구사나、

바닷가 사람、
물고기 잡어 먹구살구、

산꼴에 사람
감자 구어 먹구살구、

별나라 사람
무얼 먹구사나、

一九三六 十月、

童詩 봄、

우리애기는
아래밭추 에서 코올코올、

고양이는
부뜨막에서 가릉가릉、

애기바람이
나무가지에 소올소올

아저씨 햇님이
하늘한가운데서 째앵째앵。

一九三六 十月.

【참고】《카톨릭 少年》 一九三七년 三월호에 같은 작품이 尹童柱라는 필명으로 다음과 같이 발표되었음.

동요 무얼 먹구 사나
尹童柱

바다ㅅ가 사람
물고기 잡어먹구살구

산꼴엣 사람
감자구어 먹구살구

별나라 사람
무얼먹구 사나。

2연1행· ○ 2연 아래쪽 공간에 〈부뜨〉라는 글자가 씨어 있음.
2행· 〈부뜨막에서〉는 처음에 〈가막목에서〉에서 〈가마목에서〉로、 다시 연필로 지워졌다가 〈부뜨막에서〉로 수정되었음.
〈가릉가릉〉은 원래 〈갸릉갸릉〉。 연필로 수정되었음.

참새, (未定

가을지난 마당을
백노지인양
참새들이 글씨공부하지요

×
짹, 짹,
입으론

두발로는
글씨공부하지요,

×
하로종일
글씨공부하여도
짝자한자
박에 더 몰쓰는걸,

○ 작품 전체에 연필로 가위표되어 있으며, 위의 본문은 그 아래 공간에 다시 씌어진 것임.

1연1행 : 〈가을지난 마당을〉은 원래 〈암마당을〉. 연필로 〈암마당을로〉로 수정되었음.
2행 : 〈백노지인양〉은 원래 〈백노지ㄴ것처럼〉. 연필로 수정되었음.

[참고] 삭제된 내용은 다음과 같음.

참새

가을지난 마당은 하이얀총이
참새들이 글씨를 공부하지요,
째액째액 입으론 받아읽으며
두발로는 글씨를 연습하지요,
하로종일 글씨를 공부하여도
짝자한자 밖게는 더 몰쓰는걸.

一九三六, 十二月

(주) 〈마당은 하이얀총이〉는 원래 〈마당을 백노지인양〉. 연필로 수정되었음.
〈받아읽으며〉는 원래 〈읽으면서도〉. 연필로 수정되었음.
〈글씨를 공부하여도〉는 원래 〈글씨는 연습하여도〉. 연필로 수정되었음.

개,

눈 우에서
개가
꽃을 그리며
뛰오.

편지

누나!
이 겨울에도
눈이 가득이 왔습니다.

　　×　×

힌 봉투에
눈을 한줌 넣고
글씨도 쓰지 말고
우표도 부치지 말고
말숙하게 그대로
편지를 부칠가요

　　×　×

누나 가신 나라엔
눈이 아니온다기에.

1연·1행 · 〈눈 우에서〉는 처음에 〈눈 우에서〉에서 〈눈이 나리는날〉로、다시 〈눈 우에서〉로 수정되었음.

○　2연과 3연은 〈개〉와 〈편지〉 1연의 아래쪽 공간에 씌어졌음.

버선본

어머니!
누나 쓰다버린 습자지는
두었다간 뭣에 쓰나요?

그런줄 몰랐더니
습자지에다 내 보선동고
가위로 오려,
버선본 만드는걸.

× ×

어머니!
내가 쓰다버린 몽당연필은
두었다간 뭣에 쓰나요

그런줄 몰랐더니
청우에다 버선본놓고
침발려 점을찍곤
내보선 만드는걸.

一九三六、十二月初

제목·〈버선본〉은 원래 〈보선본〉.

1연3행·〈두었다간 뭣에 쓰나요?〉는 원래 〈두어둬서 멀합니까?〉였으나 연필로 수정되었음.

2연2행·〈습자지에다 내 보선동고〉는 삽입되었음. 〈습자〉의 오른쪽 옆에 다른 글자의 흔적이 있음.

3행·〈가위로 오려〉는 원래 〈가위로 모려〉.

4행·〈버선본〉은 원래 〈보선본〉.

3연3행·〈두었다간 뭣에 쓰나요〉는 원래 〈두어둬서 멀합니까〉. 연필로 수정되었음.

4연2행·〈버선본놓고〉는 원래 〈보선본놓고〉.

눈

지난밤에
눈이 소—복이 왓네
집웅이랑
길이랑 밭이랑
치워한다고
덮어주는 니불인가바

그러기에
치운겨을에만 나리지

一九三六 十二月、

사과

붉은사과 한개를
아버지 어머니
누나、나、넷이서
껍질채로 송치까지
다— 논아먹엇소。

5행·〈다—〉는 삽입되었음.

눈

눈이
샛하야케 와서,
눈이
새물새물 하오.

닭

── 닭은 나래가커두
웨, 날잖나요
── 아마 두엄파기에
홀, 잇엇나 봐.

4행·〈새물새물〉은 원래 〈재물재물〉.

○ 제목 위에 붉은 색연필로 동그라미가 그려져 있음. 이 작품은 〈눈〉 아래쪽 빈 공간에 씌어졌음.

1행·〈나래가커두〉의 〈커〉는 삭제되었다가 다시 씌어졌음.
3행·〈두엄파기에〉는 원래 〈덤을파기에〉.
4행·〈잇엇나 봐.〉는 처음에 〈낫 젓나 봐.〉로, 다시 〈낫엇나봐.〉에서 〈닛엇나 봐.〉로, 다시 〈잇엇나 봐.〉로 수정되었음.

아츰

휙、 휙、 휙、 소꼬리가 부드러운 채ㅅ직
질로 어둠을 쫓아、
참、 참、 참、 어둠이 깁다깁다 밝으오.

이제 이동리의 아츰이、
풀살오른 소엉덩이처럼 기름지오
이동리 콩죽먹는 사람들이、
땀물을 뿌려 이여름을 자래 윗소.

닢、 닢、 풀닢마다 땀방울이 맺엇소.
여보! 여보! 이 모ㅡ든것을 아오.

이아츰을
深呼吸하오 또하오.

（一九三六）

○ 제목 위에 붉은 색연필로 동그라미 표가 그려져 있음.

2연2행· ○〈처럼 기름지오〉에 붉은 색연필로 엽ㅅ줄이 그어져 있음. 〈기름〉은 삽입되었음.

참작 일자· 〈（一九三六）〉은 3연과 4연 사이에 연필로 씌어 있음.

4연1행· 〈이아츰을〉 위에 〈〈소금비를 쥔채로〉〉가 있었으나 삭제되었음.

[참고] 두번째 원고노트 『窓』에 갈은 작품이 있음. (277쪽 참조)

겨을

난간 밑에
시라지 다람이
바삭 바삭
춥소.

길 바닥에
말똥 동그램이
달랑 달랑
얼오.

一九三六年겨을、

○ 2연은 1연 밑에 씌어 있음.

[참고] 두번째 원고노트 『窓』에 갈은 작품이 있음. (261쪽 참조)

호주머니

옳을것없어,
걱정이든,
후주머니는,

겨을만 되면
주먹두개 갑북 갑북.

○ 제목을 제외한 작품 전체가 세로선으로 지워져 있으며 그 아래 공간에 위의 본문이 씌어 있음.

1연1행 · 〈옳을것없어 / 걱정이든,〉은 원래 〈원일년 내내〉. 1연의 2행과 3행 사이에 〈터-ㅇ비였든〉이 삭제되었음. 〈터-ㅇ비였든〉은 원래 〈텡텡 비였든〉.

3행 · 〈후주머니는,〉은 원래 〈후주머니여든〉.

2연2행 · 〈주먹두개〉는 처음에 〈주먹두개에도〉나 〈후주머니에도〉 혹은 〈후주머니여도〉였을 것으로 추정됨. 〈주먹두개〉에서 〈두주먼〉으로, 다시 〈주먹두개〉로 수정되었음.

[참고] 삭제된 내용은 다음과 같음.

호주머니

가을에는
밤 한톨 살쟈.

겨을에는
주먹두개 갑북.

봄에는
버들개지 담담.

여름에는
아무것도 반반.

黃昏

하로도 검푸른 물결에
흐느적 잠기고 잠기고……

저— 웨ㄴ 검은고기떼가
물든바다를 날아 橫斷할고,

잎아리 잃은 海草
海草마다 슬으기도 하오

西窓에 걸린 해말간風景画
옷고름 너어는 젊은나그네의 (孤兒의) 시름.

이제 첫 航海하는 마음을먹고
방바닥에 나딩구오 딩구오……

오날도 수많은 배가
나와함께 이물결에 잠겨슬게오。

一九三七、一月、

* 첫번째 원고노트에 「黃昏」이란 제목의 작품이 두 편 있음.

1연·1행 · ○ 1행 위카에 붉은 색연필로 동그라미와 「 표가 그려져 있음.
3연·1행 · ○ 3연은 2연과 4연 사이에 삽입되었으며 3연 전체에 괄호 표시가
되어 있음.
〈잎아리 잃은 海草〉는 원래 〈잎아리 없는 海草는〉.
2행 · 〈海草마다〉는 삽입되었음. 〈슬으기도〉는 원래 〈슬피기도〉.
4연·1행 · 〈西窓에 걸린 해말간風景画〉는 원래 〈西窓에 해말간風景이 걸려〉. 〈걸
린〉은 삽입되었음.
2행 · 〈젊은나그네의 (孤兒의) 시름〉은 원래 〈시름에 잠기오〉. 〈(孤兒의)〉는
〈젊은나그네〉의 외쪽에 나란히 씌어 있음.
5연·1행 · 〈첫 航海하는〉에서 〈첫〉은 삽입. 〈航海하는〉 위에 작은 가위표가 있음.

[참고] 두번째 원고노트 『窓』과 날장이로 된 원고(슬위작품)에는 같은 내용의
작품 제목이 『黃昏이 바다가되여』로 되어 있음. (262쪽、336쪽
참조)

童詩、
거즛뿌리

똑、똑、똑、
문좀 열어주세요.
하로밤 자고갑시다.
밤은느김고 날은느추운데、
거、 누굴가?
문열어주구 보니,
검둥이의 꼬리가,
거즛뿌리 한걸.

×

꼬기요、 꼬기요、
닭알 나앗다.
간난아! 어서집어가거라
닭알은 무슨닭알
고놈이 알닭이
대낮에 재ㅅ발간
거즛뿌리 한걸.

2연6행·〈고놈이 알닭이〉는 원래 〈알닭이란 놈이〉.

[참고] 《카톨릭少年》 1937년 10월호에 같은 작품이 발표되었음. 다음과 같이 발표되었음. (주)는 활자화된 후 본인에 의해 수정된 부분을 설명한 것임.

거 즛 뿌 리
尹童舟

똑、똑、똑、
문좀 열어주세요
하로밤 자고갑시다.
밤은느김고 날은느추운대
거 누굴가?
문열어주고 보니
검둥이 꼬리가
거즛뿌리 한걸.
꼬끼요 꼬끼요
닭알 나앗다
간난아! 어서집어가거라.
간난아! 뛰여가 보니
닭알은 무슨닭알
고놈의 암닭이
대낮에 새빨간
거즛뿌리 한걸.

(주) 8행과 9행 사이에 ××표시가 삽입되었음.

둘다、

바다도 푸르고、
하늘도 푸르고、

바다도 끝없고
하늘도 끝없고、

바다에 돌 던지고
하늘에 침 뱉고

바다는 벙글
하늘은 잠잠

반디불

가자、 가자、 가자、
숲으로 가자.
달쪼각을 주으려
숲으로 가자

그믐밤 반디불은
부서진 달쪼각

가자、 가자、 가자、
숲으로 가자、
달쪼각을 주흐려
숲으로 가자、

2연1행·이 작품은 다음과 같이 씌어졌다가 이 중 〈그러기에│둘다 다 종치〉가 삭제된 후 위의 2·3·4연이 수정첨가 되었음.

바다도 푸르고、
하늘도 푸르고、

그러기에
둘다 다 종치.

(주)〈종치〉는 원래 〈종소〉.

3연1행·〈던지고〉는 원래 〈던저보고〉. 연필로 수정되었음.
2행·〈뱉고〉는 처음에 〈받어보고〉에서 〈받어보오〉로、 다시 〈뱉고〉로 수정되었음. 〈뱉고〉는 연필로 수정되었음.
4연2행·〈잠잠〉 뒤에 있던 다음 1행이 연필로 삭제되었음.

둘다 크기두 하오

제목·○ 제목 위에 붉은 색연필로 동그라미 표가 그려져 있음.

1연3행·〈달쪼각을 주으려〉의 〈을〉은 삽입되었음.
2연1행·〈그믐밤〉은 원래 〈그믐밤에〉.
2연 1행과 2행 사이에 있던 〈반디불은〉이 삭제되었음.

밤、

오양간 당나귀
아— ㅇ 앙 외마디 울음을울고、

당나귀 소리에
으— 아 아 애기 소스라처깨고

등잔에 불을달다오。

아바지는 당나귀에게
짚을 한키 담아주고

어머니는 애기에게
젖을 한목음 먹이고、

밤은 다시 고요히 잠드오。

할아바지、
왜떡이 쓰읍은 데도
작고 달다고 하오。

一九三七、三、一〇。

1연1행·〈오양간〉은 원래 〈마구깐〉。
4연2행·〈짚〉은 원래 〈꼴〉。
5연1행·〈어머니는〉는 원래 〈어머니〉。

【참고】 두번째 원고노트 『窓』에 같은 작품이 있음。(263쪽 참조)

제목·○ 제목 위에 붉은 색연필로 동그라미표가 그려져 있음。

1행·○ 작품 위에 (표시가 있음。
2행·〈달다고 하오。〉는 원래 〈달다고 한다。〉。

【참고】 두번째 원고노트 『窓』에 같은 작품이 실려 있으나、 전문 삭제되었음。
（263쪽 참조）

만돌이

만돌이가 학교에서 돌아오다가
전보대 있는데서
돌재기 다섯개를 주었습니다.

전보대를 겨누고
돌 첫개를 뿌렷습니다.
──딱──

두개채 뿌렷습니다.
──딱──

세개채 뿌렷습니다.
──아불사

네개채 뿌렷습니다.
──딱──

다섯개채 뿌렷습니다.
──딱──

다섯개에 세개……
그만하면 되엿다.
내일 시험,
다섯문데에, 세문데만하면──
손꼽아 구구를 하여봐도
허양 륙십점이다.

볼거있나 공차려가자.

그 이튿날 만돌이는
꼼짝몬하고 선생님한테
흰종이를 바처슬까요.
그렇찬으면 정말
륙십점을 맞엇슬까요

2연1행·〈겨누고〉는 원래 〈겨누고 돌첫개를〉.
4행·〈두개채〉는 원래 〈두번채〉.
3연1행·〈다섯개〉의 〈개〉는 원래 〈두번채〉. 삽입되었음.
3행·〈내일 시험,│ 다섯문데에, 세문데만하면──〉은 원래 〈내일 시험, 다섯 문데에, 세문데만하면──〉이며, 행옮음 표시 있음.
4연3행·〈손꼽아 구구를 하여봐도〉는 처음에 〈바첫지요.〉에서 〈바첫슬까요?〉로, 다시 〈바치잣엇슬까요?〉로, 행간에 삽입되었음.
5행·〈바치슬까요.〉에서 〈바치지앟엇슬까요?〉로 수정되었음.
〈바처슬까요.〉의 아래쪽 공간에 있던 다음 2행이 삭제되었음.

흰종이를바첫슬까요?
정말六十点을맞엇슬까요?

○ 원고지 아래쪽 여백에 〈십부럼 나는〉이란 글자가 씌어졌다가 삭제되었음.

童詩 "개"

「이 개 더럽잔니」

아——니 이웃집 덜렁 숳개가
오날 어슬렁 어슬렁 우리집으로 오더니
우리집 바두기의 미구멍에다 코를대고
씩々 내를 맛겟지 더러운줄도 모르고,
보기 승해서 막차며 욕해 쫓앗더니
꼬리를 휘휘 저으며
너회들보다 어떻겟냐하는 상으로
뛰여가겟지요 나——참。

나무,

나무가 첨을추면
바람이 불고,
나무가 잠잠하면
바람도자오。

* 미발표작。
○ 작품 전체에 가위표되어 있으며 첫번째 원고노트 뒤 속표지에 씌어
졋음。

○ 첫번째 원고노트의 마지막 속표지 뒷면에 씌어졌으며 작품 전체에
사각형 테두리가 둘러져 있음。

4행·〈바람〉은 원래 〈발람〉。

窓

두번째 원고노트。표지 상단에 〈原稿ノート〉
그 밑에 사람을 태우고 달리는 말 그림이 인쇄되어 있음。
그 밑에 〈窓〉이라는 글자를
시인 자신이 직접 도안하여 그려 넣었음。
책등에는 〈나의 詩集〉이라 씌어 있으며,
그 아래에도 글씨의 흔적이 있으나 판독 불가능함。
속표지에는 풍차、돛단배、이를 바라보는
두 사람의 뒷모습이 그려져 있는 풍경화가 인쇄되어 있음。
이 윗부분에 잉크로 〈文藻〉라고 자필로 씌어 있음(110쪽 참조)

黃昏
가슴 1
가슴 2
가슴 3
山上
南쪽하늘
빨래
닭
가을밤(〈아이 ㄴ양〉)
谷間
겨을
黃昏이 바닷가되여
밤
할아버지
장
風景
달밤
鬱積
寒暖計
그女子
夜行
비ㅅ뒤
悲哀
冥想
窓
바다
遺言
山峽의午後
새로운길
어머니
아츰
소낙비
街路樹
비오는밤
사랑의殿堂
異蹟
아우의 印象畵
코쓰모쓰
슲은 족속
고추밭
毘盧峯
해빛·바람(童謠)
해바라기 얼골
애기의 새벽
귀뜨라미와 나와
산울림
달같이
薔薇病들어
츠르게네프의 언덕(散文詩)
산골물
自像画

黃昏

햇ㅅ살은 미다지 틈으로
길죽한 一字를쓰고……지우고……

까마기떼 집웅 우으로
둘、 둘、 셋、 넷、 작고 날아지난다.
쏙쏙、 꿈틀꿈틀 北쪽 하늘로、

내사………
北쪽 하늘에 나래를 펴고싶다。

一九三六. 三月. 二十五日
平壤서、

2연1행·〈까마기떼〉는 원래 〈까무기떼〉。

가슴

1、

소리없는 북
담담하면 주먹으로
뚜다려 보오.

그래 봐도
후——
가——는 한숨보다 몰하오.

　　　　一九三六、三、二十五、
　　　　　　　　　平壤서

가슴

2

늦은가을 스르램이
숲에쌔워 恐佈에 떨고,
웃음웃는 흰달생각이
도망가오.

　　　　一九三六、三、二十五、

○ 제목 왼쪽 위에 붉은 색연필로 작은 동그라미표가 그려져 있음.

1연1행· ○ 1행 오른쪽 위에 붉은 색연필로 세모 표시가 되어 있음.
〈북〉은 원래 〈大鼓〉. 연필로 수정되었음.
○ 2연 위에 붉은 색연필로 (표시가 되어 있음.

○ 작품 전체에 가위표 표시가 되어 있음.

1연1행· ○ 1행 오른쪽 위에 붉은 색연필로 가위표가 그어져 있음.
2행· 〈슾〉에 지음 표시를 한 흔적이 있음.
〈佈〉는 〈怖〉의 오자인 듯함.

3

불꺼진 火독을
안고도는 겨울밤은 깊었다.

재(灰)만 남은 가슴이
문풍지 소리에 떤다.

一九三六、七、二四、

山上

거리가 바둑판처럼 보이고,
江물이 배암이 색기처럼 기는
山율에 까지 왓다.

아직쯤은 사람들이
바둑돌 처럼 벌여있으리라.

한나절의 太陽이
함석집웅에만 빛이고,
굼벙이 거름을 하든 汽車가
停車場에 섯다가 검은내를 맡하고
또、거름밭을 탄다.

텐트같은 하늘이 문허저
이거리를 덮을가 궁금하면서
좀더 높은데로 올라가고 싶다.

1연 1행·○ 1행 오른쪽 위에 붉은 색연필로 동그라미표와 세모표가 그려져 있음.

3연 1행·○ 3연 각 행 위에 붉은 색연필로 동그라미가 그려져 있음.
3행·〈싶다。〉는 처음에 〈싶다。〉에서 〈싶고나。〉로、다시 〈싶다。〉로 수정되었음.
○〈~ 싶다。〉 뒤에 있던 다음 4행이 삭제되었음.

(一九三六、五、)

내 노래를 좋와하야
소리를 지르다 지르다、
날이 저무려 이거리로 다시돌아든다.

(주)〈돌아든다。〉는 원래 〈돌아가오。〉。

陽地 쪽

저쪽으로 黃土실은 이땅 봄바람이
胡人의물래밖위 처럼 돌아 지나고、
아롱진 四月太陽의 손길이
壁을등진 섧은 가슴 마다 올올이 만진다。

地圖째기 노름에 뇌땅인줄몰으는 애 둘이、
하쁨손가락이 잡음을 限함이여、
아서라! 갓득이나 열븐平和가、
깨여질가 근심스럽다。

　　　　一九三六、 봄、

1연1행·〈이땅〉은 삽입되었음。

2행·〈胡人의물래밖위 처럼 돌아 지나고、〉는 원래 〈커ー브를 돌아 避하고、〉。

○〈커ー브〉 위에 붉은 색연필로 작은 가위표가 그어져 있음。

4행·〈壁을등진 섧은 가슴마다 올올이〉는 원래 〈좀먹어 시드른 가슴을〉。

〈섧은〉은 삽입되었음。

2연1행·처음에 〈異域인줄 몰으〉는 小学生애 둘이 | 地圖째기 노름에〉에서 〈地圖째기 노름에 폭醉한 애 둘들이〉로、 다시 〈地圖째기 노름에 뇌 땅인줄 몰으는 애 둘이〉로 수정되었음。

2행·〈하쁨손가락이 잡음을 限함이여!〉。〈이 잡음을 限함이여、〉의 〈이〉는 삽입되었음。

2연 2행 뒤에 있던 다음 한 행이 삭제되었음。

잡음을 恨함이여。

(주)〈恨〉은 원래 〈限〉。

3연1행·3연 1행과 2행 사이에 있던 〈갓득이나 열븐 平和가〉가 삭제되었음。

山林

時計가 자근자근 가슴을뚱려
不安한 마음을山林이부른다.

千年오랜年輪에 짜들은 幽暗한 山林이、고달픈 한몸을
抱擁할因緣을 가젓나부다。

山林의 검은 波動우흐로 붙어
어둠은 어린가슴을 짓밟고、

넘어리를 흔드는 저녁바람이
쇠——恐怖에 떨게한다。

멀리 첫여름의 개고리 재질댐에
흘러간 마을의過去는 아질타。

나무틈으로 반짝이는 별만이
새날의 希望으로 나를이끈다。

　　　　一九三六、 六、 二六、

1연1행・〈뚱려〉는 처음에 〈뚱려〉에서 〈뚱릴 적에〉로、다시 〈뚱려〉로 수정되었음.

2행・〈不安한 마음을〉은 삽입되었음. 〈不安한 마음을〉의 〈을〉은 〈으로〉로도 읽힐 수 있음.

1연 전체에 테두리가 쳐져 있으며 4행 중 다음 2행이 삭제되었음.

1연・〈山林이 부른다。〉는 처음에 〈山林이 나를 부른다。〉로、다시 〈山林이 부른다。〉에서 〈山林이 나를 부른다。〉로、다시 〈山林이로쫒는다。〉로 수정되었음.

2연

　　잔득 까라앉은 房에
　　자—우이 不安이 깃들고

・2연은 원래 〈幽暗한 山林이、/ 고단한 한몸을 抱擁할 / 因緣을 가젓다。〉였으나 〈고단한 한몸을〉은 2연 1행에、〈抱擁할〉은 2연 2행에 각각 삽입되었음. 〈고단한〉은 다시 〈고달픈〉으로 수정되었음. 〈짜들은〉은 원래 〈떨은〉.

〈千年오랜年輪에 짜들은〉은 삽입되었음. 〈한몸을〉의 〈한〉은 한 번 삭제되었다가 다시 씌어졌음.

〈가젓나부다。〉는 원래 〈가젓다。〉.

3연1행・〈검은〉은 삽입되었음.

2행・〈어둠은〉은 원래 〈어둠이〉.

4연1행・〈佈〉는 〈怖〉의 오자인 듯함.

2행・〈떨게한다。〉는 원래 〈떨게하고〉.

5연1행・〈흘러간 마을의過去는 아질타。〉는 원래 〈그림은 過去의 斷片이 아질타。〉

2행・〈재질댐에〉는 원래 〈떠듬에〉.

6연2행・〈새날의〉는 원래 〈새世紀의〉.
〈過去는〉은 원래 〈過去의〉.
〈이끈다。〉는 삭제되었다가 다시 씌어졌음.

南쪽하늘

제비는 두나래를 가지엿다.
시산한 가을날——

어머니의 젖가슴이 그리운
서리나리는 져녁——
어린靈은 쪽나래의 鄕愁를 타고
南쪽하늘에 떠돌뿐——

一九三五、一○、
平壤에서

빨래

빨래줄에 두다리를 드리우고
힌빨래들이 귓속 이약이하는 午後、
쨍쨍한 七月햇발은 고요히도
아담한 빨래에만 달린다.

一九三六

○ 제목 위에 붉은 색연필로 세모표가 그려져 있음.

2연1행·〈젖가슴이〉는 원래 〈젖가슴을〉.
2행·〈서리나리는〉은 원래 〈그리는〉.
3행·〈靈〉은 〈靈〉의 약자임.

2연2행·○〈아담한 빨래에만 달린다.〉에 붉은 색연필로 엽프줄이 그어져 있음.

닭

한間鷄舍 그넘어 蒼空이 깃들어
自由의 鄕土를 닛(忘)은 닭들이
시들은 生活을 주잘대고,
生産의 苦勞를 부르지젓다.

陰酸한 鷄舍에서 쏠려나온
外來種 레구홍,
學園에서 새무리가 밀려나오는
三月의 맑은 午後도 있다

닭들은 녹아드는 두엄을파기에
雅淡한 두다리가 奔走하고
굼주렷든 주두리가 바즈런하다.
두눈이 붉게 여무도록—

—(가을밤)—

一九三六、 봄

구즌비 나리는 가을밤
벌거숭이 그대로
잠자리에서 뛰여나와
마루에 쭈구리고 서서
아이ㄴ양하고
쇠— 오줌을 쏘오.

一九三六、 一○、 二三、

1연3행·〈주잘대고〉는 원래 〈주잘대가〉.
2연1행·〈陰酸〉은 〈陰散〉의 오자인 듯함.
3연1행·〈두엄을파기에〉는 원래 〈덤을파기에〉.
4행·〈여무도록〉은 원래 〈여믈도록〉.
○ 〈여무도록〉의 오른쪽 옆에 붉은 색연필로 동그라미 3개가 그려져 있음.
○ 〈여무도록〉 뒤에 있던 다음의 한 연이 삭제되었음.

늬는,
날수있는 技能을 닛엇고나、
악갑다 洗練한 그몸이.

○ 제목이 〈아이ㄴ양〉으로 씌어졌다가 삭제되었음. 〈—(가을밤)—〉은 부제인 듯함.
○ 〈가을밤〉에 엷줄이 그어져 있음.

谷間

산들이 두줄로 줄다름질 치고
여울이 소리처 목이 자젓다.

한여름의 햇님이 구름을 타고
이 골작이를 빠르게 건너련다.

山등아리에 송아지뿔 처럼
울뚝불뚝히 어린바위가 솟구、
얼룩소의 보드러운 털이
山등서리에 퍼―렇게 자랏다.

三年만에 故鄉 찾어드는
산꼴 나그네의 발거름이
타박타박 땅을 고눈다.
벌거숭이 두루미 다리같이……

헌 신짝이 집행이 끝에
목아지를 매달아 늘어지고、
까치가 색기의 날발을 태우려 날뿐、
골작은 나그네의 마음처럼 고요하다.

一九三六、여름.

겨을

처마 밑에
시래기 다람이
바삭바삭
추어요.

길바닥에
말똥 동그래미
달랑 달랑
얼어요.

一九三六、 겨을、

1행 · 〈처마〉는 원래 〈난간〉.
2행 · 〈시래기〉는 원래 〈시라지〉.
4행 · 〈추어요.〉는 원래 〈첩소.〉였으나 연필로 수정되었음.
6행 · 〈말똥 동그래미〉는 원래 〈말똥 동그램이〉.
8행 · 〈얼어요.〉는 원래 〈어오.〉. 연필로 수정되었음.

黃昏이 바다가 되여、

하로도 검푸른 물결에
흐느적 잠기고……잠기고……

저— 웬 검은 고기떼가
물든 바다를 날아 橫斷할고.

落葉이 된 海草
海草마다 슬프기도 하오.

西窓에 걸린 해말간 風景畵。
옷고름 너어는 孤兒의 설음.

이제 첫 航海하는 마음을 먹고.
방바닥에 나딍구오……딍구오……

黃昏이 바다가 되여
오날도 數많은 배가
나와함께 이물결에 사라젓슬게오。

一九三七、一、

제목 · ○ 〈黃昏이 바다가 되여、〉 중 〈이 바다가 되여〉에 엷줄이 그어져 있음.

* 첫번째 원고노트에는 제목이 〈黃昏〉으로 되어 있음.

2연 1행 · 〈검은〉은 삽입되었음.

3연 1행 · 〈落葉이 된〉은 원래 〈잎아리 잃은〉.
○ 〈落葉이 된〉 전체에 붉은 색연필로 동그라미가 그려져 있음.

4연 2행 · 〈孤兒의 설음〉은 원래에 붉은 색연필로 동그라미가 그려져 있음.
○ 〈옷고름 너어는 孤兒의 설음〉에 붉은 색연필로 엷줄이 그어져 있음.
○ 4연 2행부터 5연까지 붉은 색연필로 (표시가 되어 있음.

6연 1행 · 〈黃昏이 바다가 되여〉는 행간에 삽입되었음.

3행 · 〈사라젓슬게오。〉는 처음에 〈잠겨슬게오。〉에서 〈삼켜슬게오。〉로、 다시 〈삼키워슬게오。〉로 수정되었음.
○ 6연 3행 위에 붉은 색연필로 가위표가 그어져 있음.

오양간 당나귀
아— ㅇ 앙 외마디 울음울고、
당나귀 소리에
으— 아 아 애기 소스라처깨고、
등잔에 불을 다오。

아바지는 당나귀에게
짚을 한키 담아주고、
어머니는 애기에게
젖을 한목음 먹이고、
밤은 다시 고요히 잠드오。

一九三七、三月、

○ 4、5연 위에 붉은 색연필로 (표시가 되어 있음。

할아바지
왜떡이 쓺은 데도
작고 달다고 하오。

一九三七、三、一○、

○ 작품 전체가 제목과 함께 완전히 삭제되었음。

장

이른아츰 안낙네들은 시들은 生活을
바구니 하나 가득 담아니고……
업고 지고……안고 들고……
모여드오 작구 장에 모여드오。

가난한 生活을 골골이 버려놓고
밀려가고…… 밀려오고……
제마다 生活을 웨치오……싸우오。

왼하로 올망졸망한 生活을
되질하고 저울질하고 자질하다가
날이 저무러 안낙네들이
쓿은生活과 박구어 또 니고돌아가오。

一九三七、봄

○ 1、2연 전체에 가위표로 삭제표시가 되어 있음。

3연1행·〈올망졸망〉은 원래 〈옹아롱조아롱〉。

風景

봄바람을 등진 초록빛바다
쏘다질듯 쏘다질듯 위트럽다.

자주름 치마폭의 두둥실거리는 물결은,
오스라질듯 한끝 輕快롭다.

마스트 끝에 붉은 旗ㅅ발이
女人의 머리칼처럼나부긴다.
　※
이 생생한 風景을 앞세우며 뒤세우며
외—ㄴ하로 거닐고 싶다.
　※
——바다빛 포기포기에 繡놓은언덕으로、
——우중충한 五月하늘아래로、

一九三七、五、二九、

달 밤

흐르는 달의 힌물결을 밀처
여윈 나무그림자를 밟으며、
北邙山을向한 발거름은 무거움고
狐獨을伴侶한 마음은 슳으기도하다。

누가있어만 싶든 墓地엔 아모도없고、
靜寂만이 군데군데 힌물결에 폭젖엇다。

一九三七、四、十五、

鬱寂

처음 피워본 담바맛은
아츰까지 목앙에서 간질간질 타。

어제밤에 하도 鬱寂하기에
가만히 한대피워 보앗더니。

一九三七、六

○ 〈이 古典한 風景을 뒤집어써라。〉는 원래 〈女人의 허리로를 어 발등까지。〉。〈女人〉의 왼쪽 행간에 〈新裝한〉이 삽입되었다가 지워졌음。
〈갈메기처럼〉은 원래 〈갈메기같이〉。
〈사랑스런 나의 女人아!〉의 〈나의〉는 삽입되었음。
〈뒤집어써라。〉의 〈라〉 오른쪽 옆에 붉은 색연필로 씌어진、
〈보여라〉、〈보려마〉 등으로 보이는 글자가 있으나 정확한 판독은 불가능함。

○ 제목 위에 붉은 색연필로 세모표가 그려져 있음。작품 전체의 행 윗부분에 〈 표시가 되어 있음。

1연·4행·〈狐〉는 〈孤〉의 오자인 듯함。
2연·2행·○ 〈靜寂만이〉와 〈군데군데〉 사이에 〈그〉가 씌어졌다가 지워진 흔적이 있음。

* 미발표작
○ 작품 전체에 푸른 색연필로 가위표가 그어져 있음。

寒暖計

싸늘한 大理石기둥에 목아지를 비틀
어맨 寒暖計,
문득 드려다 볼수있는 運命한 五尺六寸
의 허리가는 水銀柱,
마음은 琉璃管보다 맑소이다.

血管이 單調로워 神経質인 輿論動物,
각금 噴水같은 冷춤을 억지로 삼키기에,
精力을 浪費합니다.

零下로 손구락질할 수돌네房처럼 침은
겨울보다
해바라기가 滿滿할 八月校庭이 理想곺소
이다.
피끓을 그날이——

어제는 막 소낙비가 퍼붓더니 오늘은
좋은 날세올시다.
동저골바람에 언덕으로、 숲으로 하시구려——
이렇게 가만가만 혼자서 귓속이약이를
하엿습니다.
나는 또 내가 모르는사이에——

나는 아마도 眞実한世紀의 季節을딿아、
하늘만보이는 울타리않을뛰처、
厂史같은 포시순을 직혀야 봄니다.

一九三七、七、一

1연1행・〈싸늘한〉은 원래〈學校出入口〉。
〈목아지〉는 원래〈묵아지〉。
2연1행・〈輿論〉에 붉은 색연필로 동그라미가 그려져 있음。
5연1행・〈実〉은〈實〉의 중국식 약자임。
3행・〈厂〉은〈歷〉의 약자임。

그女子

함께 핀 꽃에 처음 익은 능금은
먼저 떨어젓슴니다.

오늘도 가을바람은 그냥 붑니다.

길가에 떨어진 불근 능금은
지나든 손님이 집어 갓슴니다.

一九三七、七、二六、

2연 1행·〈그냥 붑니다〉는 원래 〈작고 붑니다〉.

夜行

正刻! 마음이 아픈데있어 靑藥을붗이고
시들은 다리를 꿇을고 떻나는 行裝,
── 汽笛이들리잖게 운다.
사랑스런女人이 타박타박 땅
을 굴려 쫓기에
하도 무서워 上架橋를 기여넘다.
── 이제로붙어 登山鉄道、
이윽고 思索의 포푸라턴넬로 들어간다.
詩라는것을反芻하다 맛당이反鄒하여야한다.
── 저녁煙氣가 놀로된 以後.
휘人바람부는 햇 귀뜰램이의
노래는 마듸마듸 꿇어저
그믐달 처럼 호젓하게슬프다、
늬는 노래배을 어머니도 아바지도 없나보다
── 늬는 다리가는 쬐그만보해미앤,
내사 보리밭동리에 어머니도
누나도 있다.
그네는 노래부를줄 몰라
오늘밤도 그윽한 한슴으로 보내리니 ──

一九三七、七、二六、

* 미발표작.
○ 작품 전체가 그물 형태의 사선들로 삭제되어 있음.

2행〈시들은〉은 원래 〈가는〉.
3행〈汽笛〉은 원래 〈瀂笛〉.
4행〈타박타박 땅 │ 을 굴려 쫓기에〉는 원래 〈통발로 타박타박 땅바닥
을 굴려 뒤에서 쫓기에〉.
8행〈턴넬〉 오른쪽에 방점이 있음.
9행〈反芻〉는 〈反鄒〉의 오자인 듯함.
10행〈저녁〉은 처음에 〈검은〉에서 〈아츰〉으로, 다시 〈저녁〉으로 수정되
었음.
〈놀〉은 원래 〈아즈랑이〉.
11행〈휘人바람부는〉은 원래 〈어듸선지 휘人바람부는〉.
12행〈꿇어저〉는 원래 〈작고 꿇어진다〉.
13행〈그믐달 처럼 호젓하게슬프다〉는 행간에 삽입되었음.
14행〈없나 보다〉는 원래 〈없을 │ 게다〉.
15행〈늬는 다리가는 쬐그만보해미앤〉은 원래 〈늬 다리는 가늘지!?〉.
16행〈어머니도 │ 누나도〉는 원래 〈뽕도땄은 어머니도 │ 누나도〉.
18행〈몰라〉는 원래 〈모른다〉.
마지막 행 뒤에 있던 다음 3행이 삭제되었음.

그믐달아─! 나와같이다음날아츰에 到着하자.
나는 다시 초생달을 처다보구 처다보다
다음날에 到着하여야 한다.

(주)〈그믐달아─!〉 위에 〈口〉로 보이는 글자를 썼다가 지운 흔
적이 있음.
〈처다보구〉는 원래 〈처다부구〉.

비 ㅅ 뒤

「어— 얼마나 반가운비냐」
할아바지의 즐거움.

가믈들엇든 곡식 자라는소리
할아바지 담바 빠는 소리와같다.

비ㅅ뒤의 해ㅅ살은
풀닙에 아름답기도 하다.

* 미발표작.
○ 작품 전체에 가위표가 그어져 있음.
2연1행·〈곡식〉은 원래 〈곡식이〉.
2행·〈소라〉의 〈라〉는 〈리〉의 오자인 듯함.

悲 哀

호젓한 世紀의 달을 딿아
알뜻 모를뜻 한데로 거닐과저!

아닌 밤중에 튀기듯이
잠자리를 뛰쳐
끝없는 曠野를 홀로 거니는
사람의 心思는 외로우려니

아— 이젊은이는
피라미트처럼 슬프구나

一九三七、 八月 十八日

1연1행·○ 〈世紀의〉에 두 줄로 옆줄이 그어져 있음.
2연1행·〈튀기듯이〉의 〈듯〉에 다른 글자의 흔적이 있음.

瞑　想

가츨가츨한 머리칼은 오막사리 처마끝,
쉿파람에 코ㄴ마루가 서분한양 간질키오.

들窓같은 눈은 가볍게 닫혀
이밤에 戀情은 어둠처럼 골골히 스며드오.

8. 20.

窓,

쉬는 時間마다
나는 窓역호로 함니다.

── 窓은 산 가르침.

이글이글 불을 피워주소,
이방에 찬것이 설임니다.

단풍닢 하나
맴 도나 보니
아마도 작으만한 旋風이 인게웨다.

그래도 싸느란 유리창에
해ㅅ살이 쨍쨍한 무렵,
上学鐘이 울어만 싶습니다.

一九三七, 十月,

제목·〈瞑〉은〈瞑〉의 오자인 듯함.

1연2행·〈쉿파람에〉는 삽입되었음.
〈간질키오.〉는 처음에〈간지럽슴니다.〉에서〈간지럽소.〉로, 다시
〈간질키오.〉로 수정되었음.

2연2행·〈스며드오.〉위에 작은 가위표가 있으며, 그 오른쪽에〈골골히〉가
삽입되었음.
〈스며드오〉는 원래〈스며듬니다〉.

2연1행·〈산〉위에〈싸〉가 씌어졌다가 삭제되었음.
3연1행·〈이글이글〉은 원래〈이륵이륵〉이었으나 붉은 색연필로 수정되었음.
5연1행·〈싸느란 유리창에〉는 원래〈琉璃窓에〉.

바다、

실어다 뿌리는
바람 좇아 씨원타。

솔나무 가지마다 샛촘히
고개를 돌리여 뻬들어지고、

밀치고
밀치운다。

이랑을 넘는 물결은
폭포처럼 피여오른다

海辺에 아이들이 모인다
찰찰 손을싯고 구부로、

바다는 작고 섧어진다。

갈메기의 노래에……

도려다보고 도려다보고
돌아가는 오늘의 바다여！

一九三七、九月、元山 松涛園서

2연2행·〈돌리여〉는 처음에 〈돌리며〉였던 것으로 추정됨。

遺言

후어——ㄴ한房에 遺言은 소리없는 입놀림。

——바다에 眞珠캐려 갓다는 아들
海女와 사랑을 속삭인다는 맏아들、
이밤에사 돌아오나 내다봐라——

平生 외로운 아바지의 殞命、
휘양찬 달이 문살에 흐르는밤。

외딴집에 개가 짖고、

一九三七、十月二十四日、

첫 행 앞에 있던 다음 2행과 1행이 삭제되었음。

휘양찬 달이 문살에 얼키고
외딴집에 개가 짖는다。

平生 외로운 아바지의 殞命、

[참고] 1939년 2월 6일자 《朝鮮日報》에 같은 작품이 尹柱라는 필명으로 다음과 같이 발표되었음。(주)는 활자화된 후에 본인에 의해 수정된 부분을 설명한 것임。

1연1행·〈후어——ㄴ한房에 있던〉은 원래 〈후어——ㄴ한房에 어둠속의〉。
이 삭제되었음。〈후어——ㄴ한房에 있던〉
에 〈어둠속의 ㅁ〉에서 〈어둠속의 ㅁ〉으로、다
시 〈후어——ㄴ한房에 遺言은 소리없는 입놀림〉으로 수정되었음。

2연·2연과 3연 사이에는 〈후어——ㄴ한房에 遺言은 소리없는 입놀림〉은 처음

遺言
詩
延專 尹柱

후어——ㄴ한 房에
遺言은 소리없는 입놀림。

——바다에 眞珠캐려 갓다
는 아들
海女와 사랑을 속삭인다
는 아들맛는
이밤에사 돌아오나 내다
봐라——

平生 외롭든 아버지의 殞命
감기우는 눈에 슬픔이 어
린다。

외딴집에 개가 짖고
휘양찬 달이 문살에 흐르
는 밤。

(주)〈속삭인다〉 다음에 〈는〉이 첨가되었음。
〈아들맛는〉은 〈맞아들〉로 고쳐졌음。

山峽의 午後

내 노래는 오히려
섧은 산울림.

골자기 길에
떠러진 그림자는
너무나 슬프구나.

午後의 瞑想은
아—— 졸려.

一九三七、九、

새로운길

내를건너서 숲으로、
고개를 넘어서 마을로、

어제도가고 오늘도갈
나의길 새로운길

문들래가피고 까치가날고
아가씨가 지나고바람이일고、

나의길은 언제나새로운길
오늘도、 …… 내일도、 ……

내를 건너서 숲으로、
고개를 넘어서 마을로、

---

* 원제목은 〈산울림〉.

2연2행·〈떠러진〉은 처음에 〈넘주〉으로 수정되었다가 다시 〈떠러진〉으로
  수정되었음.
  3행·〈슬프구나〉는 원래 〈간알피구나〉.
3연1행·〈瞑〉은 〈瞑〉의 오자인 듯함.

* 삭제된 내용은 다음과 같음.

새로운길、
내를 건너서
숲으로、
고개를 넘어서
마을로、

어제도 가고
오늘도 갈
나의길
새로운길

3연1행·〈까치가〉는 원래 〈종달이〉.

○ 처음 씌어졌던 작품은 가위표로 삭제 표시가 되어 있으며、 위 작
품은 그 아래에 새로 씌어진 것임.

무들레가 피고
종달이 날고
아가씨가 지나고
바람이 일고、

나의길은
언제나 새로운길
오늘도、
내일도、

내를 건너서
숲으로
고개를 넘어서
마을로

一九三八、五、十、

(주) 2연 1행의 〈고〉는 삭제되었다가 다시 쓰여 졌음.
2연 2행의 〈갈〉은 원래 〈가고〉.

【참고】 이 작품은 《文友》〈延禧專門學校文友會誌〉 1941년 6월호에 다음과 같이 게재되어 있음. 자선시집에도 같은 작품이 있음.(319쪽 참조)

새로운 길
尹 東 柱

내를 건너서 숲으로
고개를 넘어서 마을로

어제도가고 오늘도 갈
나의길 새로운길

문들레가피고 까치가 날고
아가씨가 지나고 바람이 일고

나의길은 언제나 새로운길
오늘도…내일도…

내를 건너서 숲으로
고개를 넘어서 마을로

어머니,

어머니!
젖을 빨려 이마음을 달래여주시오.
이밤이 작고 설혀 지나이다.

이아이는 턱에 수염자리잡히도록
무엇을 먹고 잘앗나이까?
오늘도 한주먹이
입에 그대로 물려있나이다.

어머니
부서진 납人形도 슬혀진지
벌서 오램니다

철비가 후누주구니 나리는 이밤을
주먹이나 빨면서 새우릿가?
어머니! 그어진손으로
이 울음을 달래여주시요.

一九三八、五、二八、

* 미발표작.

○ 작품 전체가 그물 형태의 사선들로 삭제되었음.

2연1행 · 〈턱에 수염자리잡히도록〉은 원래 〈갓스물이 다되도록〉. 〈갓스물〉
은 처음에 〈갓시물〉.

4연2행 · 〈새우릿가?〉는 원래 〈새리있가?〉.

아 츰

획‘획‘획’ 소꼬리가 부드러운 채ㅅ직질로
어둠을 쫓아,
참‘참 어둠이 깁다깁다 밝으오.

땀물을 뿌려 이여름을 길렀오.

뉨‘뉨‘풀뉨마다 땀방울이 맺엇소

꾸김살 없는 이 아츰을,
深呼吸하오 또하오.

一九三六、

○ 작품 전체에 가위표가 그어져 있음.
○ 1연 위에 붉은 색연필로 (표시가 되어 있음.

2연
・2연은 원래 4행이었으나 다음 3행이 앞에서 삭제되었음.

이제 이 洞里의 아츰이
물살오른 소영뎅이 처럼 푸드오,
이 洞里의 콩죽먹은 사람들이

○ 삭제 부분 오른쪽 위에 〈곳칠것〉이라고 씌어 있음.

4연2행・〈길렀오.〉는 원래 〈자래왓소.〉 연필로 수정되었음.
〈深呼吸하오.〉 앞에 있던 〈이아츰을〉이 삭제되었음.

소 낙 비

번개、 뇌성、 왁자지근 뚜다려
머―ㄴ 都會地에 落雷가 있어 만싶다。

벼루짱 엎어논 하늘로
살같은 비가 살처럼 쏟다진다。

손바닥 만한 나의 庭園이
마음같이 흐린湖水되기 일수다。

바람이 팽이처럼 돈다。
나무가 머리를 이루 잡지 몰한다。

내敬虔한 마음을 모셔드려
노・아때 하늘을 한모금 마시다。

一九三七、 八月 九日.

3연2행・〈흐린〉은 원래 〈히룬〉。

4연・ 4연과 5연 사이에 있던 다음 1연이 삭제되었음。

참새한쌍 푹잣어 맹맹이를 치다가
내房을 房舟로만 알고――

(주) 〈참새한쌍〉은 원래 〈참새夫婦〉。

5연2행・〈노아〉의 오른쪽에 방점이 있음。

창작 일자・〈八月〉은 원래 〈六月〉。

* 미발표작。 제목을 포함한 작품 전체가 모두 삭제되었음。

街路樹

街路樹、 단촐한 그늘밑에
구두술 같은 헷바닥으로
無心히 구두술을 할는 시름。

때는 午正。 싸이렌、
어대로 갈것이냐?

□시 그늘은 맴 돌고。
따라 사나이도 맴돌고。

一九三八、 六、 一

1연3행·〈시름〉은 원래 〈사나이〉。
2연1행·〈午正〉은 원래 〈正午〉였으나 뒤바꿈 표시로 수정되었음。
3연1행·〈□시〉의 〈□〉는 판독이 불가능함。
〈돌고〉는 처음에 〈돌고〉에서 〈돌앗다。〉로、 다시 〈돌고。〉로 수정되었음。
2행·〈맴돌고。〉는 처음에 〈맴돌고〉에서 〈맴돌앗다。〉로、 다시 〈맴돌고。〉로 수정되었음。

비오는 밤。

쏴 — 철석! 파도소리 문살에 부서저
잠살포시 꿈이 흐터진다。

잠은 한낫 검은고래떼처럼 살래여、
달랠 아무런 재조도 없다。

불을밝혀 잠옷을 정성스리 여매는
三更。
念願。

憧憬의 땅 江南에 또 洪水질것만시퍼、
바다의 鄕愁보다 더 호젓해 진다。

一九三八、 六、 十一、

3연1행·〈정성스리〉는 원래 〈정성소리〉。

사랑의 殿堂

아 너는 내 殿에 언제 들어왔든것이냐?
내사 언제 네 殿에 들어갓든것이냐?

우리들의 殿堂은
古風한 風習이어린 사랑의 殿堂

順아 암사슴처럼 水晶눈을 나려감어라.
난 사자처럼 엉크린 머리를 고루련다.

우리들의 사랑은 한낫 벙어리 엿다.

靑春!
聖스런 촛대에 熱한불이 꺼지기前,
順아 너는 암문으로 내 달려라.

어둠과 바람이 우리窓에 부닥치기前
나는 永遠한 사랑을 안은채
뒤ㅅ門으로 멀리 사려지련다.

이제!
네게는 森林속의 안윽한 湖水가 있고,
내게는 峻僗한 山脉이있다.

1연·1행·〈아〉는 원래 〈順아〉。〈順〉 오른쪽 옆에 〈純〉이 씌어졌다가 삭제되었음.

2행·〈靑春〉은 원래 〈어둠과 靑春〉.

5연·1행·〈聖스런 촛대에 熱한불이〉는 원래 〈거룩한 촛대에 붉은불이〉.

2행·〈어둠〉의 〈어〉는 처음에 〈아〉에서 〈어〉로 수정된 듯함.
〈바람이〉는 원래 〈검은 바람이〉.

6연·1행·〈부닥치기前〉의 〈부닥치〉는 처음에 〈어리〉에서 〈부닥ㅎ〉으로, 다시 〈부닥치〉로 수정되었음.

3행·〈사려지련다〉는 원래 〈살어지련다〉.
〈사려지련다〉 다음에 〈一九三八·六·十九〉라는 날짜가 기입되었다가 삭제되었음.

7연·1행·〈이제〉는 삽입되었음.

3행·〈僗〉과 〈峻〉 사이에 뒤바꿈 표시 있음.
〈僗〉은 〈險〉 혹은 〈嶮〉의 오자인 듯함.
〈脉〉은 〈脈〉의 약자임.

異蹟

발에 터분한 것을 다 빼여 바리고
黃昏이 湖水우로 걸어오듯이
나도 삽분〈〉 걸어 보리 잇가?

내사 이 湖水가로
부르는 이 없이
불리워 온것은
참말 異蹟이 외다.

오늘따라
戀情、 自惚、 猜忌、 이것들이
작고 金메달처럼 만저 지는구려

하나、 내 모든것을 餘念없이
물결에 써서 보내려니
당신은 湖面으로 나를불려내소서。

一九三八、六、一九、

1연
1행 · ○〈발에 터분한 것을 다 빼여 바리고〉는 원래〈발에 터부한 것을 │ 다 빼여 바리고〉이며, 행이음 표시가 있음.
3행 ·〈삽분〈〉〉은 삽입되었음.〈삽분〈〉〉은〈삽분삽분〉이라는 뜻임.
〈보리 잇가〉의〈보〉는 원래〈비〉.

3연
2행 ·〈戀情、 自惚、 猜忌〉는 원래〈自肯、 猜忌、 奮怒〉.
(주)〈奮怒〉의〈奮〉은〈憤〉의 오자인 듯함.
3행 ·〈작고 金메달처럼 만저 지는구려〉는 원래〈작고 金메달처럼 │ 만저 지는구려〉이며 행이음 표시 있음.

4연
1행 ·〈餘念없이〉는 원래〈바리려니〉.
2행 ·〈물결에 써서 보내려니〉는 원래〈당신은 이 湖水우로〉.〈당신은〉과 〈물결에〉는 원래〈당신〉과〈물결을〉.
3행 ·〈당신은 湖面으로 나를불려내 소서〉는 원래〈나를 불리 내 소서〉。 마지막 행 뒤에 있던 다음 1행이 삭제되었음.

걸으라! 命令하 소서!

○ 원고지 왼쪽 끝 여백에 비스듬이「모욕을 참어라」라고 씌어 있음.

붉은 니마에 싸늘한 달이 서리여
아우의 얼골은 슬픈 그림이다.

발거름을 멈추어
살그먼히 애딘 손을 잡으며
『늬는 자라 무엇이 되려니』

『사람이 되지』
아우의 설흔 전정코 설흔 처참이다.

슬며―시 잡었든 손을 놓고
아우의 얼골을 다시 드려다본다.

싸늘한 달이 붉은 니마에 저저
아우의 얼골은 슬픈 그림이다.

一九三八、九月、十五日

제목 ·〈印像〉의〈像〉은〈象〉의 오자인 듯함.

1연 1행 · ○〈붉은니마에 싸늘한 달이 서리여〉는 원래〈힌니마 │ 싸늘한
달이 서리여〉이며、행이음 표시 있음.
○〈아우의 얼골은 슬픈 그림이다.〉는 원래〈아우의 얼골은 │ 슬픈
그림이다.〉이며、행이음 표시 있음.

2연 2행 ·〈애딘〉은 원래〈애든〉.

3연 · 2연과 3연 사이에 가위표가 있음.

3연 2행 ·〈전정코 설흔〉은 삽입되었음.

4연 1행 ·〈슬며―시 잡었든 손을 놓고〉는 원래〈슬그먼히 손을 놓고〉.

5연 1행 ·〈싸늘한 달이 붉은니마에 저저〉는 원래〈싸늘한 달이 │ 힌니마
에 저저〉이며、행이음 표시 있음.

2행 · ○〈드려다본다.〉는 원래〈들려다본다.〉.
○〈아우의 얼골은 슬픈 그림이다.〉는 원래〈아우의 얼골은 │ 슬픈
그림이다.〉이며、행이음 표시 있음.

[참고] 이 작품은 1938년 10월 17일자《朝鮮日報》에 다음과 같이
발표되었음.

詩
아우의 印像畵
延專 尹東柱

붉은 니마에 싸늘한 달이
서리여
아우의 얼골은 슬픈 그림
이다.

발거름을 멈추어
살그먼히 애딘 손을 잡으
며
『너는 자라 무엇이 되려니』
『사람이 되지』
아우의 섧은 전정코 섧은
對答이다.

슬며―시 잡었든 손을 노
코
아우의 얼골을 다시 드려
다 본다.

싸늘한 달이 붉은 니마에
저저
아우의 얼골은 슬픈 그림
이다.

코쓰모쓰

清楚한 코쓰모쓰는
오직 하나인 나의 아가씨,

달빛이 싸늘히 추운 밤이면
넷 少女가 못견디게 그리워
코쓰모쓰 핀 庭園으로 찾어간다.

코쓰모쓰는
귀또리 울음에도 수집어지고,

코쓰모쓰 앞에선 나는
어렷슬적 처럼 부끄러워 지나니,

내 마음은 코쓰모쓰의 마음이오.
코쓰모쓰의 마음은 내 마음이다.

一九三八、九、二十日、

슬픈族属

힌수건이 검은 머리를 두르고,
힌고무신이 거츤발에 걸리우다.

힌저고리 힌치마가 슬픈 몸짓을 가리우고
힌띠가 가는 허리를 질끈 동이다.

一九三八、九月、

1연 1행 · 〈淸楚한〉은 원래 〈淸愁한〉.
2연 3행 · 〈핀〉은 삽입되었음.

1연 2행 · 〈거츤발에〉는 원래 〈붉은발에〉.
2연 1행 · 〈슬픈〉은 원래 〈슬은〉.

【참고】 자선 시집에 같은 작품이 있음. (327쪽 참조)

「고추밭」

시드른 잎새 속에서
고 빨― 간 살을 드러내 놓고,
고추는 芳年된 아가씬양
땍볕에 작고 익어간다.

할머니는 바구니를 들고
밭머리에서 어정거리고
손가락 너어는 아이는
할머니 뒤만 따른다.

一九三八、十月、二十六日

1연1행·첫 행 앞에 있던 다음 2행이 삭제되었음.

　　고추밭 넘어
　하늘은 행결 푸르러 간다.

4행·〈땍볕에〉는 원래 〈땍밭에도〉.
　〈작고〉의 〈고〉에 다른 글자의 흔적이 있음.

毘盧峯

萬象을
굽어 보기란——

무렆이
오들오들 떨린다.

白樺
어려서 늙엇다.

새가
나븨가 된다

정말 구름이
비가 된다.

옷자락이
칩다.

一九三七、九月、

3연1행·2연과 3연 사이에 글자를 쓰려다가 지운 흔적이 있음.
5연1행·〈구름이〉는 원래 〈비가〉.

1연5행·〈쏘—ㄱ〉은〈쏭—ㄱ〉으로 볼 수도 있음.

童謠、해빛·바람、

손가락에 침발러
쏘—ㄱ、쏙·쏙
장에가는 엄마 내다보려
문풍지를
쏘—ㄱ、쏙·쏙

아츰에 햇빛이 빤짝、

손가락에 침발러
쏘—ㄱ、쏙·쏙
장에가신 엄마 돌아오나
문풍지를
쏘—ㄱ、쏙·쏙

저녁에 바람이 솔솔.

해바라기 얼골

누나의 얼골은
해바라기 얼골.
해가 금방 뜨자
일터에 간다.

해바라기 얼골은
누나의 얼골
얼골이 숙어들어
집으로 온다.

1연4행·〈일터에〉는 원래〈공장에〉.
2연4행·○〈집으로 온다。〉는 원고지 왼쪽 끝 여백에 씌어졌음.

애기의 새벽

우리집에는
닭도 없단다.
다만
애기가 젖달라 울어서
새벽이 된다.

우리집에는
시게도 없단다.
다만
애기가 젖달라 보채여
새벽이 된다.

○ 제목에 엽줄이 그어져 있으며 원고지 왼쪽 아래 빈 공간에 내용
이 일부 수정된 같은 제목의 작품이 작은 글씨로 씌어 있음.

1연2행·〈없단다〉는 원래 〈없다〉.
2연2행·〈없단다〉는 원래 〈없다〉.

[참고] 2연 왼쪽 아래 공간에 같은 제목의 작품이 다음과 같이 씌어 있음.

애기의새벽,

애기가 울어서
새벽이 된다
우리집에는
닭도 없는데

애기가 보채여
새벽이 된다
우리집에는
시게도 없는데,

(주) 〈애기가 울어서〉는 원래 〈애기가 젖다라 울어서〉.

귀뜨람이와 나와.

귀뜨람이와 나와
잔듸밭에서 이야기 햇다.

귀뜰귀뜰
귀뜰귀뜰

아무게도 아르켜 주지말고
우리둘만 알자고 약속햇다.

귀뜰귀뜰
귀뜰귀뜰

귀뜨람이와 나와
달밝은밤에 이야기 햇다.

산울림.

까치가 울어서
산울림,
아모도 못들은
산울림,
까치가 들엇다
산울림,
저혼자 들엇다,
산울림.

一九三八、五、

1연2행·〈이야기 햇다〉는 원래 〈이야기 하얏다〉.
3연2행·〈약속햇다〉는 원래 〈약속하얏다〉.

○ 원고지 왼쪽 빈 공간에 { 로 묶여진 〈어머니 / 아버지〉라는 글씨
가 있음.

[참고] 이 작품은 《少年》 1939년 3월호에 尹童舟라는 필명으로 다음과
같이 발표되었음.

산울림
尹童舟

까치가 울어서
산울림,
아무도 못들은
산울림,
까치가 들엇다
산울림,
저혼자 들엇다,
산울림.

달같이

年輪이 자라듯이
달이 자라는 고요한 밤에
달같이 외로운 사랑이
가슴하나 뼈근히
年輪처럼 피여나간다.

十四年 九月、

薔薇 病들어 ·

장미 병들어
옴겨 노흘 이웃이 없도다.

달랑달랑 외로히
幌馬車 태워 山에 보낼거나、

뚝 —— 구슬피
火輪船 태워 大洋에 보낼거나、

푸로페라 소리 요란히
飛行機 태워 成層圈에 보낼거나

이것 저것
다 구만두고

자라가는 아들이 꿈을 깨기 前
이내 가슴에 무더다오.

十四、九月

3연1행·〈구슬피〉는 원래 〈서러워〉. 〈서러워〉의 〈워〉 옆에 〈위〉가 씌어졌다가 다시 삭제되었음.

6연1행·〈꿈을〉은 원래 〈꿈이〉.

散文詩、
츠르게네프의 언덕.

나는 고개길을 넘고있엇다……그때
세少年거지가 나를 지나첫다.

첫재 아이는 잔등에 바구니를 둘러메
고, 바구니 속에는 사이다병 간즈매통
쇳조각, 헌양말짝等 廢物이 가득하엿다.
둘재 아이도 그러하엿다.
셋재 아이도 그러하엿다.

텁수룩한 머리털 식컴언 얼골에 눈물
고인 充血된 눈 色엷어 푸르스럼한 입
슬, 너들너들한 襤褸 찢겨진 맨발,
아—얼마나 무서운 가난이 이어린少年
들을 삼키엿느냐!

나는 惻隱한 마음이 움즉이엿다.
나는 호주머니를 뒤지엿다. 두툼한 지
갑, 時計, 손수건……있을것은 죄다있
엇다.

그러나 무럭대고 이것들을 내줄 勇氣
는 없엇다. 손으로 만지작 만지작 거릴
뿐이엿다.

多情스레 이야기나 하리라고 "애들아"
불러보앗다.

첫재 아이가 充血된 눈으로 흘끔 도
려다 볼뿐이엿다.

둘재아이도 그러할뿐이 엿다.
셋재아이도 그러할뿐이엿다.
그리고는 너는 相關없다-는듯이 自己네
끼리 소근소근 이야기하면서 고개로 넘
어갓다.

언덕우에는 아무도 없엇다.
지터가는 黃昏이 밀려들뿐——

十四年九月

1행· ○〈나는〉은 처음에 원고지 첫칸에서 시작되었다가 한 칸 내려 씌
어졌음.

5행·〈헌양말짝〉의〈양〉은 처음에〈영〉이었다가〈양〉으로 수정된 듯함.

7행·〈셋재〉와〈아이〉사이에 다른 글자가 씌어 있다가 삭제되었음.

「산골물」

괴로운 사람아 괴로운 사람아
옷자락물결 속에서도
가슴속깊이 돌돌 샘물이 흘러
이밤을 더부러 말할이 없도다.
거리의 소음과 노래 부를수없도다.
그신듯이 냇가에 앉었으니
사랑과 일을 거리에 맥기고
가마니 가마니
바다로 가자,
바다로 가자.

2행 · 〈옷자락물결〉은 원래 〈사람물결〉.

自像畵

산 모퉁이를 돌아 논가 외딴우물을 단혼자
차저가선 가만히 드려다 봅니다.

우물속에는
달이 밝고
구름이 흐르고
하늘이 펼치고
가을이 있습니다.

그리고
한 사나이가 있습니다.
어쩐지
그 사나이가 미워저 돌아갑니다.

돌아가다 생각하니
그 사나이가 가엽서 집니다.
도로가 드려다 보니
사나이는 그대로 있습니다.

다시
그 사나이가 미워저 돌아갑니다.
돌아 가다 생각하니
그 사나이가 그리워 집니다.

우물속에는

제목·○ 제목이 처음에 〈외딴우물〉이었다가 〈自像畵〉로 수정되었음.
〈像〉은 삽입되었음.

1연2행·〈드려다〉의 〈드〉에 다른 글자를 썼다가 지운 흔적이 있음.
5연4행·〈사나는〉는 원래 〈그사나이가〉.
8연1행·○ 〈우물속에는〉이하는 없음. 두번째 원고노트는 〈自像畵〉의 도중에
끝나 있으며, 이 작품을 포함한 원고지 일부가 뜯겨나간 흔적이 있음.

【참고】《文友》(延禧專門學校文友會誌) 1941년 6월호에는 같은 작품이
「우물속의 自像畵」로 발표되어 있음. 내용은 다음과 같음.

【참고】 자선시집에는 같은 작품이 「自畵像」이라는 제목으로 실려 있음.
(314쪽 참조)

우물속의 自像畵

산모퉁이를 돌아 논가 외딴우물을 홀로 찾어가선 가만히 드려
다 봅니다.

우물속에는 달이 밝고 구름이 흐르고 하늘이 펼치고 파아란 바
람이불고 가을이 있습니다.

그리고 한 사나이가 있습니다. 어쩐지 그사나이가 미워저 돌아
갑니다.

돌아가다 생각하니 그사나이가 가엽서집니다. 도로가 드려다
보니 사나이는 그대로 있습니다.

다시 그 사나이가 미워저 돌아 갑니다. 돌아 가다 생각하니 그 사
나이가 그리워 집니다.

우물속에는 달이 밝고 구름이 흐르고 하늘이 펼처있고 파아란
바람이불고 가을이 있고 追憶처럼
사나이가 있습니다.

○ 원고 노트의 마지막 장에 붉은 색연필로 〈베루린〉이라고 씌어
있음.

산문집

산문 모음집.
400자 원고지(コクヨ 회사 제품)를
방으로 접어서 철한 형태로 되어 있음.

달을 쓰다
별똥 떨어지는데
花園에 꽃이 핀다
終始

번거롭던 四圍가 잠잠해지고 時計소리
가 또렷하나 보니 밤은 저윽히 깊을대
로 깊은 모양이다. 보든 冊子를 冊床머리
에 미러놓고 잠자리를 수습한다음 잠옷
을 걸치는 것이다. 『딱』스윗치 소리와 함께
電燈을 끄고 窓역의 寢臺에 드러누으니
이때까지 박은 휘양찬 달밤이엿든것으니
感覺치 못하엿댓다. 이것도 밝은 電燈의
惠澤이엿을가.

나의 陋醜한 房이 달빛에 잠겨 아름
다운 그림이 된다는것보담도 오히려 슬
픈 船艙이 되는것이다. 창살이 이마로
부터 코마루, 입술이 이렇게하야 가슴에
여맨 손등에까지 어른거려 나의마음을
간지리는것이다. 여페누은 분의 숨소리에
房은 무시무시해 지다. 아이처럼 황황해
지는 가슴에 눈을 치떠서 박글내다보니
가을하늘은 역시 맑고 우거진 松林은
한폭의 墨画다. 달비츤 솔가지에 솔가지
에 쏘다저 바람이양 쏴—소리가 날뜻하
다. 들리는것은 時計소리와 숨소리와 귀
또리 울음뿐 벅쩍고던 寄宿舍도 절깐보다
더한층 고요한것이 아니냐?

나는 깊은 思念에 잠기우기한창이다.
딴은 사랑스런 아가씨를 私有할수있는
아름다운 想華도 좋고, 어린쩍 未練을
두고온 故鄕에의 鄕愁도 좋거니와 그보
담 손쉽게 表現못할 深刻한 그무엇이 있
다.

바다를 건너온 H君의 편지사연을 곰
곰생각할수록 사람과사람사이의 感情이란
微妙한것이다. 感傷的인 그에게도 必然코
가을은 왔나부다.
中한토막,
『君아! 나는 지금 울며울며 이글을
쓴다. 이밤도 달이 뜨고、바람이 불고、
人間인가 닭어 가을이란 흙냄새도 안다.
情의 눈물을 따뜻한 芸術學徒엿던情의 눈
물도 이밤이 마지막이다.
또 마지막 껏으로 이런句節이었다.
『당신은 나를永遠히 쫓차버리는것이 正
直할것이오.』
나는 이글의 뉴안쓰를 解得할수있다.

그러나 事實나는 그에게 아픈소리한마디
한일이없고 설흔글을 한쪽 보낸일이 없지
아니한가、생각건대 이罪는 다만 가을에
게 지워 보낼수박에 없다.
紅顔書生으로 이런 斷案을 나리는 것
은 외람한 일이나 동무란 한낫 괴로운
存在요 友情이란 진정코 위트럽은 잔에
떠노흔 물이다. 이말을反対할者는 누구랴、
그러나 知己하나 엇기 힘든다하거늘 알
뜰한 동무하나 일허버린다는것이 살을베
여내는 아픔이다.
나는 나를 庭園에서 發見하고 窓을
넘어 나왔다든가 房門을 열고 나왔다든
가 웨 나왔느냐하는 어리석은 생각에
頭腦를 괴롭게할 必要는 없는것이다. 다

만 귀뜨람이 울음에도 수집어지는 코쓰
모쓰 앞에 그윽히서서 딱터 뻴링쓰의 銅
像그림자처럼 슬퍼지면 그만이다. 나는
이마음을 아무에게나 轉家식힐 심보는
없다. 옷깃은 敏感이여서 달비체도 싸늘
히 추어지고 가을 이슬이란 선득선득
하여서 설흔 사나이의 눈물인 것이다.

발거름은 몸뚱이를 옴겨 못가에 세워
줄때 못속에도 역시 가을이 있고, 三更이
있고 나무가 있고, 달이 있다.〈달이 있고……〉
그刹那 가을이 怨望스럽고 달이 미워
진다. 더듬어 돌을 찾어 달을 向하야
죽어라고 팔매질을 하엿다. 痛快! 달은
散散히 부서지고 말었다. 그러나 놀랏든
물결이 자저들때 오래잔아 달은 도로
살아난것이 아니냐, 문득 하늘을 처다
보니 얄미운 달은 머리우에서 빈정대는
것을ㅡ

나는 곳곳한 나무가지를 고나 띠를 째
서 줄을메워 훌륭한 활을 만들었다. 그
리고 좀탄탄한 갈대로 활살을 삼아 武
士의 마음을 먹고 달을 쏘다. ㅡ22ㅡ

「一九三八 十月 投稿
一九三九 一月 朝鮮日報
學生欄發表」

【참고】 이 작품은 1939년 1월 23일자《朝鮮日報》에 다음과 같
이 발표되었음.

1행·〈時計〉는 원래〈時門〉.
45행·〈아픈〉은 원래〈앞○〉.
56행·〈나는~〉위에 연필로 동그라미표가 그려져 있음.
60행·〈울음〉은 원래〈웃음〉.
63행·〈家〉는〈嫁〉의 오자인 듯함.
69행·〈나무가〉의〈무〉는 삽입되었음.
〈달이 있고……〉는 행간에 씌어 있음.

隨筆
달을 쏘다
延專 尹東柱

번거롭던 四圍가 잠잠해지
고 時計소리가 또렷하나 보니
밤은 저윽히 기플대로 기픈
모양이다. 보든 冊子를 冊床머
리에 미러노고 잠자리를 설치는
다. 『딱』스윗치소리와 함께
電燈을 끄고 窓역의 寢臺에
드러누으니 이때까지 박은휘
양찬 달밤이엿던것을 感覺치
못하얏다. 이것도밝은電燈의
惠澤이엿슬가.

나의 陋醜한房이 달비체 잠
겨아름다운 그림이 된다는것
보담도 오히려 슬픈船艙이되
는것이다. 창살이 이마로부터
코마루, 입술 이러케하야 가
슴에 여맵소틈에까지 어른거
려 나의마음을 간지리는것이

다。여페누운분의 슴소리에 房
은무시무시해진다。아이처럼황
황해지는가슴에 눈을치떠서
박글내다보니 가을하늘은 역
시 맑고우거진松林은 한폭의
墨畵다달비츤 솔가지에 쏘다
저 바람인양 솨—소리가 날
뜻하다 들리는것은 時計소리
와 슴소리와 귀또리울음뿐박
쩍고던 寄宿舍도절안보다 더
한층 고요한것이 아니냐?
나는 기픈思念에 잠기우기
한창이다。따은 사랑스런아
가씨를 私有할수잇는 아름다
운想華도조코 어린쩍 未練을
두고온 故鄕에의 鄕愁도 조
커니와 그보담 손쉽게 表現
못할 深刻한 그무엇이잇다。
바다를 건너온 H君의 편지
사연을 곰곰생각할쑤록 사람
과 사람사이의 感情이란 微
妙한것이다。感傷的인 그에게
도 必然코가을은 왓나부다。
편지는 너무나 지나치지아니
하엿던가、그中한토막、
『君아! 나는지금 울며을
며 이글을 쓴다。이밤도 달
이뜨고、바람이 불고、人間
인까닭에 가을이란 흙냄새
도 안다。情의 눈물을 따뜻한
藝術學徒엿던情의 눈물도이
밤이 마지막이다。
또 마지막천으로 이런句節
이잇다。
『당신은 나를永遠히 쪼차버

리는것이 正直할것이오』
나는 이글의 뉴안쓰를 解
得할수잇다 그러나 事實나는
그에게 아픈소리한마디 한일
이업고 설흔을 한쪽보낸일이
엄지 아니한가 생각컨대이罪
는 다만 가을에게 지워보낼
수박게 없다
紅顔書生으로 이런 斷案을나
리는것은 외람한 일이나 동
무란 한낫 괴로운 일이나 友
情이란 진정코 위트럽은 잔
에떠노흔 물이다 이말을 反
對할者누구랴 그러나 知己
하나 엇기 힘든다하거늘 알
뜰한 동무하나 일허버린다는
것이 살을 베여내는 아픔이
다

나는 나를 庭園에서發見하
고 窓을넘어나왓다드가 房門
을 열고 나왓다든가 웨 나
왓느냐하는 어리석은 생각에
頭腦를괴롭게할 必要는 엄는
것이다 다만 귀뜨람이 울음에
도 수집어지는 코쓰모쓰 아가
씨아페 그윽히서서 딱터빌링
쓰의 銅像 그림자처럼 슬퍼
지면 그만이다。나는 이마음
을 아무에게나 轉嫁시킬심
보는 엄다。옷긋은 敏感이여서
달비채도 싸늘이 추어지고 가
을이슬이란 선뜩선뜩 하여서
설흔사나이의 눈물인것이다。

가에 세워줄때 몸속에도 역
발거름은 몸둥이를 옴겨못

시 가을이 잇고 三更이 잇고 나무가 잇고 달이 잇고 그刹那 가을이 怨望스럽고 달이 미워진다. 더듬어 돌을차저 달을 向하야 죽어라하고 팔매질을 하엿다. 痛快! 달은 散散히 부서지고 말엇다. 그러나 놀랏든 물결이 자저들 때 오래잔허 달은 도로 살아낫것이 아니냐 문득 하늘을 처다보니 얄미운 달은 머리우에서 빈정대는것을

나는 곳곳한 나무가지를 고나 따를 쌔서 줄을메워 훌륭한 활을 만들엇다. 그리고 좀탄탄한 갈대로 활살을 삼아 武士의 마음을 먹고 달을쏘다―꾼―

밤이다.

하늘은 푸르다 못해 濃灰色으로 캄캄하나 별들만은 또렷또렷 빛난다. 침침한 어둠뿐만 아니라 오삭오삭 춥다. 이 유중한 氣流 가운데 自嘲하는 한 젊은이가 있다. 그를 나라고 불러두자.

나는 이 어둠에서 胚胎되고 이 어둠에서 生長하여서 아직도 이 어둠속에 그대로 生存하나 보다. 이제 내가 갈곳이 어딘지 몰라 허우적거리는 것이다. 하기는 나의 世紀의 焦点인듯 憔悴하다. 얼핏 생각하기에는 내 바닥을 반듯이 받들어 주는 것도 없고 그렇다고 내 머리를 갑박이 나려 누르는 아무것도 없는듯하다 만은 內幕은 그러치도 않다. 다만 나는 도무 自由스럽지 못하다. 다만 나는 없는듯 있는 하로사리처럼 虛空에 浮遊하는 한点에 지나지 않는다. 이것이 하로사리처럼 輕快하다면 마침 多幸할것인데 그렇지를 못하구나!

이点의 對稱位置에 또하나 다른 밝음(明)의 焦点이 도사리고 있는듯 생각킨다. 덥석 웅키였으면 잡힐듯도 하다. 만은 그것을 휘잡기에는 나 自身이 鈍質이라는것보다 오히려 내 마음에 아무런 準備도 배포치 못한것이 아니냐. 그리고보니 幸福이란 별스런 손님을 불러 들이기에도 또다른 한가닥 구실을 치르지 않으면 안될가 보다.

이 밤이 나에게 있어 어린적처럼 하날 恐佈의 장막인것은 벌서 흘러간 傳說이오. 따라서 이 밤이 나의 念頭에 享樂의 도가니라는 이야기도 나의 念頭에선 아직 消化식히지못할 돌덩이다. 오로지 밤은 나의 挑戰의 好敵이면 그만이다.

이것이 생생한 觀念世界에만 머무른다면 애석한 일이다. 어둠속에 깜박깜박 조을며 다닥다닥 나라니한 草家들이 아름다운 詩의 華詞가 될수있다는 것은 벌서 지나간 쩨네레숀의 이야기오, 오늘에 있어서는 다만 말못하는 悲劇의 背景이다.

이제 닭이 홰를 치면서 맵짠 울음을 뽑아 밤을 쫓고 어둠을 즛내몰아 동켠으로 훠ㅡㄴ이 새벽이란 새로운 손님을 불러온다 하자. 하나 輕妄스럽게 그리 반가워할것은 없다. 보아라 假令 새벽이 왔다 하더래도 이 마을은 그대로 暗澹하고 나도 그대로 暗澹하고 하여서 너나 나나 이 가랑지길에서 躊躇 躊躇 아니치 못할 存在들이 아니냐.

나무가 있다. 그는 나의 오랜 리웃이오, 벗이다. 그럼 그와 내가 性格이나 還境이나 生活이 共通한데 있어서가 아니다. 말하자면 極端과 極端사이에도 愛情이 貫通할 수있다는 奇蹟的인 交分의 한 標本에 지나지 못할것이다.

나는 처음 그를 퍽 不幸한 存在로

가 소롭게 여겻다. 그의 앞에 설때 슬퍼
지고 惻隱한 마음이 앞을 가리군 하엿
다. 맑은 오늘 도리켜 생각컨대 나무처
럼 幸福한 生物은 다시 없을듯 하다.
굴음에는 이루 비길데 없는 바위에도
그리 탐락치는 뭇할망정 滋養分이 있다
하거늘 어디로 간들 生의 뿌리를 박지
뭇하며 어디로 간들 生活의 不平이 있
을 소냐, 칙칙하면 솔솔 솔바람이 불어
오고, 심심하면 새가 와서 노래를 부르
다가고, 출출하면 한줄기 비가 오고,
밤이면 數많은 별들과 오손도손 이야기
할수있고 ── 보다 나무는 行動의 方向이
란 거치장스런 課題에 逢着하지 않고
人爲的으로서든 偶然으로서든 誕生식혀준
자리를 直혀 無盡無窮한 營養素를 吸取
하고 玲瓏한 해ㅅ빛을 받아드려 손쉽게
生活을 營爲하고 오로지 하늘만 바라고
뻐더질수 있는것이 무엇보다 幸福스럽지
않으냐.

이밤도 課題를 풀지 뭇하야 안타까운
나의 마음에 나무의 마음이 漸漸 올마오
는듯하고, 行動할수있는 자랑을 자랑치
뭇함에 뻐저리는듯 하나 나의 젊은 先
輩의 雄辯이 曰 先輩도 밋지뭇할것이라
니 그러면 怜悧한 나무에게 나의 方向
을 물어야 할것인가.
어디로 가야 하느냐 東이 어디냐 西
가 어디냐 南이 어디냐 北이 어디냐
아라! 저별이 번쩍 흐른다. 별똥딸아
데가 내가 갈곳인가 보다. 하면 별똥아
! 꼭 떨어저야 할곳에 떨어저야 한다.

5행 · ○ 5행과 6행 사이에 연필로 동그라미표가 그려져 있음.
14행 · 〈아모것도〉는 원래 〈모모것도〉.
22행 · 〈도사리고〉는 원래 〈모사리고〉.
31행 · 〈佈〉는 〈怖〉의 오자인 듯함.
33행 · 〈消化〉는 원래 〈消息〉.
34행 · ○ 행 위에 연필로 동그라미표가 그려져 있음.
44행 · ○ 행 위에 연필로 동그라미표가 그려져 있음.
46행 · 〈불러온다 하나.〉는 원래 〈볼러온다 하나.〉.
49행 · 〈하여서〉는 원래 〈허여서〉.
54행 · 〈還〉은 〈環〉의 오자인 듯함.
72행 · 〈나무〉는 원고지 한 칸에 두 글자가 함께 씌어졌음.
80행 · 〈課題〉는 처음에 〈宿題〉에서 두 글자가 함께 〈나의 宿題〉 혹은 〈나의 課題〉
로, 다시 〈課題〉로 수정되었음.
89행 · 〈안타까운〉은 원래 〈않타까운〉.
〈흐른다.〉는 원래 〈흐로다.〉.

「花園에 꽃이 핀다」

개나리, 진달래, 안즌방이, 라일락 문들레 찔레 복사 들장미 해당화 모란 릴릭 창포 추립 카네슌 봉선화 백일홍 채송화 다리아 해바라기 코쓰모쓰— 코쓰모쓰가 홀홀히 떠러지는날 宇宙의 마즈막은 아닙니다. 여기에 푸르든하늘이 놉하지고, 빨간 노란 단풍이 꽃에 못지않게 가지마다 물들엇다가 귀도리울음이 끊어 짐과 함께 단풍의 세게가 문허지고, 그우에 하로밤 사이에 소복이 흰눈이 나려, 싸이고 火爐에는 빨간 숫불이 피여오르고 많은이야기와 많은 일이 이화로가에서 일우어짐니다.

讀者諸賢! 여러분은 이글이 씨워지는 때를 独特한 季節로 짐작해서는 아니됨니다. 아니, 봄, 여름, 가을, 겨울, 어느철로나 想定하서도 無방합니다. 하나 이花園에는 사철내 봄이 靑春들과 함께 等待하여있고 하면 過分한 自己宣傳일가요. 하나의 꽃밭 이루어지도록 손쉽게 되는것이아니라 고생과 勞力이 있이야하는 것입니다.

때는 얼마의 單語를모아 이 拙文을 지적거리는 데도 내 머리는 그렇게 明晰 한것은못됩니다. 한해동안을 내 頭腦로서가 아니라 봄으로서 일일히 헤아려 겨우 몇줄의 글이 일우어질수는 있어 글을 쓴다는 것이 그리즐거운일일수는 없습니다.

봄바람의 苦悶에 짜들고, 가을하늘에 시들고, 綠陰의 倦怠에 思索에 졸다가 이몇줄의 글과 나의花園과 함께 나의 一年은 이루어집니다. 시간을 먹는다는이말의(意義와 이말의 妙味는 칠판 앞에서보신분과 칠판밑에 앉어보신 분은 누구나 아실것임)그것은 確実히 즐거운 일임에 틀림없었습니다. 하로를 体講한다는것보다,(하긴슬그먼히깨먹어버리면그만이지만)다못 한사간, 豫習, 宿題를 못해왔다든가, 한사간의 休講은진실로 살로 가는 것이여서, 따분하고 졸리고한때, 萬一教授가 不便하여 못나오섯다고 하더라도 미처우리들의 禮儀를 가출 사이가 없는 것임니다.

그러나 이것을 우리들의 망발과 時間의 浪費라고 速断하서서아니 됩니다. 여기에 花園이 있습니다. 한포기 푸른풀과 한줄기의 붉은 꽃과 함께 웃음이 있습니다. 노—트장을 적시는 것보다. 牛汗充棟에 무처 글줄과 씨름하는것보다. 더明確한 眞理를 探求할수 있을른지 보다더많은知識을獲得할수있을른지 보다더 效果的인 成果가있을지를 누가 否認하겠습니까.

나는 이貴한 時間을 슬그머니 동무들을떠나서 단혼자 花園에 거닐수 있습니다. 단혼자 꽃들과 풀들과 이야기 할수 있다는 것이 얼마나 多幸한 일이겟습니까. 참말 나는 溫情으로 이들을 대할수 있고 그들은 우슴으로 나를 맞어줍니다. 그우슴을 눈물로 처한다는것은 나의感傷

일가요, 孤独、 精寂도 確実히 아름다웃것임에 틀림이 없으나. 여기에 또 서로마음을 주는 동무가 있는것도 多幸한 일이 아닐수 없습니다. 우리 花園속에 모인, 동무들 중에, 집에 學費를 請求하고 생각하든끝 겨우 몇줄 써보낸다는 A君, 집버 편지를 쓰는 날저녁이면 생각하고 생각해야할 書留(通称月給封套)를 받으든 손이 떨린다는 B君, 사랑을 為하여서는 밥맛을잃고 잠을 이저버린다는 C君, 思想的 撞着에 自殺을 期約한다는 D君……

나는 이여러동무들의 가륵한 心情을 내것인것처럼 理解할수 있습니다. 서로 너그러운 마음으로 対할수있습니다.

나는 世界観、 人生観、 이런 좀더큰 問題보다 바람과 구름과 햇빛과 나무와 友情、 이런것들에 더많이 괴로워해 왔는지도 모르겟습니다. 단지 이말이 나의 逆説이냐. 나自身을 흐리우는데 지날 뿐일가요.

一般은 現代 學生道德이 腐敗했다고 말합니다. 올흔 말슴들입니다. 부끄러울 따름임니다. 하나 이결함을 괴로워하는 우리들 억개에 지워 曠野로 내쫓차 버리려 하나요, 우리들의 아픈데를 알어주는 스승, 우리들의 생채기를 어루만저주는 따뜻한 世界가 있다면 剝脱된道德일지언정 기우려 스승을 尊敬하겟습니다. 溫情의 거리에서 원수를 맞나면 손목을 붓잡고 목노아 울겠습니다.

世上은 해를 거듭, 砲声에 떠들석하고 목노아 울겠습니다.

만 극히 조용한 가운데 우리들 동산에서 서로 融合할수있고 理解할수있을가요 從前의 가있는것은時勢의 逆効果일까요、 봄이가고, 여름이가고, 가을, 코쓰모쓰가 홀홀히 떠러지는날 宇宙의 마즈막이 아님니다. 단풍의 世界가 있고,—履霜而堅氷至—서리를 밟거든 어름이 굳어질것임니다. 오하라 가아니라. 우리는 서리발에 끼친 落葉을 밟으면서 멀리 봄이 올것을 믿습니다.

爐邊에서 많은 일이 일우어질것입니다.

1행·〈안즌방이〉는 처음에 〈안즌방이〉에서 〈벗꽃〉으로, 다시 〈앉 즌방이〉로 수정되었음.

3행·〈릴릭〉은 처음에 〈릴릭〉에서 〈나리〉로, 다시 〈릴릭〉으로 수정되었음.

4행·〈다리아〉는 원래 〈따리아〉.

5행·〈떠러지는날〉의 〈는〉은 삽입되었음.

6행·〈아넘니다〉는 원래 〈아니다〉.

8행·〈가지마다〉는 원래 〈문허진〉.
〈귀도리울음이 끊〉은 삽입되었음.

9행·〈무허지고〉는 원래 〈문허진〉.
〈그우에 하로밤 사이에〉는 〈그우에 소복 하로밤 사이에〉.

10행·〈나려〉의 오른쪽에 〈나려〉가 씨어 있음.

15행·〈독특한〉은 원래 〈특정한〉.
〈짐작해서는〉의 〈짐작〉 오른쪽에 〈想像〉이 있었으나 삭제 되었음.

16행·〈어느 철로나〉는 원래 〈어느 철으로〉.

17행·〈想定하서도〉는 원래 〈짐작하서도〉.

19행·〈靑春들과함께〉는 삽입되었음.

20행·〈過分한〉은 삽입되었음.

〈하나의 꽃밭 이루어지도록〉은 원래 〈따은 이□□□□〉. 네 글자는 판독 불가능.

〈소삼게 되는것이 아니라〉는 〈이□□□〉의 왼쪽 행간에 씨어 졌으며, 수정을 염두에 둔 부기일 가능성도 있었음.
〈따는〉은 〈이□□□□〉의 네번째 □가 지워진 곳에 씨어졌음.

21행·〈이루어〉의 〈루〉 원쪽 옆에 〈너〉가 씨어 있음. 따라서 〈너루어〉일 가능성도 있음.
〈지적거리는〉의 〈리〉는 삽입되었음.

22행·〈明晰〉의 〈晰〉은 지워졌다가 다시 씨어졌다가 지워진 흔적 있음.
〈明晰한것은못됩니다〉는 원래 〈明晰한지못함니다〉.

23행·〈頭腦로서가〉의 〈腦〉에 지운 흔적 있음. 〈頭腦〉 앞에 있던 〈한해〉는 원래 〈一年〉.
〈내〉가 삭제된 흔적 있음.
〈일일히〉의 첫번째 〈일〉자에 고친 흔적 있음.
〈헤아려〉는 원래 〈헤아려야〉.

○ 23행~25행의 위쪽 여백에 다음 문장이 씨어 있음.
細胞사이 / 마다 간직 / 해두어서야
(주) 〈간직 / 해 두어서야〉.

24행·〈겨우〉는 삽입되었음.
〈일우어짐니다〉의 〈어〉에 고친 흔적 있음.
〈그리하야〉는 삽입되었음.
〈글을 쓴다는 것이 그리즐거운 일일수는 없습니다〉는 원고 지 아래쪽 여백에 씨어졌음.

25행·〈倦怠에 시들고〉는 원래 〈倦怠에 스들고〉.

26행·〈爐邊의〉는 원래 〈火로가의〉.

○ 26행~37행의 위쪽 여백에 다음 내용이 가로로 씨어 있음.

꽃밭이 이루도록 無限한 고생이 있다.
나의 花園과에서 원수를 만나면 손목을 붓잡과 목노아 울 겟다.

27행·〈思索에〉는 원래 〈思□에〉. □는 삭제되어 판독 불능.

29행·〈나의花園과〉는 삽입되었음.
〈시간을 먹는다는이말과〉의 〈다는이말과〉는 오른쪽 행간에 삽입되었음.

30행·〈意義와 이말의 妙味는〉는 처음에 〈이말과 이말의 妙味는〉에서 〈이語義 이말의 妙味는〉으로, 다시 〈意義와 이말의 妙味는〉으로 수정되었음.
〈칠판앞에서〉는 원래 〈칠판밑에서〉.

31행·〈確實〉의 〈實〉은 원래 〈實〉의 약자임.
〈즐거운 일임니다〉는 삽입되었음.
〈칠판밑에 앉어 보신 분은〉의 〈앉〉이 삭제되었음.

32행·〈體講〉은 〈休講〉의 오자인 듯함.

33행·〈〈하긴늘그 먼데까지먹어버리면그만이지만〉〉은 오른쪽 행간에 삽입되었음.

71행·○ 행 위에 〈흐리운다〉.

70행·〈이 말이〉는 원래 〈이것이〉.

66행·〈마음으로〉의 〈이〉는 삽입되었음.

65행·〈너그러운〉은 원래 〈너구러운〉.

61행·〈밤맛을잃고〉의 〈을〉은 원래 〈과〉.

58행·〈생각하고 생각하든끝〉은 원래 〈생각하다 생각하다〉.

50행·〈참말 나는 溫情으로〉의 오른쪽 행간에 〈孤獨, 精寂은確實 히아름다웁것임니다.〉가 씌어졌다가 삭제되었음. 〈精〉은 〈靜〉의 오자인 듯함.

45행·〈누가〉는 삽입되었음.

44행·〈할수있을런지〉의 〈런〉은 삽입되었음.

42행·〈明確한〉은 처음에 〈效果〉에서 〈正確한〉으로, 다시 〈明確한〉으로 수정되었음.

41행·〈牛汗充棟〉은 〈汗牛充棟〉을 잘못 쓴 듯함.

40행~47행 사이의 위 여백에 다음과 같은 문장들이 원쪽으로 씌어 있음.
〈학생의 아픈 │ 대를 알어 │ 주고만저주는 │ 大教授〉, 〈붓잡어 │ 줄수없었다 │ 〈서로 │ 너그러운 │ 마음 │ 으로 처할 │ 수있다 │ 〈안다는 A君 │ 自殺을期約 │ 思想的 撞着〉, 〈상서롭지못 │ 하게〉, 〈바람구름, │ 햇빛, 나무 │ 友情〉.

40행·〈푸른풀과한달기의밝음〉은 오른쪽 행간에 삽입되었음. 〈웃음이 있었습니다〉는 원래 〈웃을수있었습니다〉. 붉은 색연 필로 수정되었음.
〈速斷〉은 원래 〈斷定〉.

38행·〈浪費〉는 원래 〈消費〉.

36행·〈우리들의망발과 時間의 浪〉은 삽입되었음.
〈미처〉의 〈미〉는 삽입되었음.
〈못나오섯다고하더 라도〉에서 〈하더〉는 한번 삭제되었다가 다시 씌어졌음.

35행·〈不便하여〉는 원래 〈不便하서서〉.

34행·〈한사간〉은 〈한시간〉의 오기인 듯함.
〈豫習〉은 삽입되었음.

〈逆說〉의 〈說〉은 삽입되었음.
〈흐리우는데〉의 오른쪽 행간에 〈가르우는〉이 씌어 있음.
〈지날 뿐일까요〉는 원래 〈지나는 말일 가요〉.

72행·〈現代〉는 원래 〈現在〉.
〈이결함을〉은 원래 〈이過失을〉.

75행·〈우리들〉은 원래 〈學生들〉.

77행·〈우리들의〉의 〈리〉는 삽입되었음.

78행·〈생래기〉는 원래 〈□채기〉.

79행·〈剝脫된〉은 원래 〈박탈든〉.

81행·〈道德일지언정〉은 원래 〈道德을지언정〉.
〈원수를〉은 처음에 〈異邦人〉으로 수정되었다가 다시 〈원수 들〉로 수정되었음.

85행·〈從前의〉와 〈가있는것은〉 사이의 원고지 두 칸이 비어 있음.

88행·〈마즈막은〉은 원래 〈마지막은〉.

91행·〈각오하라가아니라〉는 원래 〈각오하라라가 아니라〉.

92행·〈봄이〉는 원래 〈봄을〉.

終始

終点이 始点이된다. 다시 始点이 終点
이 된다.

아츰、 저녁으로 이 자국을 밟게되는
데 이 자국을 밟게된 緣由가 있다. 일
즉이 西山大師가 살아슬듯한 우어진 松
林속、게다가 덩그러시 살림집은 외따로
한채뿐이엿으나 食口로는 굉장한것이여서
만큼 몰아놓은 미끈한 壯丁들만이 욱실
욱실하엿다. 이곳은 法令은 없어스나 女
人禁納區엿다. 萬一 强心臟의 女人이 있
어 不意의 侵入이 있다면 우리들의 好
奇心을 저으기 자아내엿고、房마다 새로
운 話題가 생기군 하엿다. 이렇듯 修道
生活에 나는 소라속처럼 安堵하엿든 것
이다.

事件이란 언제나 큰데서 動機가 되는
것보다 오히려 적은데서 더 많이 発作
하는 것이다.

눈오날이 엿다. 同宿하는 친구의 친구
가 한時間 남짓한 門안들어가는 車時間
까지를 浪費하기 爲하야 나의 친구를
찾어들어와서 하는 對話엿다.

「자네 여보게 이집 귀신이 되려나?」
「조용한게 공부하기 자키나 좋잔은가」
「그래 책장이나 뒤적뒤적하면 공부」줄
아나 電車간에서 내다볼수있는 光景、
停車場에서 맛볼수있는光景、다시 汽車

속에서 처할수있는 모든일들이 生活아
닌것이 없거든、生活때문에 싸우는 이
雰圍氣에 잠겨서、보고、생각하고、分析
하고、이거야 말로 眞正한 意味의 教
育이 아니겟는가 여보게! 자네 책장
만 뒤지고 人生이 어드럿니 하는것은 十六世紀에서나 찾
어볼일일세、斷然 門안으로 나오도록
마음을 돌리게」

나안테하는 勸告는 아니엿으나 이말에
귀틈뜰려 상푸둥 그러리라고 생각하엿다.
非但 여기만이 아니라 人間을 떠나서
道를 닦는다는것이 한날 娛樂이오、娛樂
이또한 죽은 공부가 아니랴. 하야 공부
도 生活化하여야 되리라 생각하고 빌일
내에 門안으로 들어가기를 內心으로 断
定해 버렷다. 그뒤 每日같이 이 자국을
밟게 된것이다.

나만 일즉이 아츰거리의 새로운 感觸
을 맛볼줄만 알엇더니 벌서 많은 사람
들의 발자욱에 舗道는 어수선할대로 어
수선햇고 停留場에 머물때마다 이많은
꾸역꾸역 작구 박아실는데 늙은이 젊은
이 아이할것없이 손에 꾸럼이를
않든 사람은 없다. 이것이 그들 生活
의 꾸럼이오、同時에 倦怠의 꾸럼인지도
모르겟다.

이꾸럼이를 든 사람들의 얼골을 하나
하나식 뜨더보기로 한다. 늙은이 얼골이

란 너무오래 世波에 짜들어서 問題도
않되겠스냐와 그절믄이들 낯짝이란 도무
지 말슴이아니라 열이면 열이 다 悲慘
그것이오 百이면 百이 다 悲慘 그것이다.

이들에게 우슴이란 가믈에 콩싹이다. 必
境 귀여우리라는 아이들의 얼골이란 보는
수박게 업는데 아이들의 얼골이란 너무
나 蒼白하다. 或時 宿題를 못해서 先生
한테 꾸지람드른것이 걱정인지 풀이죽어
쭉 그러타기 活氣란 도무지 찾어 볼

수업다. 내상도 必然코 그꼴일텐데 내눈
으로 그꼴을 보지못하는것이 多幸이다.
萬一 다른사람의 얼골을 처한다고 할것같으면 빌
서 天死하였슬런지도 모른다.

나는 내눈을 疑心하기로 하고 斷念하
자!
차라리 城壁우에 펄친 하늘을 처다보
는 편이 더 痛快하다. 눈은 하늘과 城
壁境界線을 따라 작구 달리는 것인데

이 城壁이란 現代로써 참무러지한 넷禁
城이다. 이안에서 어떤일이 일우어저스
며 어떤일이 行하여지고 있는지 城박
에서 살아왔고 살고있는 우리들에게는
알바가 업고 이제 다만 한가닥 希望은

이 城壁이 끈어지는 곳이다.
企待는 언제나 크게 가질것이 못되여
서 城壁이 끈어지는 곳에 總督府 道廳
무슨參考館、遞信局、新聞社、消防組、무슨
株式會社、府廳、洋服店 古物商等 나라니

하고 연달아 오다가 아이스케이크 看板에

눈이 잠간 머무는데 이놈을 눈나린 겨
을에 빈집들을 직히는 꼴이라든가、제身分
에 맞잖는、가개를 직히는 꼴을 살작
뻴림에 올리여 본달것 같을것이면 한幅의
高等諷刺漫画가 될터인데 하고 나는 눈
을감고 생각하기로 한다. 事實 요지음

아이스케이크 看板身勢를 兔치 아니치 못
할者 얼마나 되랴. 아이스케이크 看板은
情熱에 불타는 炎署가 眞正코 아수롭다.
꺼리끼는것이 있는데 이것은 道德律이란
거치장스러운 義務感이다. 젊은녀석이 눈
을 딱감고 한참 생각하느라면 한가지

질하는것것 같하야 번쩍 눈을 떠본다. 하
나가차이 慈善할 對象이 없음에 自己
를 일치않겠다는 心情보다 오히려 아니
꼽게본 사람이 없어스리란데 安心이 된다.
이것은 過斷性있는 동무의 主張이지만
電車에서 맞난사람은 원수요、汽車에서

맞난사람은 知己라는 것이다. 딴은 그러
리라고 얼마큼 首肯하였엇다. 한자리에서
몸을 비비적거리면서도 「오늘은 좋은 날
세 올시다.」 「어디서 나리시나요」쯤의 인사
는 주고 받을 법한데、一言半句없이 뚱
한꼴들이 자끼나 큰 원수를맺고 지나는

사이들 같다. 만일 상량한사람이 있어 요
만쯤의 禮儀를 밥는다고 할것같으면 電
車속의 사람들은 이를 精神異狀者로 대
접할게다. 그러나 汽車에서는、그렇지않다.
名街을 서로 박구고 故鄕이야기、行方이

야기를 꺼리낌없이 주고받고 심지어 남

의 旅勞를 自己의 旅勞인것처럼 걱정하고、
이얼마나 多情한 人生行路냐。

있어 이러는사이에 南大門을 지나쳤다。누가
「자네 每日같이 南大門을 두번식
지날터인데 그래 늘 보구하는가」라는 어리
석은듯한 멘탈테쓰트를 낸다면은 나는
啞然해지지 않을수없다。가만히 記憶을
더듬어 본달것 같으면 늘이 아니라 이
자극을 밟은以来 그모습을 한번이라도
처다본적이 있었든것 같지않다。하기는
그것이 나의生活에 緊한일이 않이매 當
然한 일일게다。回數가 너무 잦으니 모든것이
皮相的이 되여버리나니라。

이것과는 関聯이 먼 이야기같으나
無聊한時間을까기 為하야 한
마디 하면서 지나자。
시골서는 제노라고하는 양반이엿든모양
인데 처음 서울구경을하고 돌아가서 며
칠동안 배운 서울말씨를 서뿔리 써가며
서울거리를 손으로 형용하고 말로서 떠
버려 옴겨노트란데、停車場에 턱 나리니
앞에 古色이 蒼然한 南大門이 반기는듯
가로 막혀있고、總督府집이 크고、昌慶苑
에 百가지 禽獸가 뵘즉햇고 德壽宮의
넷宮殿이 懷抱를 자아냇고、本町엔 電燈이 낮처럼
머리가 힝ㅡ햇고、和信乘降機는
밝은데 사람이 물밀리듯 밀리고 電車란
놈이 윙윙소리를 질으며 질으며 연달아
달리고ㅡ 서울이 自己를 為하야
이루워지는것처럼 우줄해진는데 이것쯤은 있

을듯한 일이다。한데 게도 방정꾸러기가
있어
「南大門이란 懸板이 참 名筆이지요」
하고 물으니 対答이 傑作이다。
「암 名筆이구말우 南字 大字 門字하나
하나 살아서 막 꿈틀거리는것 같데」
어느모로나 서울자랑하려는 이양반으로서는
可當한 対答일게다。이분에게 阿峴고개
막바지기에、ㅡ아니 치벽한데 말고、ㅡ가차이
鐘路 뒤골목에 무엇이 있는가를 물엇드
면 얼마나 當慌해 햇스랴。

나는 終点을 始点으로 박군다。
내가 나린곳이 나의終点이오。내가 타는
곳이 나의 始点이 되는까닭이다。이쩌른
瞬間 많은사람사이에 나를 묻는것인데
나는 이네들에게 너무나 皮相的이 된다。
나의 휴맨니티를 이네들에게 発揮해낸다
는 재조가 없다。이네들의 김뿜과 슬픔
과 앞은데를 나로서는 測量한다는수가
없는까닭이다。너무 漠然하다。사람이란
回數가 잦은데와 量이 많은데는 너무나
쉽게 皮相的이 되나보다。그럴사록 自己
하나 看守하기에 奔忙하나보다。
씨그날을 밟고 汽車는 왱ㅡ떠난다。
故鄕으로 向한 車도아니건만 空然히 가
슴은 설렌다。우리 汽車는 느릿느릿 가
다 슴차면 假停車場에서도 선다。每日같
이 왼女子들인지 주룽주룽서 있다。제마
다 꾸럼이를 아넜는데 例의 그꾸럼인듯 싶
다。다들 芳年된 아가씨들인데 몸매로보
아하니 工場으로 가는 職工들은 아닌모

양이다。 얌전히들 서서 汽車를 기다리는 모양이다。 判斷을 기다리는 모양이다。 하나 輕妄스럽게 琉璃窓을 通하여 美人判斷을 나려서는 않된다。 皮相法則이 여기에도 適用될지 모른다。 透明한듯하나 밑지못할것이 琉璃다。 얼골을 찌깨논듯이 한다든가 이마를 좁다랗게한다든가 코를 말코로 만든다든다가 턱을 조개턱으로 만든다든가하는 惡戱를 琉璃窓이 때때로 敢行하는 까닭이다。 判斷을 나리는者에게는 別般 利害關係가 없다손치더래도 判斷을 받는當者에게 오려든 幸運이 逃亡갈런지를 누가保障할소냐。 如何間 아무리 透明한 꺼풀일지라도 깨끗이 벗겨버리는 것이 맛당할것이다。

이윽고 턴넬이 임을 버리고 기다리는데 거리 한가운데 地下鉄道도 않인 턴넬이 있다는것이 얼마나 슬픈일이냐, 이 턴넬이란 人類歷史의 暗黑時代요 人生行路의 苦悶相이다。 空然히 박휘소리만요란하다。 구역날 惡質의 煙氣가 스며든다。 하나 未久에 우리에게 光明의 天地가있다。 턴넬을 버서낫을때 요지음 複線工事에 奔走한 勞働者들을 볼수있다。 아츰 첫車에 나갓을때에도 그네들은 저녁 늦車에 들어올때에도 그네들은 그대로 일하는데 언제 始作하야 언제 끝이는지 나로서는 헤아릴수없다。 이네들이야말로 建設의 使徒들이다。 땀과 피를 애끼지않는다。

그 웅중한 도락구를 밀면서도 마음만은 遙遠한데 있어 도락구 판장에다 서투른 글씨로 新京行이니 北京行이니 南京行이니 라고써서 타고다니는것이아니라 밀고다닌다。 그네들의 마음을 엿볼수있다。 그것이 苦力에 慰安이 않된다고 누가 主張하랴。

이제나는 곧 終始를 박궈야한다。 하나 내車에도 新京行、 北京行、 南京行을 달고싶다。 世界一週行이라고 달고싶다。 아니 그보다 眞正한 내故鄕이 있다면 故鄕行을 달겠다 다음 到着하여야할 時代의 停車場이 있다면 더좋다。

- 17행 · ○ 행 위에 연필로 동그라미표가 그려져 있음.
- 21행 · 〈한時間〉의 〈時〉는 삭제되었다가 다시 씌어졌음.
- 28행 · 〈汽車〉의 〈汽〉는 원래 〈滊〉.
- 31행 · 〈雰圍氣에〉의 위쪽 여백에 연필로 가위표가 그어져 있음.
  〈分析〉의 〈析〉은 원래 〈折〉.
- 38행 · 〈나 안테하는〉은 원래 〈나 앙테하는〉.
- 40행 · 〈非但〉의 위쪽 여백에 연필로 가위표가 그어져 있음.
- 41행 · 〈道로〉의 위쪽 여백에 동그라미표가 있음.
  〈娛樂〉은 원래 〈誤樂〉.
- 54행 · 〈손에〉는 원래 〈제 마마 손에〉.
- 55행 · 〈그들 生活〉은 원래 〈그들의 生活〉.
- 60행 · 〈너무오래〉는 원래 〈너무오랜〉.
- 68행 · 행 위에 동그라미표가 있음.
- 81행 · 〈풀이죽어〉는 원래 〈찾어죽어〉.
- 82행 · 〈어떤일이〉는 원래 〈어드런일이〉.
- 86행 · 〈企待〉위쪽 여백에 연필로 가위표가 그어져 있음.
  〈企待〉의 〈企〉는 〈期〉의 오자인 듯함.
- 97행 · 〈아이스〉의 〈이〉는 삽입되었음.
- 105행 · 〈象〉의 오른쪽에 〈相〉이 씌어졌다가 삭제되었음.
- 108행 · 〈過斷性〉의 〈過〉는 〈果〉의 오자인 듯함.
- 112행 · 〈비비적거리면서도〉는 원래 〈삐비적거리면서도〉.
- 118행 · 〈精神異狀者〉의 〈狀〉은 〈常〉의 오자인 듯함.
- 124행 · 〈지나첫다.〉의 〈지〉는 삭제되었다가 다시 씌어졌음.
- 125행 · 〈每日같이〉의 〈每〉는 삭제되었다가 다시 씌어졌음.
- 126행 · 〈無聊한時間을까기爲하야〉는 삽입되었음.
- 135행 · ○ 〈皮相的〉의 위쪽 여백에 동그라미표가 있음.
- 141행 · 〈손으로 형용하고〉는 원래 〈말로서 떠〉.
- 142행 · 〈턱〉은 원래 〈턱턱〉.
- 151행 · 〈이루워진것처럼〉의 〈것〉은 원래 〈진〉이 삭제된 곳에 씌어졌음.
- 158행 · 〈이양반으로서는〉은 원래 〈이양반에게는〉.
- 162행 · 〈當慌〉의 〈當〉은 원래 〈唐〉의 오자인 듯함.
- 171행 · ○ 〈없는〉의 위쪽 여백에 동그라미표와 가위표가 겹쳐 있음.

- 173행 · 〈그럴사록〉은 원래 〈그럭사록〉.
- 180행 · 〈아니는데〉는 처음에 〈들엇는데〉에서 〈안엇는데〉로, 다시 〈아니는데〉로 수정되었음.
- 183행 · 〈그그러미〉의 〈그〉는 삽입되었음.
  〈기다리는〉은 원래 〈기다린다.〉.
- 194행 · 〈逃亡갈런지를〉은 원래 〈逃亡갈런지를〉.
- 202행 · ○ 〈路의~天地가있다.〉 3행은 오려졌다가 뒷면에 흰종이로 덧대어 붙여져서 복구된 곳임.
- 207행 · 〈나 갓을때에도〉는 원래 〈나아갓을때에도〉.
- 211행 · ○ 211행과 214행 사이의 □ 는 해당 원고지가 잘려나간 부분임.
- 222행 · 〈내車에도~더좋다.〉 5행 위에 〔표시와 동그라미 표시 있음.
- 223행 · 〈一週〉는 〈一周〉의 오자인 듯함.
- 225행 · 〈到着하여야할〉은 원래 〈到着할〉.

漢心

두가지 名義인대
金庫속에서 나온대 보니까
英子로 잇고
민적에는 한심이로 잇슴니다.

大正二年六月一日

二六才

하늘과 바람과 별과 詩

〔제목 없음〕
自畵像
少年
눈오는地圖
돌아와보는밤
病院
새로운길
看板없는거리
太初의아츰
또太初의아츰
새벽이올때까지
무서운時間
十字架
바람이불어
슬픈族屬
눈감고간다
또다른故鄕
길
별헤는밤

죽는 날까지 하늘을 우르러
한점 부끄럼이 없기를,
잎새에 이는 바람에도
나는 괴로워했다.
별을 노래하는 마음으로
모든 죽어가는것을 사랑해야지
그리고 나안테 주어진 길을
거러가야겠다.

오늘밤에도 별이 바람에 스치운다.

1941. 11. 20.

○ 정병욱에게 증정한 육필 자선시집 원본에는 이 작품의 제목이 없
음. 윤일주의 증언에 의하면, 시인이 소장하였던 것에는 〈序詩〉라는
제목이 씌어 있었다고 함. (윤일주, 「윤동주의 생애」, 『나라사랑』2
3호, 1976. 6. 159쪽)

1연 7행. 〈나안테〉의 〈안〉은 지워졌다가 그 오른쪽 옆에 다시 씌어졌음.

산모퉁이를 돌아 논가 외딴우물을 홀로
찾어가선 가만히 드려다 봅니다.

우물속에는 달이 밝고 구름이 흐르고
하늘이 펼치고 파아란 바람이 불고 가
을이 있습니다.

그리고 한 사나이가 있습니다.
어쩐지 그 사나이가 미워저 돌아갑니다.

돌아가다 생각하니 그사나이가 가엾서집
니다. 도로가 드려다 보니 사나이는 그
대로 있습니다.

다시 그사나이가 미워저 돌아갑니다.
돌아가다 생각하니 그사나이가 그리워집
니다.

우물속에는 달이 밝고 구름이 흐르고 하늘이펼치고 파
아란 바람이 불고 가을이 있고 追憶처
럼 사나이가 있습니다.

一九三九、九、

2연1행·〈흐르고〉의 〈르〉에 고친 흔적 있음.
5연1행·〈돌아갑니다。〉는 원래 〈돌아 갑니다。〉.
6연1행·〈달이 밝고〉는 원래 〈달이 밝고。
〈하늘이펼치고〉는 삽입되었음.

少年

여기저기서 단풍닢 같은 슬픈가을이 뚝
뚝 떨어진다. 단풍닢 떠러저 나온 자리
마다 봄을 마련해 놓고 나무가지 우에
하늘이 펄처있다. 가만이 하늘을 드려다
보려면 눈섭에 파란 물감이 든다. 두손
으로 따뜻한 볼을 쓰서보면 손바닥에도
파란 물감이 묻어난다. 다시 손바닥을
드려다 본다. 손금에는 맑은 강물이 흐
르고, 맑은 강물이 흐르고, 강물속에는
사랑처럼 슬픈얼골――아름다운 順伊의
얼골이 어린다. 少年은 황홀이 눈을 감
어 본다. 그래도 맑은 강물은 흘러 사
랑처럼 슬픈얼골――아름다운 順伊의
얼골은 어린다.

一九三九.

4행·〈가만이〉는 원래 〈가만히〉。

7행·〈손바닥〉은 원래 〈손바닭〉。

8행·〈흐르고〉의 〈르〉에 고친 흔적이 있음。

눈오는 地圖

順伊가 떠난다는 아침에 말못할 마음으
로 함박눈이 나려, 슬픈것 처럼 窓밖에
아득히 깔린 地圖우에 덥힌다.
房안을 도라다 보아야 아무도 없다. 壁
과 天井이 하얗다. 房안에까지 눈이 나
리는 것일까, 정말 너는 잃어버린 歷史
처럼 홀홀이 가는것이냐, 떠나기前에 일러
둘말이 있든것을 편지를 써서도 네가
가는 곳을 몰라 어느거리, 어느마을, 어
느집웅밑, 너는 내 마음속에만 남어 있는
것이냐, 네 쪼고만 발자욱을 눈이 작고
나려 덥혀 따라갈수도 없다. 눈이 녹으
면 남은 발자욱자리마다 꽃이 피리니
꽃사이로 발자욱을 찾어 나서면 一年열
두달 하냥 내마음에는 눈이 나리리라.

一九四一、三、一二、

1행·〈말못할 마음으로〉、〈슬픈것 처럼〉에 옆줄이 그어져 있음.
3행·〈圖〉는 〈圖〉의 중국식 약자와 비슷함.
6행·〈읽어버린〉은 원래 〈잃어버린〉.
7행·〈떠나기前에〉의 〈기〉는 삽입되었음.
10행·〈내 마음속에만〉은 원래 〈정 마음에만〉.
〈속〉은 삽입되었음.
12행·〈따라갈수도〉는 원래 〈따라갈수소〉.

돌아와 보는밤

세상으로부터 돌아오듯이 이제 내 좁은
방에 돌아와 불을 끄옵니다. 불을 켜두
는것은 너무나 피로롭은 일이옵니다. 그것
은 낮의 延長이옵기에——

이제 窓을 열어 空氣를 바꾸어 드려야
할텐데 밖을 가만이 내다 보아야 房안
과같이 어두어 꼭 세상같은데 비를 맞
고 오든길이 그대로 비속에 젖어 있사
옵니다.

하로의 울분을 씻을바 없어 가만히 눈
을 감으면 마음속으로 흐르는 소리、 이
제、 思想이 능금처럼 저절로 익어 가옵
니다.

一九四一、六、

1연 2행·〈불〉은 삭제되었다가 오른쪽 옆에 다시 씌어졌음.
3 행·〈피로롭은〉의 〈로〉는 삽입되었음.

病院

살구나무 그늘로 얼골을 가리고, 病院뒷
뜰에 누어, 젊은 女子가 힌옷아래로 하
얀다리를 드려내 놓고 日光浴을 한다.
한나절이 기울도록 가슴을 알른다는 이
女子를 찾어 오는 이, 나비 한마리도
없다. 슬프지도 않은 살구나무가지에는
바람조차 없다.

나도 모를 아픔을 오래 참다 처음으로
이곳에 찾어왔다. 그러나 나의 늙은 의
사는 젊은이의 病을 모른다. 나안테는
病이 없다고 한다. 이 지나친 試鍊, 이
지나친 疲勞, 나는 성내서는 않된다.

女子는 자리에서 일어나 옷깃을 여미고
花壇에서 金盞花 한포기를 따 가슴에
꼽고 病室안으로 살어진다. 나는 그女子
의 健康이── 아니 내 健康도 速히
回復되기를 바라며 그가 누었든 자리에
누어본다.

一九四○、一二、

새로운길

내를 건너서 숲으로
고개를 넘어서 마을로

어제도 가고 오늘도 갈
나의 길 새로운길

문들레가 피고 까치가 날고
아가씨가 지나고 바람이 일고

나의 길은 언제나 새로운길
오늘도……내일도……

내를 건너서 숲으로
고개를 넘어서 마을로

一九三八、五、一〇、

○ 제목 위에 연필로 동그라미표가 그려져 있음.

3연 2행·〈바람이〉의 〈바〉는 원래 〈까〉.

看板없는거리

停車場 푸랄 쯤에
나렸을때 아무도없어、
다들 손님들뿐、
손님같은 사람들뿐、

집집마다 看板이없어
집 찾을 근심이없어

빨가케
파라케
불붓는文字도없이

모통이마다
慈愛로운 헌 瓦斯燈에
불을 혀놓고、

손목을 잡으면
다들、 어진사람들
다들、 어진사람들

봄、 여름、 가을、 겨을、
순서로 돌아들고、

― 九四 ―、

1연1행· ○ 행 위에 연필로 ∨ 표시가 되어 있음. 〈푸랄 쯤에〉는 원래 〈푸라 트 쯤에〉.

3연1행· ○ 3연과 5연 사이의 여백에 ∧ 표와 함께 4연이 씌어 있음.

太初의아츰

봄날 아츰도 아니고
여름, 가을, 겨을,
그런날 아츰도 아닌 아츰에

빨―간 꽃이 피여낫네,
해ㅅ빛이 푸른데,

그前날밤에
그前날밤에
모든것이 마련되엿네,

사랑은 뱀과 함께
毒은 어린 꽃과 함게

3연1행·〈그前날밤에〉의〈에〉는 원래〈바〉。

또 太初의아츰

하얗게 눈이 덮이엿고
電信柱가 잉잉 울어
하나님말슴이 들려온다.

무슨 啓示일가.

빨리
봄이 오면
罪를 짓고
눈이
밝어

이쁘가 解産하는 수고를 다하면

無花果 잎사귀로 부끄런데를 가리고

나는 이마에 땀을 흘려야겟다.

1941、5、31、

4연1행‧○행 위에 ∨ 표시가 있음.

새벽이올때까지

다들 죽어가는 사람들에게
검은 옷을 입히시요.

다들 살어가는 사람들에게
힌 옷을 입히시요.

그리고 한 寢台에
가즈런이 잠을 재우시요

다들 울거들랑
젖을 먹이시요

이제 새벽이 오면
나팔소리 들려 올게외다.

一九四一、五、

3연2행·〈가즈런이〉는 원래 〈까즈란히〉。

무서운 時間

거 나를 부르는 것이 누구요,

가랑닢 입파리 푸르러 나오는 그늘인데,
나 아직 여기 呼吸이 남어 있소.

한번도 손들어 보지못한 나를
손들어 표할 하늘도 없는 나를

어디에 내 한몸둘 하늘이 있어
나를 부르는 것이오.

일이 마치고 내 죽는날 아츰에는
서럽지도 않은 가랑닢이 떠러질텐데……

나를 부르지마오.

一九四一、二、七

○ 제목 위에 붉은 색연필로 점, 연필로 동그라미표가 그려져 있음.
1 연의 위쪽 여백에 연필로 ∨ 표시가 되어 있음.
5연1행·〈마치고〉는 원래 〈맞이고〉. 〈마치고〉는 〈맞이고〉 위에 씌어졌다가
다시 오른쪽에 씌어졌음.

하늘과 바람과 별과 詩

•
324

十字架

쫓아 오든 햇빛인데
지금 敎會堂 꼭대기
十字架에 걸리였습니다.

尖塔이 저렇게도 높은데
어떻게 올라갈수 있을가요.

鐘소리도 들려오지 않는데
휫파람이나 불며 서성거리다가,

괴로왔든 사나이,
幸福한 예수·그리스도에게
처럼
十字架가 許諾된다면

목아지를 드리우고
꽃처럼 피여나는 피를
어두어가는 하늘밑에
조용이 흘리겠읍니다.

一九四一、五、三一、

○ 제목 위에 잉크로 가위표가 그어져 있으며 그 오른쪽 옆에 붙은 색 점이 있음.

2연2행·〈올라갈수 있을가요.〉는 원래 〈올라 갈수있을가요.〉

3연1행·〈鐘소리도 들려오지 않는데〉는 원고지 중앙 여백에 삽입되었음.

2행·〈휫파람이나 불며 서성거리다가,〉는 원래 〈휫파람이나 불며 / 서성거리다가,〉이며, 행이음 표시가 있음.

5연3행·〈하늘밑에〉의 〈밑〉은 삭제되었다가 다시 씌어졌음. 〈조용이〉는 원래 〈조용히〉.

바람이 불어

바람이 어디로부터 불어와
어디로 불려가는 것일가,

바람이 부는데
내 괴로움에는 理由가 없다.

내 괴로움에는 理由가 없을가,

단 한 女子를 사랑한 일도 없다.
時代를 슬퍼한 일도 없다.

바람이 작고 부는데
내 발이 반석우에 섯다.

강물이 작고 흐르는데
내 발이 언덕우에 섯다.

一九四一、六、二

슬픈 族屬

흰 수건이 검은 머리를 두르고
흰 고무신이 거친발에 걸리우다.

흰 저고리 치마가 슬픈 몸집을 가리고,
흰 띠가 가는 허리를 질끈 동이다.

一九三八、 九、

○ 제목 위에 잉크로 가위표가 그어져 있으며 그 왼쪽 옆에 붉은 색
점이 있음.

눈감고간다

太陽을 사모하는 아이들아
별을 사랑하는 아이들아

밤이 어두었는데
눈감고 가거라.

가진바 씨앗을
뿌리면서 가거라

발뿌리에 돌이 채이거든
감었든 눈을 왓작떠라.

一九四一、五、三一、

1연1행・〈사모하는〉은 원래 〈사랑하는〉。

3연1행・〈씨앗을〉은 원래 〈씨앗이 있거든〉。

또 다른 故鄉

故鄉에 돌아온날밤에
내 白骨이 따라와 한방에 누엇다.

어둔 房은 宇宙로 通하고
하늘에선가 소리처럼 바람이 불어온다.

어둠속에 곱게 風化作用하는
白骨을 드려다 보며
눈물 짓는것이 내가 우는것이냐
白骨이 우는것이냐
아름다운 魂이 우는것이냐

志操 높은 개는
밤을 새워 어둠을 짓는다.

어둠을 짓는 개는
나를 쫓는 것일게다.

가자 가자
쫓기우는 사람처럼 가자
白骨몰래
아름다운 또다른 故鄉에 가자.

一九四一、九、

○ 제목 위에 잉크로 가위표가 그어져 있음.

1연 1행 · 〈돌아온날밤에〉는 원래 〈돌아온날 밤에〉.
2연 2행 · 〈소리처럼〉은 삽입되었음.
6연 4행 · 〈또다른〉은 삽입되었음.
창작 일자 · 〈一九四一、九、〉의 〈九〉는 원래 〈一〇〉.

길

잃어 버렸습니다.
무얼 어디다 잃었는지 몰라
두 손이 주머니를 더듬어
길에 나아갑니다.

돌과 돌과 돌이 끝없이 연달아
길은 돌담을 끼고 갑니다.

담은 쇠문을 굳게 닫어
길 우에 긴 그림자를 드리우고

길은 아침에서 저녁으로
저녁에서 아침으로 통했습니다.

돌담을 더듬어 눈물 짓다
처다보면 하늘은 부끄럽게 푸릅니다.

풀 한포기 없는 이 길을 걷는것은
담 저쪽에 내가 남어 있는 까닭이고,

내가 사는것은, 다만,
잃은것을 찾는 까닭입니다.

一九四一, 九, 三一.

1연 4행 · 〈나아갑니다.〉는 원래 〈나아 갑니다.〉.
2연 1행 · 〈끝없이〉는 삽입되었음.
6연 1행 · 〈한포기〉의 〈한〉은 삭제되었다가 다시 씌어졌음.
〈것는〉의 〈것〉의 오른쪽에 〈걷〉이 씌어졌음.
창작 일자 · 〈九, 三一〉은 삭제되었다가 다시 씌어졌음.

별 헤는 밤

季節이 지나가는 하늘에는
가을로 가득 차 있습니다.

나는 아무 걱정도 없이
가을속의 별들을 다 헤일듯합니다.

가슴속에 하나 둘 색여지는 별을
이제 다 못헤는 것은
쉬이 아츰이 오는 까닭이오,
來日밤이 남은 까닭이오,
아직 나의 靑春이 다하지 않은 까닭입니다.

별하나에 追憶과
별하나에 사랑과
별하나에 쓸쓸함과
별하나에 憧憬과
별하나에 詩와
별하나에 어머니, 어머니,

어머님, 나는 별 하나에 아름다운 말 한마디식 불러봅니다. 小學校때 冊床을 같이 했든 아이들의 일홈과, 佩、鏡、玉 이런 異國少女들의 일홈과 벌서 애기 어머니 된 게집애들의 일홈과, 가난한 이웃사람들의 일홈과, 비둘기, 강아지, 토끼, 노새, 노루, 「푸랑시쓰·쨤」 「라이넬·마리아·릴케」 이런 詩人의 일홈을 불러봄니다.

2연
2행 · 〈가을속의〉는 삽입되었음.
5연
8행 · 〈불러봅니다.〉는 원래 〈볼러봅니다.〉.
9연
1행 · 〈따는〉은 삽입되었음. 〈버레〉는 원래 〈버래〉.
10연
· ○ 마지막 연은 후에 첨가된 듯함. 마지막 행은 원고지 중앙 여백에 씌어졌음.
1행 · 〈나의 별에도〉는 삽입되었음.
4행 · 〈자랑처럼〉은 삽입되었음.

별이 아슬이 멀듯이,

이네들은 너무나 멀리 있습니다.

어머님,
그리고 당신은 멀리 北間島에 게십니다.

나는 무엇인지 그러워
이많은 별빛이 나린 언덕우에
내 일홈자를 써보고,
흙으로 덥허 버리엇습니다.

따는 밤을 새워 우는 버레는
부끄러운 일홈을 슬퍼하는 까닭입니다.

（一九四一、十一、五）

그러나 겨을이 지나고 나의별에도 봄이 오면
무덤우에 파란 잔디가 피여나듯이
내일홈자 뭇힌 언덕우에도
자랑처럼 풀이 무성 할게외다.

습유작품(拾遺作品)

전체가 낱장 원고 상태로 보관되어 온 것으로,
일본유학 이전 작품은 백지 및 원고용지(그クヨ회사 제품) 등에,
일본유학 시절 작품은 입교대학(立教大學) 용지에 씌어 있음.

山林 (詩)

時計가 자근자근 가슴을 따려
하잔한 마음을 山林이 부른다.

千年 오래인 年輪에 짜들은 幽寂한 山林이
고달픈 한몸을 抱擁할 因緣을 가젓나 보다.

「山林의 검은 波動우으로부터
어둠은 어린 가슴을 질밥는다」

멀리 첫여름의 개고리 재질댐에
흘러간 마을의 過去가 아질타.

가지, 가지사이로 반짝이는 별들만이
새날의 饗宴으로 나를 부른다.

발거름을 멈추어
하나, 둘, 어둠을 헤아려본다
아득하다

문득 넘어리흔드는 저녁바람에
쇠── 무섭이올마오고.

1연2행·〈하잔한〉은 원래 〈不安한〉.

3연2행·〈어둠은 어린 가슴을 질밥는다〉는 원래 〈어둠이 어린 가슴을 짓밥고〉.
〈~질밥는다〉 뒤에 있던 다음 2행이 삭제되었음.

넘어리를 흔드는 저녁바람이
쇠── 恐怖에 떨게 한다.

(주)〈넘어리〉 위에 있던 〈나〉가 삭제되었음.
〈쇠──〉 위에 붉은 색연필로 가위표가 그려져 있음.

4연1행·〈개고리〉의 〈개〉는 원래 〈게〉였던 것으로 추정됨.
5연2행·〈饗宴으로 나를 부른다.〉는 원래 〈希望으로 나를 이끈다.〉.
6연1행·〈멈추어〉의 〈먼〉은 원래 〈엄〉이었던 것으로 추정됨.
2행·〈헤아려본다〉의 〈헤〉는 원래 〈해〉였던 것으로 추정됨.
7연2행·〈올마오고.〉는 원래 〈올마온다〉.

黃昏이바다가되여(詩)

하로도 검푸른 물결에
흐느적 잠기고……잠기고……

저— 웬 검은고기떼가
물든 바다를 날아 橫斷할고、

落葉이 된 海草
海草마다 슬피기도 하오。

西窓에 걸린 해말간 風景画、
옷고름너어는 孤兒의설음

이제 첫航海하는 마음을 먹고
방바닥에 나딩구오……딩구오……

黃昏이 바다가 되여
오늘도 數많은 배가
나와함께 이물결에 잠겨슬 게오。

5연·○ 1、2행에 붉은 색연필로 엽줄이 그어져 있음。

慰勞

거미 란 놈이 흉한심보로 病院 뒷뜰난간과꽃
밭사이 사람발이 살다찌
않는 곳에 그물을처 놓앗다、屋外
療養을 받는 젊은사나이가 누어서
치여다 보기 바르게—

나비가한마리 꽃밭에 날어들다 그물에걸
리엇다. 노—란날개를 파득거려도
파득거려도 나비는 작고 감기우기만한다.
거미는쏜살가치 가더니 끝없는끝없
는실을뽑아나비의 온몸을 감아버린다.
사나이는 긴한숨을쉬엿다.

나(歲)보담 무수한 고생 끝에 때를잃고
病을얻은 이사나이를慰勞할말이—
거미줄을 헝크러 버리는 박에 慰勞의
말이없엇다.

○ 이 작품은 「八福」이 씌어진 종이의 뒷면에 씌어 있음.

* 이 작품이 「慰勞」의 초고인 것으로 판단됨.

1연1행·〈거미 란 놈이〉의 〈란〉 앞에 〈라〉가 씌어졌다가 지워졌음.〈病院
뒷뜰〉은 삽입되었음.

2행·〈밭사이〉와 〈사람발이〉 사이에 있던 〈인기척없는 드문〉이 삭제되
었음.

〈사람발이 살다찌〉는 원래 〈사람의발이 다치〉.

3행·〈屋外〉의 〈屋〉 위에 다른 글자의 흔적이 있음.

4행·〈療養〉은 원래 〈治療〉였던 듯함.

5행·〈치여다〉는 원래 〈처여다〉.

2연3행·〈파득거려도〉와 〈작고〉 사이에 〈나비는〉이 삽입되었음.

4행·〈끝없는끝없〉의 위에 있었던 〈실〉이 삭제되었음.

3연3행·〈박에〉는 원래 〈외에〉.

【참고】 낱장으로 된 원고(습유작품)에 같은 작품이 있음.(339쪽 참조)

八福

마태福音五章三──十二、

슬퍼 하는자는 복이 있나니
슬퍼 하는자는 복이 있나니
슬퍼 하는자는 복이 있나니
슬퍼 하는자는 복이 있나니
슬퍼 하는자는 복이 있나니
슬퍼 하는자는 복이 있나니
슬퍼 하는자는 복이 있나니
슬퍼 하는자는 복이 있나니

저히가 永遠히 슬플것이오。

○ 이 작품은 「慰勞」가 씌어진 종이의 뒷면에 씌어 있음。작품 전체에 네모로 테두리가 쳐져 있으며、그 테두리의 오른쪽에 〈八〉 슬퍼ㅎ·ㄴ돗·ㄴ쟈ㄴ눈복이있나니〉가 씌어졌다가 삭제되었음。

부제·〈마태福音五章三──十二〉는 처음에 〈마태五章四節〉에서 〈마태五章三節〉로、다시 〈마태福音五章三──十二〉로 수정되었음。

1연8행·8행과 2연 1행 사이에 있던 다음 2행이 삭제되었음。

저히가 슬플것이오.

저히가 위로함을받을것이오

2연1행·〈永遠히〉는 원래 〈오래〉。〈오〉와 〈래〉 사이에 〉표시가 있음。

慰勞

거미란 놈이 흉한 심보로 病院 뒤ㅅ뜰
난간과 꽃밭사이 사람발이 잘 다찌않
는곳에 그물을 처 놓앗다. 屋外療
養을 받는 젊은 사나이가 누어서
치여다 보기 바르게──

나비가 한마리 꽃밭에 날어들다 그물에
걸리엿다. 노──란 날개를 파득거려도
파득거려도 나비는 작고 감기우기만한
다. 거미가 쏜살같이가더니 끊없는실을
없는실을뽑아 나비의 온몸을 감어버
린다. 사나이는 긴 한숨을쉬엿다.

나(歲)보담 무수한 고생끝에 때를읽
고 病을 엇은 이사나이를 慰勞할말이
── 거미줄을 헝크러 버리는 것박에
慰勞의말이 없엇다.

一九四〇、十二、三、

○ 이 작품은 「病院」이 씨어진 종이의 뒷면에 씨어 있음.

2연6행·〈긴〉 위에 있던 〈근〉이 삭제되었음。
3연2행·〈사나이〉의 〈나〉는 삽입되었음。

病院

살구나무 그늘로 얼골을 가리고 病院뒷뜰에
누어 젊은女子가 흰옷아래로 하얀다리를
들어내 놓고 日光浴을 한다. 한나절이
기울도록 가슴을 알른다는 이 女子를찾어오는이
나비 한마리도없다. 슬프지도않은 살구나무가지에는
바람조차없었다.

나도모를아픔을오래참다, 처음으로 이곳에 찾어왔다,
그러나 나의 늙은의사는젊은이의病을모른다, 나안테는病
이없다고
한다, 이 지나친 試鍊, 이지나친 疲困, 나는성내서는
않된다.

女子는 자리에서 일어나 옷깃을 여미고,
花壇에서金盞花한포기를 따 가슴에꽂고,
病室로 살어진다, 나는 그
女子의健康이 ── 아니 내健康도 速히 回復되기를바라
며 그가 누엇든 자리에 누어본다.

○ 이 작품은 〈慰勞〉가 씌어진 종이의 뒷면에 씌어 있음. 제목 오른
쪽 밑에 〈病〉이 씌어 있음.

1연2행·〈하얀다리를〉과 〈들어내 놓고〉 사이에 있던 〈무럽팍 까지〉가 삭제
되었음.
3행·〈한나절이〉는 원래 〈한낯이〉.
4행·○ 〈가슴〉에 엽줄이 있었음.

2연1행·〈아픔을〉은 원래에 〈아픔에〉. 〈처음으로〉. 〈처음으로〉
음. 〈이곳에〉의 〈이곳〉은 원래 〈病院〉.
〈나도모를아픔을오래참다, 처음으로 이곳에 찾어왔다,〉는 원래 〈처
음으로 이곳에 찾어왔다,／ 나도모를아픔이오래참다.〉.
2행·〈젊은이의〉는 삽입되었음.
3행·〈이 지나친 試鍊, 이지나친 疲困〉의 〈試鍊〉은 처음에 〈放□〉, 〈疲
困〉의 순으로, 다시 〈試鍊〉으로 수정되었음. 〈疲困〉은 〈悔悟〉로
수정되었다가 다시 〈疲困〉으로 수정되었음. 〈放□〉의 〈□〉은 〈逸〉
인 듯하나 정확한 판독은 불가능함.

3연1행·3연 첫행 앞에 있던 다음 1행이 삭제되었음.

　　　花壇에서 金盞花한포기를 따 가슴에 꼽고

2행·〈가슴에꽂고〉는 원래 〈두손으로 가슴에꼽고〉. 〈꼽고〉는 원래 〈부
치고〉.
3행·〈나는〉과 〈그女子의健康이〉 사이에 있던 〈速히〉가 삭제되었음.
4행·〈내健康도〉와 〈回復되기를〉 사이에 〈速히〉가 삽입되었음.

[참고] 자선시집 『하늘과 바람과 별과 詩』에 같은 작품이 있음.
(318쪽 참조)

못자는밤、

하나、둘、셋、네
‥‥‥

밤은
많기도 하다。

흐르는 거리.

돌아와 보는밤,

세상으로부터 돌아오듯이
이제 내 좁은 房에 돌아와서
불은 끄옵니다.

불을 켜두는 것은 너무나 피롭은 일이옵니다.
그것은 낮의 延長이옵기에

박을 가만히 내다 보아야
房안과 같이 어두어
꼭 세상같은데

비를맞고오든길이 그대로·에 남어 있사옵니다.

하로의 울분을 씻을 바 없어
가만히 눈을 감으면
마음속으로 흐르는 소리, 이제,
思想이 능금처럼 저절로 익어 가옵니다.

우올드오·프랑크

美を求めれば求めるほど、生命が一仭の
價値であることを認める。何となれば美を
認めることは、生命への參與を喜んで
承認し、生命に參加することに他ならないので
あるから、

3연2행·〈延長〉의〈延〉에 고친 흔적이 있음.
4연1행· ○ 4연은 삽입되었음. 원고지 왼쪽 끝에 씌어졌으며 화살표로 삽입
표시되어 있음.
5연1행·〈그대로·에남어있사옵니다〉는 처음에〈어둠속에남어 있사옵니〉
에서〈빗속에 그대로·남어있사옵니다〉로, 다시〈그대로·에 남어있사
옵니다〉로 수정되었음.〈그대로·에 남어있사옵니다〉의〈에〉는
〈어둠속에〉의 일부로서 지워지지 않고 남은 부분으로 판단됨.
〈남어〉는 원래〈남어 남어〉。
6연1행·〈하로의〉는 삽입되었음.
3행·〈마음속으로〉위에 있던〈소〉가 삭제되었음.
4행·〈저절로〉는 삽입되었음.

【참고】자선시집『하늘과 바람과 별과 詩』에는 이 작품의 제목이〈돌아와 보
는밤〉으로 되어 있음. (317쪽 참조) 立敎大學 시절의 작품 중에
〈흐르는 거리〉라는 제목의 또 다른 작품이 있음. (346쪽 참조)

肝

바닷가 해빛 바른 바위우에
습한 肝을 펴서 말리우자,

코카사쓰山中에서 도맹해온 토끼처럼
둘러리를 빙빙 돌며 肝을 직히자.

내가 오래 기르든 여윈 독수리야!
와서 뜨더먹어라, 시름없이

너는 살지고
나는 여위여야지, 그러나,

거북이야!
다시는 竜宮의 誘惑에 않떠러진다.

푸로메디어쓰 불상한 푸로메디어쓰
불 도적한 죄로 목에 맷돌을 달고
끝없이 沈澱하는 푸로메디어쓰,

一九四一、十一、二九日、

6연 1행・행 끝의 〈푸로메디어쓰〉는 원래 〈푸로메드어쓰〉。
3행・○ 마지막 행은 원고지 왼쪽 끝 여백에 씌어졌음.

懺悔錄

파란 녹이 낀 구리 거울속에
내얼골이 남어있는것은
어느 王朝의 遺物이기에
이다지도 욕될가

나는 나의懺悔의글을 한줄에 주리자,
— 滿二十四年一個月을
무슨깁븜을바라 살아왔든가

내일이나 모레나 그어느 즐거운날에
나는 또 한줄의 懺悔錄을 써야한다.
— 그때 그 젊은나이에
웨 그런 부끄런 告白을 했든가.

밤이면 밤마다 나의거울을
손바닥으로 발바닥으로 닦어보자

그러면 어느 隕石밑으로 홀로거러가는
슬픈사람의 뒷모양이
거울속에 나타나온다.

一月二十四日.

○ 제목에 옆줄이 그어져 있음.

1연 1행 · 〈거울속에〉의 〈속〉은 삽입되었음.
4연 1행 · 〈밤마다〉는 원래 〈밤이면〉.
5연 1행 · 〈어느〉는 원래 〈어는〉.

○ 용지의 아래쪽 여백에 가로선이 그어져 있음. 그 가로선 아래 〈joy〉, 〈happy〉, 〈sentimentalism〉, 〈poetry〉, 〈poege〉, 〈poem〉 등의 영어 단어들이 씌어 있으며, 이 위에 빗살무늬 모양의 선들이 그어져 있음. 또 그 아래에 한자와 한글로 된 단어와 문장들이 왼쪽에서 오른쪽으로 다음과 같은 수서로 씌어 있음.

〈悲哀禁物〉, 〈古鏡〉, 〈古鏡〉, 〈詩란 不知道〉, 〈文學〉, 〈生活〉, 〈生存〉, 〈生〉, 〈힘〉, 〈上級〉, 〈航〉, 〈渡航〉, 〈渡〉, 〈証明〉, 〈詩人의 生涯〉, 〈落書〉

(주) 이 중 〈悲哀禁物〉에는 테두리선이, 〈古鏡〉 중 앞의 것에 옆줄을, 〈詩란? / 不知道〉는 전체에 테두리선이, 그중 〈不知道〉에 밑둘이 쳐져 있음. 〈文學〉부터 〈生活〉〈生存〉〈生〉〈힘〉〈上級〉까지 전체에 테두리선이 쳐져 있으며, 그 중 〈生〉에 테두리선이 쳐져 있음.

이 쳐져 있음.

흰그림자.

黃昏이 지터지는 길모금에서
하로종일 시드른 귀를 가만이 기우리면
땅검의 옴겨지는 발자취 소리,

발자취 소리를 들을수있도록
나는 총명했든가요.

이제 어리석게도 모든것을 깨다른다음
오래 마음 깊은속에
괴로워하든수많은 나를
하나, 둘 제고장으로 돌려보내면
거리모통이 어둠속으로
소리없이 사라지는 흰그림자,

흰그림자들
연연히 사랑하든 흰그림자들,

내 모든것을 돌려보낸뒤
허전히 뒷골목을 돌아
黃昏처럼 물드는 내방으로 돌아오면

信念이 깊은 으젓한 羊처럼
하로 종일 시름없이 풀포기나 뜯자。

四、十四、

동경유학시절 작품

「흰그림자」 이하 동경 시절의 작품 다섯 편은 모두 立教大學 용지에
씌어졌음。 용지 왼쪽 위에는 立教大學의 상징 문양과 함께
〈RIKKYO UNIVERSITY〉가 인쇄되어 있음。

사랑스런 追憶

봄이 오든 아츰, 서울 어느 쪼그만 停車場에서
希望과 사랑처럼 汽車를 기다려,

나는 푸라트·폼에 간신한 그림자를 터러트리고,
담배를 피웠다.

내 그림자는 담배연기 그림자를 날리고,
비들기 한떼가 부끄러울것도없이
나래속을 속、속、햇빛에 빛워、날었다.

汽車는 아무새로운소식도없이
나를 멀리 실어 다 주어,

봄은 다가고—— 東京郊外어느조용한下宿房
에서、옛거리에 남은나를 希望과사랑처럼
그리워한다.

오늘도 汽車는몇번이나 無意味하게지나가고,

오늘도 나는 누구를기다려 停車場가차운
언덕에서 서성거릴게다.

——아아 젊음은 오래 거기 남어있거라.

五月十三日.

흐르는 거리

으스럼이 안개가 흐른다. 거리가 흘러간다.
저 電車, 自動車, 모든 바퀴가 어디로 흘리워
가는 것일가? 定泊할 아무 港口도없이, 가련한
많은 사람들을 실고서, 안개속에 잠긴
거리는,

거리 모통이 밝은 포스트상자를 붓잡고,
서슬라면 모든것이 흐르는속에 어렴푸시 빛
나는 街路燈, 꺼지지 않는것은 무슨象徵
일까? 사랑하는동무 朴이여! 그리고金이여!
자네들은 지금 어디 있는가? 끝없이 안개가
흐르는데,

「새로운날아츰 우리 다시 情답게 손목을잡
어 보세」 몇字 적어 포스트속에 떠러트리고,
밤을 새워 기다리면 金徽章에 金단추를
삐였고 巨人처럼 찬란히 나타나는 配達夫,
아츰과 함께 즐거운 來臨,

이밤을 하욤없이 안개가 흐른다.

五月十二日.

〔拾遺作品〕유희시절 ➡ 유직품

•
346

1 연 3 행 · 〈定泊〉의 〈定〉은 〈停〉 또는 〈碇〉의 오자인 듯함.
〈가련한 | 많은 사람〉은 원래 〈가련한 | 사람〉.

쉽게 씌어진 詩

窓밖에 밤비가 속살거려
六疊房은 남의 나라,

詩人이란 슬픈 天命인줄 알면서도
한줄 詩를 적어 볼가,

땀내와 사랑내 포근히 품긴
보내주신 學費封套를 받어

大學노―트를 끼고
늙은 敎授의 講義 들으려 간다.

생각해 보면 어린때 동무를
하나, 둘, 죄다 잃어버리고

나는 무얼 바라
나는 다만, 홀로 沈澱하는것일가?

人生은 살기 어렵다는데
詩가 이렇게 쉽게 씌워지는것은
부끄러운 일이다.

六疊房은 남의 나라.
窓밖에 밤비가 속살거리는데,

등불을 밝혀 어둠을 조곰 내몰고,
時代처럼 올 아츰을 기다리는 最後의 나,

나는 나에게 적은 손을 내밀어
눈물과 慰安으로 잡는 最初의 握手。

一九四二、六、三、

2연2행·〈한줄〉 위에 다른 글자의 흔적이 있음.
3연1행·〈땀〉 아래에 다른 글자의 흔적이 있음.
　2행·〈사랑내〉는 원래 〈사랑내가〉.
7연3행·〈보내주신〉 위에 다른 글자의 흔적이 있음.
8연2행·〈부끄러운〉 위에 다른 글자의 흔적이 있음.
9연1행·〈窓밖에 밤비가 속살거리는데〉는 용지의 왼쪽 끝 여백에 씌어졌음.
　2행·○〈내몰고〉는 원래 〈내몰아〉.

봄,

봄이 血管 속에 시내처럼 흘러

돌, 돌, 시내가차운 언덕에
개나리, 진달래, 노—란 배추꽃,

三冬을 참어온 나는
풀포기 처럼 피여난다.

즐거운 종달새야
어느 이랑에서나 즐거웁게 솟처라.

푸르른 하늘은
아른, 아른, 높기도 한데……

* 이 작품은 「한그림자」, 「사랑스런追憶」, 「흐르는거리」, 「쉽게씨워
진詩」와 함께 윤동주가 서울에 있는 벗에게 편지와 함께 보낸 것인
데, 그 벗이 편지를 폐기할 때에 이 작품의 끝부분도 같이 폐기하였
다고 함. (『하늘과 바람과 별과 詩』, 정음사, 1984년, 60쪽)

4연1행·〈푸르른〉은 원래 〈푸르는〉.

이 책자를 발간하면서, 읽는 분들의 이해를 돕기 위해 참고가 될 만한 사항들을 여기에다 기록해 보려 한다. 어찌 보면, 귀중하게 간직해 오던 보물들을 세상에 펼쳐 보이면서 그에 얽힌 사연들을 털어 놓는 것이라 할 수도 있다. 주로 우리 가족사를 중심으로 이야기가 진행될 수밖에 없을 것 같다.

우선, 큰아버지이신 시인의 생전 얘기는 여기서 언급할 필요가 없을 것으로 여겨진다. 필자가 태어나기 11년 7개월이나 전에 그분은 세상을 뜨셨고, 그분의 생전 모습을 직접 보지 못했고, 그에 대한 증언은 지금까지 여러 분들을 통해 여러 매체로 모두 세상에 알려졌기 때문에 여기서 굳이 다시 다루지 않아도 될 것이다.

필자는 어려서부터 여기에 공개되는 큰아버지의 자필 원고와 그분이 보셨던 책들이 아버지 책상 서랍과 궤짝 속에 있는 것을 보면서 자랐다. 어릴 땐 그저 색바랜 원고 뭉치라고만 생각했는데, 철이 들면서 이것이 역사 물건이 아니고 대단히 소중한 것임을 알게 되었다. 상급 학교로 진학하면서 극어 교과서에 큰아버지의 작품이 실려 있으며, 그 자필 원고가 우리집에 있다는 게 자랑스러웠다.

이제부터 큰아버지의 자필 원고와 소장도서들을 우리 집에서 보관하게 된 과정을 이야기해야겠다. 가족이기 때문에 유품을 보관한다는, 당연할 것 같은 일도 그 사연을 캐어보면, 우리 민족의 근대사와 뗄래야 뗄 수 없는 관련을 가지고 있다.

필자의 아버지대에는 형제분이 네 분 계셨다. 東柱(동주), 惠媛(혜원), 一柱(일주), 光柱(광주), 3남 1녀이셨

다. 필자의 아버지는 차남인 一柱(전 성균관대학교 건축공학과 교수, 1985년 별세)이시다. 혜원 고모님은 현재 74세로, 호주 시드니에 거주하고 계신다. 그리고 막내 광주 숙부님은 고향 용정에 남아서 노부모님을 모시고 계시다 1960년대 초에 돌아가셨다.

우리 가족과 유품에 얽힌 사연은 다음과 같다.

현재 우리들이 보관하고 있는 자필 원고와 유품은 몇 가지로 분류할 수가 있는데, ① 『나의 習作期의 詩 아닌 詩』 ② 『窓』 ③ 산문모음 ④ 자선시집 『하늘과 바람과 별과 詩』 ⑤ 낱장에 적혀 있는 작품(일본 유학 이전 작품) ⑥ 습작기 시절의 작품 ⑦ 스크랩북(당시의 신문에 게재된 문학에 관한 작품이나 평론, 그리고 자신의 발표작을 모아두었음) ⑧ 백석 시집 『사슴』을 원고지 노트에 필사한 것 ⑨ 생전에 구입, 구독하였던 서책들 ⑩ 연희전문학교 졸업앨범 ⑪ 연희전문학교 버클을 같은 것이다. 이 책에 수록하는 것은 ① 부터 ⑨ 에 해당하는 것들이다.

이중 가장 중요한 것은 ④ 자선시집 『하늘과 바람과 별과 詩』라 할 수 있다. 이것은 이미 알려진 대로, 시인이 연희전문학교 졸업반 때 졸업 기념으로 시집을 발간하려다가 당시의 시국에 비추어 발간 후에 어려움을 겪을 만한 내용의 작품들이어서 주위의 만류로 뜻을 이루지 못하고, 스스로 19편의 작품을 골라서 자필로 3부 작성하여 본인이 1부 가지고, 은사 이양하 교수께, 그리고 연희전문학교 문학과 교수, 1982년 작고)에게 증정하였던 것 중에서 정병욱 교수가 소장하고 있던 것이다. 자신의 소장본은 일본 교토에서 체포될 당시까지 지니고 있었을 것으로 짐작되나 재판, 복역, 옥사의 과정을 거치면서 찾을 길이 없어졌을 것이고, 이양하 교수에게 드린 것도 창을 길이 없긴 마

찬가지다. 그런데 정병욱 교수에게 증정한 것이 오늘날까지 남아 시집 출간의 귀중한 토대가 되었다.

1943년, 태평양 전쟁이 막바지에 다다르면서 정병욱 교수도 학병으로 징병되어 전선으로 나가게 되었다. 전장으로 나가기 전, 부친의 사업차 고향 하동으로부터 옮겨와 일가가 생활하던 섬진강변 전남 광양군 진월면 망덕리에 들른 그는 어머니께 자신의 물건들과 함께 큰아버지로부터 받은 『하늘과 바람과 별과 詩』를 맡기면서, 특별히 「일본사람들에게 발각되지 않게 잘 보관하시고, 혹시 전장에서 죽고 못 돌아오거든 해방을 기다렸다가 연희전문학교에 가지고 가서 여러 선생님들께 보여드리고 발간을 상의하시라」고 신신당부하셨다 한다. 그사이 1945년 2월 16일, 큰아버지는 일본 후쿠오카에서 옥사하셨고, 광복 후 정병욱 교수는 생환하여 유고집 발간을 계획하셨다.

한편, 필자의 아버지도 1946년 6월, 고향 용정을 떠나 서울로 오시게 되었다. 서울에 도착하자마자 정병욱 교수를 찾아갔고, 1947년 2월 16일 2주기 추모 모임 자리에서 시집 발간을 구체적으로 추진하기로 하였다. 그리고 두 분은 자선시집과 이미 발표된 작품, 그리고 친지들이 보관하고 있던 원고들을 토대로 1948년 2월, 정음사를 통하여 초판을 발간하였다. 그리고 서울에 있는 자료와 원고만으로는 부족하다고 느낀 아버지는 고향에 있는 가족들에게 서울로 나오는 식구가 있으면 큰아버지의 유고, 유품들을 가지고 올 것을 부탁하였고, 1947년 12월, 갓 결혼하신 혜원 고모 내외분이 원고 노트①②와 가족 사진첩 등을 가지고 고향을 떠났다. 기독교 신도인 가족들이, 교회를 탄압하는 공산치하가 되어가는 고향에서는 지내기가 어려워, 신앙의 자유가 있는 남한으로 향해 청진에서 8개월, 원산에서 6개월 동안 생활을 하신 후에 1948년 12월 연천을 거쳐 38선을 넘으셨다. 이렇게 서울로 옮겨온 원고들 중에서 선별된 작품들

이 추가되어 1955년 2월에 『하늘과 바람과 별과 詩』 증보판이 발행되었었다. 그런데 고모님이 가지고 오시던 자료 중, 사진첩은 서울까지 오지 못하였다. 당시 북한에서는 남쪽으로 옮겨가는 사람은 물론, 정착하지 못하고 지역을 이동하는 사람들에 대한 단속이 심해지던 때라, 원고 뭉치들이야 집 속에 적당히 우겨 넣는다 하더라도 부피가 큰 사진첩은 어찌할 도리가 없어 오히려 고향집으로 돌려보내는 것이 나을 것이라는 생각에 함경남도 원산에서 만난 고향 친지에게 맡기고 원고류만 가지고 먼저 월남하셨다고 한다. 고향 친지분은 가족을 고모님 가족과 함께 먼저 월남하도록 부탁하고, 함경북도 남양에 남아 계신 그분의 부모님과 큰딸을 데리러 가는 길이었다. 이때는 남북한 각각의 정부가 수립되면서 정황(政況)이 불안해졌고, 특히 북에서는 월남하는 사람들의 단속이 심해지던 때였다. 이분이 북쪽으로 가는 기차를 타고 두만강변 남양 못 미쳐 산중의 터널에 다다랐을 때, 때마침 열차 안에서 공안원들의 짐 검색이 벌어졌다 한다. 이분은 이 사진첩이 발각되면 혹시 겪게 될 고초를 염려하여 열차 화장실로 몰래 가서 달리는 차창 밖으로 버렸다고 한다. 그때 상황이 긴박하고 위험하여 어쩔 수 없었겠으나, 큰아버지의 사진이 몇 장 남아 있지 않은데, 만약 이 앨범이 온전히 우리 가족한테 전해졌다면, 큰아버지의 더 많은 생전 모습과 고향 모습을 볼 수 있었을 텐데 하는 아쉬움과 함께, 철길가에 나뒹굴다 6·25 전란과 오랜 세월에 찢겨졌을지, 흙 속에 묻혔을지, 그분의 넋이 그곳에도 머물러 계시지나 않을지 하는 안타까운 생각도 든다.

그 외의 원고들은, 친우분들이 보관하고 계신 것을 수집하였다. 원고들은 이렇게 친우분들이 한데 모을 수가 있었고, 큰아버지가 보시던 서책들을 보관하고 계시던 분들이 돌려주셔서, 총42권이 보관되어 있다. 책마다 큰아버지의 서명과 구입처, 메모, 날짜 같은 여러 가지 기록들이 있어 재미있는

자료라 여겨진다. 그리고 1976년 여름, 외솔회 발행 《나라사랑》 제23호를 통하여 2간 발표되지 않았던 작품들 중에서 본인이 지우거나, ×표 등이 붙어 있는 것을 제외하고 전작품을 공개하였고, 이어서 정음사에서 이들을 수록한 『하늘과 바람과 별과 詩』 제3판이 발행되었다. 이렇게 인쇄되어 세상의 빛을 본 작품들은 많은 사람들에게 알려지기 시작하였다. 여기에서 한 가지 분명히 해야 할 것이 있는데, 초판, 중판 그리고 삼판(1976년)의 시집 모두 원본에 충실하게 편집되었으나, 맞춤법과 사투리 같은 것은 아버지와 정병욱 교수가 숙의하여 손을 보셨다. 이는 시집에서도 밝혔고, 이에 대한 여구도 몇 편 있는 것으로 안다.

이 시집의 탄생과 함께 필자의 형제들도 비슷한 운명을 가지고 태어났다. 즉, 큰아버지의 자필 원고를 보관하고 시집을 편집했던 정병욱 교수가 2의 여동생과 시인의 동생(윤일주 교수—당시 해군 장교)의 후인이하도록 다리를 놓았고, 그 사이에서 우리 형제들이 태어났으니 이 땅의 가장 북쪽 하고도 두만강 건너 사람과 가장 남쪽 마을지리산 자락 하동 사람이 만나게 된 것도 시인으로 인함이며, 그 어느 편의 고향도 아닌 서울에서 만나게 된 것은 신앙의 자유를 위해 가족들이 월남하였기에 이루어질 수 있었던 것이다. 이 시대를 사는 우리 민족 중에 한국근대사와 관계없이 흘러오지 않은 사람이 있을까마는, 아무리 생각해도 우리의 가족사는 민족사와 특별하게 깊이 관련 지어져 있다는 생각이 든다.

이렇게 작품이 세상에 알려진 뒤, 몇 분이 자필 원고의 원본을 보려고 접근을 시도하였고, 또 어떤 분은 한 장이라도 고가에 구입하겠다고 골동품 수집가의 안목으로 타진해 오는 분도 있었다. 그러던 중, 몇 편인가의 텔레비전 다큐멘터리 프로그램에 자필 원고가 영상으로 소개되기도 하였다.

하지만 문학 연구자로서 원본을 연구 자료로 접근해 오신 분은 한 분도 없었다. 위에서 언급했듯이 아버지와 정병욱 교수에 의해 매만쳐진 시집에만 의존한 연구서들이 발표되고 있는 것이었다. 윤동주에 대해선 이상 연구할 것이 없었다는 분이 있기도 했다.

그러던 중, 이제부터 얘기하는 분들에 의해 유족으로 하여금 이 자필 원고를 세상에 공개하도록 하는 일이 생겼다.

우선 일본 와세다 대학의 오오무라 마스오(大村益夫) 교수 내외분이다. 1984년에 동경대학에서 연구중이시던 아버지는 오오무라 교수가 중국 연변대학에서 1년간 연구생활을 하시게 됐다는 소식을 접하고, 큰아버지 묘소의 위치가 표시된 간단한 약도를 건네드리며 묘소를 꼭 찾아봐 달라는 부탁을 드림으로써 2분과의 인연은 시작되었다. 그분은 연변대학에 도착하자 제일 먼저 윤동주 묘소를 찾는 일부터 시작하여 여러 가지 난관은 있었으나, 연변대학 선생님들의 도움을 받아 마침내 1985년 5월, 40년 전에 세워진 대로 온전히 남아 있는 (방치되어 있었다 함이 적당한 표현일 것이다) 윤동주 묘소를 발견하였다. 아버지는 그해 가을쯤 오오무라 교수가 보내주신 묘비의 탁본과 사진을 받아보셨고, 감사의 뜻도 전하지 못한 채 11월 28일 지병으로 세상을 뜨셨다.

아버지가 돌아가신 후, 본인이 오오무라 교수와 만남을 계속하였으며, 1987년 여름, 오오무라 교수 내외가 서울에 오실 일이 있어 우리집에 들르셨을 때 2분의 요청으로 우리 가족은 큰아버지의 자필 원고를 보여드렸다. 이때 어머니는, 오오무라 선생님이 학자로서는 처음으로 친필 원고를 직접 보시는 분이시며, 혹시 이에 대한 글을 발표하시더라도 한국인 학자가 발표한 후에 행하여 주실 것을 정중히 요구하셨다. 이는 그때까지 한국인 학자가 원본을 접한 적이 없었으며, 일본인 학자가 먼저 연구하고 이에 관한 글을 발표하는 일이 생기지 않도록 하는 것이 유족으로서 가지는 간절한 바람이었기 때문이었다. 이 점을 오오무라 선생님은 충분히 이해하시고, 오랜 세월 동안 인내해 주셨다. 그러고는 우리 가족을 만날 때마다 귀중한 자료를 잘 보관하고, 여러 가지 방법으로 복사해 놓으라 하셨다. 지금 생각해 보면, 이는 원본 연구에서 머무르셔야 하는데 유족과 약속한 것이 있어, 판본 연구에 관한 연구를 계속하셨다. 그러면서 하지만 우리는 아직 그 뜻을 눈치채지 못했고, 오직 하루 빨리 원본에 접근하여 구체적인 연구를 할 한국인 연구자가 나타나기를 기다리고 있었다. 그러던 중 1996년 초, 드디어 원본에 접근해 보고 싶다는 분이 나타났다. 단국대학교 일문과의 왕신영 교수로, 한·일 비교문학을 전공하고 계신 분이었다. 1930년대에 활동한 한국과 일본의 시인들에 대해 연구하려 하는데, 큰아버지의 원고 원본을 볼 수 있는지를 문의해 오셨다. 이로써 왕 선생님과 원본의 만남은 시작되었고, 작품 원고와 소장 도서들의 메모까지 연구 대상이라시며 1996년 여름 방학 내내 필사 작업을 하셨다. 왕 선생님께 하루하루 원본 자료를 꺼내 드리던 어느 날, 필자와 가족들에게 이 원본 자료를 보는 다른 눈을 가질 수 있는 기회가 왔다. 어느 날, 왕 선생님이 타치하라 미치조(立原道造)의 전집을 비롯한 일본 작가들의 작품 원고 원본에 대한 해설서, 전집류를 보여주시면서 유럽을 비롯하여 문학 연구가 심도 있게 이루어지는 나라에서는 이러한 연구가 일반화되어 있는데 큰아버지의 원고들도 이렇게 세상에 공개하면 어떻겠는가 하는 것이었다. 그리고 사실은 왕 선생님 자신은 한국문학 전공이 아니어서, 또 200편이 넘는 윤동주 관련 논

문이 발표되었다기에 당연히 원본에 접근한 논문이 있을 것으로 생각했는데 그렇지 못하고, 또 자신이 한국인 학자로서 원본에 접근하는 첫 사람이라는 사실에 놀랐으며 전집 발간을 원해 보고 싶다는 것만으로도 사실, 유족으로서는 귀중한 것을 보관하고 있다는 것이기가 가슴 벅차고, 때로는 혹시 손상이라도 생기면 어떻게 할 것인가 하는 두려움마저 드는 정도의 마음가짐이었지, 문학 연구가 앞선 나라처럼 시시콜콜 원고지 낱낱이 상태와 잉크의 색깔, 수정·교정한 사항까지 낱낱이 세상에 공개하는 것은 생각지 못했는데, 이는 소중한 물건을 대하는 눈을 바꾸는 계기가 되었다. 이리하여 이 일에 관심을 가지고 계시던 오오무라 교수님과 왕 교수님, 우리 가족의 만남이 이루어졌고, 전집 발간 작업을 시작하자는 데 뜻을 모으고 일을 시작하였다. 96년 여름 방학, 겨울 방학, 97년 여름 방학, 98년은 연구년으로 이 일을 위하여 오오무라 교수님 내외분은 한 달 이상씩 한국에 머무르셨고, 그 숙소를 작업장으로 제공하셨다.

이 일을 시작하면서 연구진 구성에 대하여 오오무라 교수님이 조언을 하셨다. 이 작업의 연구진은 오오무라 선생님과 왕 선생님, 그리고 유족이 자료 제공자로서 참여하게 되겠는데, 정작 한국문학 전공자는 없다는 것이었다. 한국문학 연구자도 여러분이 계시지만, 그중에서도 이러한 서지학적 방면의 연구 경험이 많은 심원섭 선생님을 추천해 주셨다. 심 선생님은 일찍이 문학작품의 원본에 대한 연구를 시작하여 『원본 이육사 전집』을 비롯하여 이 방면의 깊은 연구와 저서로 연세대학에서 박사 학위를 받으신 분이었다. 이렇게 해서 심 선생님이 동참하시게 되었다.

연구의 첫 단계 때만 해도, 이처럼 생겨날 불법 사진판으로 것까지는 생각지 못했다. 혹시 생겨날 불법 복사와 같은 바람직하지 못한 사태들을 우려하여 원본을 사진판으로

공개하는 것은 피하고, 원고의 상태를 글로 상세히 묘사하는 방법을 택하였다. 그래서 왕 선생님의 초안 작업을 토대로 원고 상태 묘사 작업이 시작되었다.

1단계 작업이 마무리된 상태에서 원본이 사진판으로 공개되지 않고는 그 작업이 여간 어려운 일이 아니며, 또 글로만 묘사된 자료로는 읽는 사람들로 하여금 그릇된 이해를 다시 할 수 있게 하는 위험도 있다는 것을 깨닫게 되었다.

이에 다시 연수진으로 유족, 특히 필자의 어머니를 설득하기 시작했다. 그때까지 어머니는 사진판으로 출판하는 것을 탐탁하게 여기지 않으셨다. 역시 오랜 세월 동안 간직해 오셨던 것을 세상에 날날이 내어 놓는다는 것결심을 아직 못하셨고, 사진판은 10년 후에나 생각해 보시겠다는 것이었다. 하지만, 지금 사진판으로 공개하지 않으면 그때 가서 누군가가 이렇게 해설하는 수고를 다시 해야 하며, 또 그때까지 원본이 훼손되지 않은 채 무사히 보존되어 있을는지 아무도 장담할 수 없는 것 아닌가 하는 것을 주된 사유로 설득하여, 끝내 어머니로부터 허락을 받아내었다. 여기에는 1997년 1월쯤 일본에서 발간된 바쇼오(芭蕉)의 사진판 전집 『奥の細道』를 오오무라 고수님이 가져와 보여주신 것이 유족들의 이해와 결단에 도움이 되었다.

사실, 어머니는 당시 중학생 시절이었던 일제 말기, 집안의 귀중품, 형제들의 혼례 때 필요한 혼수품 같은 것과 함께 고향집 마루 밑 항아리 속에 숨겨져 있던 큰아버지의 원고를 가슴 졸이며 보아왔고, 결혼 후 함께 안방 김숙이 귀중하게 보관해 왔던 터라 세상에 공개한다는 것이 참으로 어려웠으리라 생각하신다. 더구나 아버지가 돌아가신 다음에는 아버지를 대신하여 이 〈보물〉들을 〈책임진다〉는 것이 어머니로 하여금 결정을 더욱 어렵게 했을지도 모르겠다. 광복 후 여학교 시절 오빠인 정병욱 교수로부터 국어 과목을 수강하던 때, 아직 윤동주가 누구인지 잘 모르던 시절, 그 자필 원고들을 가지고 와서 수업 도중에 한 편씩 낭독해 주다 원고로 얼굴을 가리고, 목이 메어 계속 읽지 못한 채, 교실 창가로 가서 먼 산을 쳐다 보며 눈물을 닦는 오빠의 모습을 기억하고 계시는 어머니는 마치 오래된 친구를 먼 길 보내는 심정으로 원고 공개를 결심하셨으리라.

시고의 원본이 사진판으로 수록된다는 것은 시고에 대한 주를 다는 편자들로 하여금 작업을 훨씬 수월하고 마음 가볍게 진행할 수 있게 하였다. 우선 원고의 상태, 탈고 과정은 독자들이 직접 보고 확인할 수 있게 됐으므로, 이에 가장 기본적인 도움만 편자들이 제공하면 되는 것이었다. 하지만 이것도 그리 간단한 일은 아니어서 쉼표, 마침표, 글자 고친 것 하나하나에 네 사람이 머리를 맞대고 돋보기로 들여다 보며, 원고지를 불빛에 비추어 보며 확인, 토의, 합의하는 절차를 거쳤다. 그러면서 마치 보물찾기에서 밝혀내고 알아낼 때마다 손뼉을 치며 새로운 사실을 쪽지를 찾아낸 아이들처럼 좋아하였다. 이 일을 하는 동안 우리 나라에서 이러한 자료가 왜 못 나오는지 그 이유를 어렴풋이는 알 수 있을 것 같았다. 우선은 작가의 자필 원고가 고스란히 보관되는 것이 그리 쉬운 일은 아니라는 것, 즉 생전에 작품이 활자화되었다면 원고는 인쇄소 같은 곳에서 없어지거나, 본인도 잘 챙기지 않았을 것이라는 것이다.(그래서 외국의 경우에는 교정지에 기록된 것을 자료로 하는 경우도 볼 수 있었다.) 또 하나는 짧은 시가 대부분인 150편을 정리하는 데도 이렇게 힘든데 다작의 작가 경우에는 그 편저자 구성에서부터 수집, 분석, 정리가 여간 어려운 일이 아니겠다는 생각이 들었다. 어쨌든 이렇게 하여 원고에 대한 주석 작업은 20세기 말, 고도로 발달된 문명의 이기인 컴퓨터를 이용하여 사고, 한편에서는 사진판 작업을 하여야 하였다. 20세기

진판을 뜨는 일을 하였다. 이 일을 하는 데도 큰아버지와 외숙부 정병욱 교수의 인연은 영원한 것이어서 스캐닝 작업을 맡아주신 곳이 바로 외숙부의 10주기 추모문집 『백영 정병욱의 인간과 학문(신구문화사)』에 실린 화보의 사진을 담당한 곳이었다. 여기를 소개한 분이 백영 선생의 장남인 정한섭님이었다.

1997년 가을, 편지들의 원고가 대략 마무리되어 이 책을 펴낼 곳을 찾다가 아버지가 생전에 저서를 내시면서 인연이 있었던 민음사의 박맹호 사장님께 전후 사정을 설명하는 편지를 띄워 출판을 의뢰하였다. 사장님은 흔쾌히 받아주셨고, 경제 불황에, 특히 출판업계에 어려움이 닥쳐오는데도 불구하고 편지들의 욕심을 요구 또한 모두 받아주셨다. 20세기 말 가로쓰기 전용시대에 나오는 세로쓰기 조판, 사진 조판, 까다로운 원문의 문장 기호, 한자, 철자법 모두 원문에 충실한 것이 되도록 편집실에서 애써주셨다.

여러 가지 어려운 일들도 많았지만, 이렇게 하여 큰아버지의 시고들이 모두 세상 빛을 보게 되었다. 이 일을 과연 큰아버지가 좋아하시는 것일까 하는 생각이 가끔 들기도 하였다. 그리고 매일매일 큰아버지와 대화하는 기분으로 원고지 위에 큰아버지의 모습을 모셔놓고 일하는 기분이기도 하다. 하늘나라에서 뵙게 되면 괜찮은 일을 했다고 꾸짖으실 것 같기도 하다. 하지만 이 땅의 문학사 중 어느 한 대목에서 조카가 저질러놓은 일을 어떻게 생각하실지는 잘 모르겠다. 하늘나라에 계신 분이라면, 이러한 정도의 자료가 영구히 제공되어야 한다는 것이, 분야는 다르지만, 왕신영 선생, 오오무라 선생과의 만남 이후 역사를 공부하는 사람으로 가지게 된 생각과 아니라는, 또 하나는 큰아버지의 유품이 이제는 유가족만의 것이 아니라는 생각을 하였다. 큰아버지에 관한 일을 하면서 항상 놀라운 경험을 하였

다. 그분은 이 세상에 안 계시지만, 그의 시는 많은 사람들에게 영향을 주었고, 생전에는 그를 몰랐던 사람들이 지구 곳곳에서 그를 알게 되었고, 그를 사랑하며 귀한 일들을 펼치는 것을 볼 수가 있었다. 기독교의 초대 교회 모습이 이러했으리라 짐작해 본다.

를 세상에 알리는 것, 더 나아가 중고등학교 국어 교과서에 그 시들이 실릴 수 있게 노력하셔서 우리 나라의 청소년들이 애송하는 시가 된 것은 정병욱 교수의 노력이었다. 그분의 호까지 큰아버지의 시 「흰 그림자」에서 따 「白影」이라 하셨으니…… 두 분의 우정과 사랑은 대대로 남아 기릴 만한 것이라 여겨진다. 큰아버지의 사망 통보를 받고, 永錫(영석) 할아버님과 永春(영춘) 할아버님은 당시 전쟁으로 위험하기 그지없던 현해탄을 건너 시신을 수습, 당시 화장하고 유골을 고향으로 옮기셨다. 특히 영춘 할아버님은 큰아버지의 당숙으로, 수감중 면회를 다녀오신 몇 안 되는 분 중의 한 분이며 광복 후 서울고등학교 교사로서, 후에는 경희대 교수로 계시면서 큰아버지의 유고, 유품을 찾는 일과 시집 발간 때에 힘쓰셨다. 그리고 아버지는 초대 교회의 바울과도 같은 분이셨다. 형님을 기리는 일에는 재직하고 계시던 직장(해군 시설장교 생활, 부산대, 동국대, 서울유관대 건축공학과)일보다도 더 열심이셨다. 시고, 원본의 원고지 귀퉁이에 있는 연필 메모는 아버지의 것인데, 아마도 『하늘과 바람과 별과 詩』 편집 때 편의를 위해 기입하셨던 것 같다. 그리고 원고지의 매장마다 인쇄소의 식자공들과 아버지의 손때가 골고루 묻어 있다. 복사기가 없던 시절 아버지가 얼마나 이 원고들을 매만지며 형님을 생각하였을까 짐작할 수 있다. 오빠의 시고를 들고 위험을 무릅쓰고 3·8선을 넘으신 고모님 내외, 그리고 성함을 다 들지는 못하겠지만, 찾고 계시던 큰아버지 소유의 책, 앉은뱅이 책상, 시작 원고들을 아버지에게

돌려주신 많은 분들의 은혜를 잊을 수 없다. 어디에 누가 큰아버지 유품을 갖고 있더라는 소식을 접하면 아버지는 배낭을 메고 찾아 나서셨고, 많은 분들이 되돌려주셔서 시집이 출간될 수 있었으며, 42권의 소장 도서를 모을 수 있었다. 특히 소장 도서들은 6·25 때 사과 궤짝에 넣어 서울 회현동의 친척집 마루 밑에 숨겨놓고 피난을 다녀왔는데, 물기 때문에 약간의 훼손이 있었다 한다.

1980년대부터는 한국과 한국말을 배우는 외국인들이 큰아버지의 시를 접하게 되고, 그들의 언어로 번역하는 모습을 볼 수가 있었다. 외국어로는 영어(1988년), 일어(1984년, 1998년), 불어(1988년, 1997년), 체코어(1996년), 중국어(1996년)로 번역, 출판되어 있다. 이렇게 많은 분들의 애정과 노력으로 모을 수 있었던 귀한 자료를 유족들이 보관만 하고 있다는 것은 그다지 잘하는 일이라 여겨지지 않았다. 이렇게 세상에 내어놓고 많은 분들이 같이 볼 수 있게 하는 것도 그분들에게 보답하는 일이라는 생각이 들었다. 원본은 자꾸 훼손되어 가니 전문기관에 맡기어 상태로 보존토록 할 예정이다. 혹자들은 시고를 모두 연구 자료로 내어놓다 보니 이번에 최초로 공개되는 8편의 작품에 관심을 가지는 모양이지만 작품 몇 점 새로 내어놓는 것이 우리들의 목적이 아니었다. 1차 자료에 쉽게 접근할 수 있는 기회를 연구자 여러분들께 제공해 드리는 것이니 부디 깊이 있는 연구를 해주시기 바라는 것이며, 다른 작가분들의 자료들도 이러한 형태로 엮여 나와서 이 땅의 연구 풍토에 한 단계 나은 발전이 올 수 있기를 바라는 바이다.

이 책이 나오기까지 한편의 연구 기금도 없이 서로 믿고 의지하며 원고 작성에 같이 고생하셨던 오오무라 선생님 내외분, 왕신영 선생님, 심원섭 선생님, 그리고 사진판 작업에 도움을 주신 신우문화사의 이학봉 사장님, 최상현 차장님, 그리고 가장 어려운 시기에 망설임 없이 출판을 말아주신 민음사의 박맹호 사장님, 편집부와 미술부, 전산실 여러분들께 감사의 인사를 드린다.

아울러 이 책을 엮는 것을 곁에서 지켜봐 주신 어머니와 고모님 내외분께 감사드리며, 큰아버지, 아버지, 외숙부, 영춘 할아버지, 그리고 원고와 유품들을 갖고 계시다 돌려주신 모든 분들의 영전(모두 고인이 되셨다)에 이 책을 바친다.

1999년 2월
유가족 대표 윤인석

증보판 후기

1999년 3월에 큰아버지의 문학적 유품 모두를 수록한 『사진판 윤동주 자필시 고전집』이 출판된 후, 많은 분들이 관심을 가져주셨다. 나라 경제의 어려움과 디지털화되어 가는 출판 문화계의 변화로 인해 이 책이 여러분들의 관심 밖으로 밀려나는 것 아닌가 염려도 많이 되었으나, 문학 연구의 관심이 원전 연구로 옮아갈 수 있는가 하는 성을 볼 수 있어서 안심이 되었고 보람도 느낄 수 있었다. 이 모두 큰아버지와 그의 시를 아끼는 많은 분의 관심과 사랑으로 이루어진 일이라 생각하고 감사드리지 않을 수 없다.

2년 전, 이 책을 통하여 유품을 세상에 공개하면서, 이 세상 어딘가에 있을 다른 유품과 원고들이 관심 있는 분들의 눈에 띄어서 빛을 볼 수 있게 되기를 기대하였다. 그러던 중 2000년 8월 15일 KBS TV 뉴스를 통해서, 그해 7월 유고시집을 펴낸 심련수 선생의 동생인 심호수 씨가 큰아버지의 스크랩북을 갖고 계신다는 소식을 접하게 되었고 마침 용정에 다니러 가셨던 고모님 내외분(오형범, 윤형원)께 찾아보실 것을 부탁드렸다. 한 달 후, 서울에 들르신 고모님 내외분으로부터 스크랩북의 복사본을 전해 받았다. 어느 신문인지는 모르겠으나 문학 관련 기사와 평론들을 오려서 붙여 놓은 스크랩북 세 권이었다. 그리고 우리 유족들은 전혀 알지 못하는 그분의 댁에서 보관되어 온 사연을 들을 수 있었다.

沈連洙(1918년생, 1945년 8월 초 작고) 선생에게는 湖洙(1924년생, 용정시 거주), 海洙(1930년대 초반 출생, 생존 여부 미상) 등의 형제분이 계셨는데 —— 다른 형제분이 더 계셨는지는 잘 모르겠으나 이 유품과 관련 있는 사람은 세 분 —— 우리 집안의 光柱 숙부와 海洙 씨가 광복 후에 은진중학교를 같이 다닌 동기였다고 한다. 서로 문학에 관심이 깊어 문학 수업을 했던 형님들의 유품을 교환해 보았고 그중 일부가 오늘날까지 남아 있었던 것이다. 1962년에 광주 숙부는 작고하셨고, 그후 되는 글이 있어 그곳에서 투옥되었고 아직 생사를 모르고 십해수 씨는 북한에 들어가 활동하면서 글을 썼는데 문제 있다고 한다. 고모님은 스크랩북의 결장이 심하게 훼손되어 있었지만 옛날 고향집에서 오빠가 열심히 스크랩하여 만들어 놓았던 것들과 꼭 같았다고 하셨다. 심호수 씨와 고모님의 증언, 그리고 몇 군데 씌어 있는 필적 등으로 큰아버지 유품임에 틀림없다는 확신을 가질 수 있었다. 고모님 내외분이 이 유품을 돌려줄 의향이 없는지 여쭈어 보았는데, 그분은 자신의 것이 아니고 동생의 생사를 확인한 후 결정하겠다고 하신다. 우리 유족들은, 문화혁명의 어려운 시기에도 위험을 무릅쓰고 보관해 오신 그 노고와 마음 씀씀이 충분히 이해할 수 있으며, 복사할 수 있게 허락해 주셔서 대단히 고맙게 생각하고 있다.

이렇게 입수된 복사 자료를 이 책의 엮은이들과 관심을 갖고 계신 연구자들에게 2001년 1월초에 제공해 드렸는데 오오무라 마스오 교수가 게재지와 날짜를 조사해 알려주셨다. 1938년과 1939년에 걸쳐 조선일보에 게재된 문학 평론과 수필이었음을 알게 되었다. 큰아버지의 문학 수업에 대한 연구의 한 단편이 될 수 있으리라는 생각에 이 내용을 증보할 것을 민음사 박맹호 사장님께 부탁드렸는데 흔쾌히 응해 주셨다. 감사를 드린다. 이번 일로 이처럼 어렵게 보관되어 있거나 물혀 있는 큰아버지의 유고와 유품, 관련 자료들이 어딘가에 있을 것만 같은 기대가 더욱 커지고 있다. 모쪼록 증보된 내용이 많은 분들에게 좋은 자료가 되기를 바랄 뿐이다.

2001년 9월
유가족 대표 윤인석

부록

소장 도서 목록
*구입 순으로 정리하였음

번호	저자/편자	도서명	역자	출판사	출판연월일 (초, 재)	서명 (구입시기)	구입처	미고
1	鄭芝溶	鄭芝溶詩集		詩文學社	昭10.10.27	東柱藏書 1936.3.19		
2	金永郎	永郎詩集		詩文學社	昭10.11.5	東柱藏書 NO.28		
3	吳熙秉 編	乙亥名詩選集		漢城圖書株式會社	昭11.3.27	1937.10.15 동구지서 NO.26 1937		
4	吳章煥	獻詞		南蠻書房	昭14.7.20	尹東柱 1939.10.5		
5	徐廷柱	花蛇集		南蠻書房	昭16.2.10	東柱 1941.2		
6	鄭芝溶	白鹿譚		文章社	昭16.9.15	東柱 1941.10.6		
7	張萬榮	祝祭		人文社	昭14.11.30	東柱 1942.2		
8	辛夕汀	春		人文社	昭14.11.28	東柱 1942.2		有吉書店

연번	저자/역자	도서명	역자	출판사	출판연월일 (초, 쇄)	서명 (구입시기)	구입처	비고
9	詩文學社 編	朴龍喆全集 第一卷 詩集		東光堂書店	昭14.5.5	東柱 1942.2		
10	白 石	白石詩集 사슴			昭11.			1937.8.5. 필사

※ 일부 도서

연번	저자/역자	도서명	역자	출판사	출판연월일 (초, 쇄)	서명 (구입시기)	구입처	비고
1	神田豊穂	哲學辭典		龍文社	昭9.4.15 (三刷)	T.C.Youn		T.C.Youn 씨인과 尹東柱 도장, H.B.Song(송한범: 白石본명) 서명이 겹쳐 있음
2	高沖陽造	藝術學		美瑛堂	昭12.6.22	東柱藏書 1939		『孟子』 「離婁篇」의 구절을 써재
3	フランシス・ジャム	夜の歌	三好達治	野田書房	昭11.11.25	尹東柱 1940.1.31		
4	ポール・ヴァレリー	詩學敍説	河盛好藏	小山書店	昭13.8.15	尹東柱 1940.5	有吉書店	
5	三好達治	春の岬		創元社	昭15.3.3 (三刷)	尹東柱 1940.9.7		

번호	저자/편자	도서명	역자	출판사	출판연월일 (초, 재)	서명 (구입시기)	구입처	비고
6	高村光太郎, 草野心平, 中原中也, 藏原伸二郎, 神保光太郎	現代詩集 1		河出書房	昭14.12.15	東柱 1940.12.8	有吉書店	
7	丸山薫, 宮澤賢治, 立原道造, 田中冬二, 伊東靜雄	現代詩集 2		河出書房	昭15.3.25 (三刷)	東柱 1940.12.8	有吉書店	
8	萩原朔太郎, 北川冬彦, 高橋新吉, 金子光晴, 三好達治	現代詩集 3		河出書房	昭15.3.25 (三刷)	東柱 1940.12.8	有吉書店	
9	ポオル・ヴァレリイ	文學論	堀口大學	第一書房	昭13.7.10	東柱 1941.2.28	有吉書店	
10	ライネル・マリア・リルケ	旗手クリストフ・リルケの愛と死の歌	鹽谷太郎	昭森社	昭16.4.30	東京 1941.5.4		
11	ディルタイ	近世美學史	德永郁介	第一書房	昭9.6.15	東柱 1941.5	有吉書店	
12	ディルタイ	體驗と文學	服部正己	第一書房	昭14.4.15 (二刷)	東柱 1941.5	有吉書店	

번호	저자/편자	도서명	역자	출판사	출판연월일 (초, 재)	서명 구입시기	구입처	비고
13	百田宗治	詩作法		椎の木社	昭 9.10.25	東柱 1941.9.9	壺山房	
14	三木清	構想力の論理 第一		岩波書店	昭14. 7.15	東柱 1941.9.9	有吉書店	
15	ポール・ヴァレリイ	固定觀念	川俣京之介	白水社	昭15. 9. 5	東柱 1941.10.3		
16	三好達治	詩集 艸千里		創元社	昭15. 8.1 (再版)	東柱 1941.10.6	文光堂書店	
17		テオイス詩集	西脇順三郎	第一書房	昭 8.10.15	東柱 1941.10		
18	テイボーデ	小説の美學	生島遼一	白水社	昭215. 8.20 (再版)	東柱 1941.6.28	文光堂書店	
19	河合榮治郎 編	學生と歷史		日本評論社	昭15. 4. 1	東柱 1941.10	文藝書房	
20	マルセル・プルゥスト	慵しみと日日	淀野隆三, 近藤光治, 五來達	三笠書房	昭16.10.23	동주 1941.11.13		
21	日本詩人協會 編	現代詩		河出書房	昭16.5.30			1941.12 郵便局으로부터 더춘으로 선물로 받음
22	日本詩人協會 編	昭和16年秋季版 現代詩		河出書房	昭16.11.20			1941.12 郵便局으로부터 더춘으로 선물로 받음

번호	저자/편자	도서명	역자	출판사	출판연월일 (초, 재)	서명 (구입시기)	구입처	비고
23	ポール・クローデル	前兆と寓話	長谷川嘉雄	立命館出版部	昭14. 9.15	東柱 1942. 2. 2		
24	春山行夫	詩の研究		第一書房	昭15. 4.10 第3刷	東柱 1942. 2.19		
25	林達夫	思想の運命		岩波書店	昭14. 7.17			
26	生田春月	象徴の烏賊		第一書房	昭 5. 6.20		京城鷲動町 研究書店	
27	山内義雄	山内義雄譯詩集		白水社	昭 8.12.10	尹東柱 1940. 4		

번호	저자/편자	도서명	역자	출판사	출판연월일 (초,재)	서명 (구입시기)	구입처	비고
1		THE NEW TESTAMENT		Oxford University Press	1933	尹東柱		
2	新里文八郞 編註	SELECTED POEMS of WALTER DE LA MARE (硏究社現代英文學叢書)		硏究社	昭 9.11.15	Yun 1940.5	有吉書店	
3	中野好夫 編註	BITTER SWEET & THE VORTEX (硏究社現代英文學叢書)		硏究社	昭10. 1.15	Yun 1940.5	有吉書店	
4	佐藤淸 編註	MEMOIRS OF A FOX- HUNTING MAN (硏究社現代英文學叢書)		硏究社	昭10. 7.25	Yun 1940.5	有吉書店	
5	舟橋雄 編註	THE BIBLE (硏究社現代英文學叢書)		硏究社	昭 6. 1. 5 (三版)			

스크랩 내용 일람

* 시인의 육필이 보관해 온 것임
* 신문 지면의 연재 표지와 읽을 수 없는 연재 속지로 만들어진 스크랩북
* 시인이 스크랩한 순서 내로 정리하였음

순서	필자	제목	장르	게재연월일	수록지	비고
1	鄭芝溶	「悲誰語 2-毘盧峰 九城洞」	시	1937.6.9	朝鮮日報	대백에 〈白樺一枝 속에〉로 읽히는 속지에 시작되는 시적으로는 의 작품을 다른 「毘盧峰」을 감정으로 로 적어놓았음
2	柳致環	「風習」	시	1937.10.6	東亞日報	
3	鄭芝溶	時感 : 「옛글새로운정(上)」, 「옛글새로운정(下)」	평론	1937.6.10. 6.11	東亞日報	
4	林和	「洪水뒤」	시	1937.6.24	朝鮮日報	
5	金達鎭	「六月-1.蜀葵花 2.보슬비 3.白日哀傷」	시	1937.6.20	朝鮮日報	
6	嚴興燮	「山家迎春記 : ①春來·外套, ②彩菱門고개, ③진달래(上), ④진달래(下)」	수필	1937.3.25-3.28	朝鮮日報	
7	盧天命	「輔道春軍」	수필	1937.3.30	朝鮮日報	

순서	필자	제목	장르	게재연월일	수록지	비고
8	金億	詩二題:「密航」,「雨後」	시	1937.6.2	朝鮮日報	
9	金光均	「當歲와 落葉」	시	1937.1.28	朝鮮日報	
10	吳章煥	「聖誕祭」	시	1939.10.24	朝鮮日報	
11	朴世永	詩感:「廢苑의 詩壇(上)」,「廢苑의 詩壇(下)」	시	1937.6.13, 6.15	東亞日報	
12	李泰俊	評論態度에 對하야(下): 評의 焦燥性—먼 저 責任感을가지라	평문	1937.6.29	東亞日報	
13	李泰俊	評論態度에 對하야(上): 評論의 態度와 批評家, 評者 또는 自己를 구더기지라	평문	1937.6.27	東亞日報	
14	梁柱東	「魯迅詩一首—附和韻」	한시	1937.1.19	朝鮮日報	
15	石耕牛	「文學의 貧困」	평문	1937.4.3	朝鮮日報	
16	金龍濟	朝鮮文壇上半期總決算 —其一 創作界①:「農村取材와 女性愛의 作品」	평문	1937.8.8	東亞日報	
17	金龍濟	朝鮮文壇上半期總決算 —其一 創作界②:「有閑文學의 頹廢性과 復古性」	평문	1937.8.10	東亞日報	제목은 스크랩되어 있지 않음
18	金龍濟	朝鮮文壇上半期總決算 —其一 創作界③:「少年行과 送路의 湖畔」	평문	1937.8.11	東亞日報	
19	金龍濟	朝鮮文壇上半期總決算 —其一 創作界④:「鄕愁, 尹生氏作品의 現實的인 積極性」	평문	1937.8.12	東亞日報	

순서	필자	제목	장르	게재연월일	수록지	비고
20	金龍濟	「우리 創作壇에 要望하는 몇가지」: 朝鮮文壇上半期總決算 — 其一 — 創作界⑤:	평론	1937.8.13	東亞日報	
21	朴淚熙	文藝時感(一):「文學的雰圍氣의 必要」	평론	1937.7.10	東亞日報	
22	尹泰雄	「九月蒼空」	시	1936.10.1	朝鮮日報	
23	金光均	「雪夜」—新春文藝 —等當選詩—	시	1938.1.8	朝鮮日報	
24	柳致環	「蒼氓像」	시	1937.12.9	東亞日報	
25	柳致環	「立秋」	시	1937.9.2	東亞日報	
26	金燮	「月蝕」	시	1938.2.5	朝鮮日報	
27	金光均	新人詩欌:「瓦斯燈」	시	1938.6.3	朝鮮日報	
28	趙碧巖	「村停車場」	시	1937.7.31	東亞日報	
29	柳致環	新人詩欌:「非力의 詩 怨讐, 五月雨」	시	1938.6.4	朝鮮日報	
30	李燦	新人詩欌:「追慕」	시	1938.6.8	朝鮮日報	
31	張萬榮	新人詩欌:「順伊와 나와」	시	1938.6.7	朝鮮日報	

순서	필자	제목	장르	게재연월일	수록지	비고
32	尹崑崗	新人詩叢: 「가랑비」	시	1938.6.5	朝鮮日報	
33	金桃燮	近冬數題: 「氷泳」, 「響」, 「길」	시	1938.8.9	東亞日報	
34	金桃燮	盛夏數題: 「歸鄕」, 「幻想」	시	1938.8.5	東亞日報	
35	吳章煥	「마리아」(上), 「마리아」(下)	신공시	1940.2.8, 2.9	朝鮮日報	
36	李庸岳	感寒詩抄①: 「눈보라의 故鄕」	시	1940.12.26	每日新報	
37	吳章煥	新作詩帖: 패랭이-「①頭序」, 「②타인사람」, 「③세름둥구」, 「④古家」, 「⑤柷石」	시	1940.11.16. 11.19. 11.20. 11.22. 11.23.	每日新報	
38	크리스티나 로세티	세 동요: 「종소리」	동요	1938.11.13	東亞日報	
39	崔載瑞	火曜評論: 「휴-맨・패로드」	평론	1940.2.20	朝鮮日報	
40	徐寅植	胡椒譚: 「文化的精神」	평론	1939.6.20	東亞日報	
41	金南天	胡椒譚: 「權威에의 阿諛」	평론	1939.6.24	東亞日報	
42	鄭芝溶	胡椒譚: 「天眼一家見」	수필	1939.5.10	東亞日報	

순서	필자	제목	갈래	게재연월일	수록지	비고
43	鄭芝溶	旅窓短信:「①꾀꼬리」,「②石榴, 甘枾, 柚子」,「③烏竹, 孟宗竹」	수필	1938.8.6, 8.7.	東亞日報	
44	徐廷柱	蟄居者의 手記:(上)「呪文」,(中)「夕暮詞」,(下)「絶句」	수필	1940.3.2, 3.5. 3.6	朝鮮日報	
45	尹東柱	「아우의 印像畵」	시	1938.10.17	朝鮮日報	자신의 작품
46	尹 柱	「遺言」	시	1939.2.6	朝鮮日報	자신의 작품
47	韓基萬	「빈 몸」	시	1938.6.20	朝鮮日報	

순서	필자	제목	갈래	게재연월일	수록지	비고
1	朴鍾鴻	現代哲學의 諸問題 (上),(中),(下)	평론	1938.4.19. 4.20. 4.21.	朝鮮日報	
2	崔載瑞	現代世界文學의 動向 (上),(中),(下)	평론	1938.4.22. 4.23. 4.24.	朝鮮日報	

* 스크랩2묶인 스크랩4는 중국 연안 용정의 신훈수 씨가 보관해 오던 중 2000년 8월 공개한 것으로서, 소장자 윤해 원(씨)의 여동생 부부(?)에 의해 유출된 것이 확인되었음
* 이하 세 컷 모두 김새 숯지에 스크랩되어 있었음
* 시인의 스크랩은 군서 배로 정리하였음

순서	필자	제목	장르	게재연월일	수록지	비고
3	尹圭涉	文學意識과 生活의 乖離(一)	평론	1938.5.18	朝鮮日報	
4	尹圭涉	文學意識과 生活의 乖離(二)	평론	1938.5.19	朝鮮日報	
5	尹圭涉	文學意識과 生活의 乖離(二)	평론	1938.5.21	朝鮮日報	
6	尹圭涉	文學意識과 生活의 乖離(三)	평론	1938.5.22	朝鮮日報	
7	尹圭涉	文學意識과 生活의 乖離(四)	평론	1938.5.24	朝鮮日報	
8	尹圭涉	文學意識과 生活의 乖離(五)	평론	1938.5.25	朝鮮日報	
9	一記者	古典復興의 理論과 實際	평론	1938.6.4	朝鮮日報	제목의 좌측 상단에 〈1938.6.〉이라고 적어두었음.
10	朴英熙	古典復興의 理論과 實際 - 古典復興의 現代的 意義	평론	1938.6.4	朝鮮日報	
11	李熙昇	古典復興의 理論과 實際 - 古典文學에서 어든 感想	평론	1938.6.5	朝鮮日報	
12	朴鍾鴻	古典復興의 理論과 實際 - 歷史의 轉換과 古典復興	평론	1938.6.7	朝鮮日報	
13	李如星	古典復興의 理論과 實際 - 古典研究와 書籍貧困	평론	1938.6.8	朝鮮日報	

순서	필자	제목	갈래	게재연월일	수록지	비고
14	崔載瑞	古典復興의 理論과 實際 —古典研究의 歷史性	평론	1938.6.10	朝鮮日報	
15	柳子厚	古典復興의 理論과 實際 —傳來作品의 稽考難	평론	1938.6.11	朝鮮日報	
16	朴致祐	古典復興의 理論과 實際 —古典의 性格인 規範性	평론	1938.6.14	朝鮮日報	
17	宋錫夏	古典復興의 理論과 實際 —新文化輸入과 우리 民俗	평론	1938.6.15	朝鮮日報	
18	蔡萬植	文學과 映畵의 實踐인「圖生錄」評（1）	평론	1938.6.16	朝鮮日報	
19	蔡萬植	文學과 映畵의 實踐인「圖生錄」評（2）	평론	1938.6.17	朝鮮日報	
20	蔡萬植	文學과 映畵의 實踐인「圖生錄」評（3）	평론	1938.6.18	朝鮮日報	
21	蔡萬植	文學과 映畵의 實踐인「圖生錄」評（4）	평론	1938.6.21	朝鮮日報	
22	柳致眞	映畵擁護의 辭 —蔡萬植氏에게 보내는 글–1	평론	1938.6.25	朝鮮日報	全3回
23	柳致眞	映畵擁護의 辭 —蔡萬植氏에게 보내는 글–3	평론	1938.6.30	朝鮮日報	
24	田蒙秀	鄕歌解義（三）他密只	평론	1938.6.8	朝鮮日報	全8回
25	田蒙秀	鄕歌解義（四）迷反	평론	1938.6.11	朝鮮日報	

순서	필자	제목	갈래	게재연월일	수록지	비고
38	韓雪野	世紀에 붙치는 말─地下室의 手記─이 리렉슨 者의 獨自 一聯	평론	1938.7.8	朝鮮日報	
39	李箕永	世紀에 붙치는 말─歷史의 흐르는 方向─科學的合理性의 把握과 實踐	평론	1938.7.9	朝鮮日報	
40	安含光	「知性」의 自律性의 問題─2의 眞實한 理解를 위하야 (1)	평론	1938.7.10	朝鮮日報	全5回
41	安含光	「知性」의 自律性의 問題─2의 眞實한 理解를 위하야 (2)	평론	1938.7.12	朝鮮日報	
42	安含光	「知性」의 自律性의 問題─2의 眞實한 理解를 위하야 (3)	평론	1938.7.13	朝鮮日報	
43	崔載瑞	「知性」의 잇서서의 知性─現代詩論의 前進을 위하야 (1)	평론	1938.12.24	朝鮮日報	全5回
44	崔載瑞	抒情詩에 잇서서의 知性─現代詩論의 前進을 위하야 (2)	평론	1938.12.25	朝鮮日報	
45	崔載瑞	抒情詩에 잇서서의 知性─現代詩論의 前進을 위하야 (3)	평론	1938.12.27	朝鮮日報	
46	崔載瑞	抒情詩에 잇서서의 知性─現代詩論의 前進을 위하야 (4)	평론	1938.12.28	朝鮮日報	

순서	필자	제목	장르	게재연월일	수록지	비고
1	李源朝	九月創作評 (三) 作品의 餘韻과 緊張	평론	1938.9.7	朝鮮日報	全5回
2	李源朝	九月創作評 (四) 作品의 意圖와 作品	평론	1938.9.8	朝鮮日報	
3	李源朝	九月創作評 (四) 時代의 흐름과 人物	평론	1938.9.9	朝鮮日報	
4	安懷南	戀愛와 結婚과 文學-作家的最高感情의 同一	평론	1938.9.20	朝鮮日報	全5回
5	安懷南	戀愛와 結婚과 文學-作家的最高感情의 問題 (2)	평론	1938.9.21	朝鮮日報	
6	安懷南	戀愛와 結婚과 文學-作家的最高感情의 問題 (3)	평론	1938.9.22	朝鮮日報	
7	白鐵	十月創作評 今日의 文學的水準 (1) 李孝石과 兪鎭午	평론	1938.9.28	朝鮮日報	全6回
8	白鐵	十月創作評 今日의 文學的水準 (2) 成大勳과 嚴興燮	평론	1938.9.29	朝鮮日報	
9	白鐵	十月創作評 今日의 文學的水準 (5) 韓仁澤과 張德祚	평론	1938.9.30	朝鮮日報	
10	白鐵	十月創作評 今日의 文學的水準 (6) 廉尙涉과 田湖秋	평론	1938.10.6	朝鮮日報	
11	立秋大學 尹泰雄	學生 페-지 詩學徒의 覺書-新茶添論에 代하야-	평론	1938.10.17	朝鮮日報	필자명 우측 하단에 〈10.17〉이라고 적혀있음.

순서	필자	제목	갈래	게재연월일	수록지	비고
12	尹圭涉	知性問題와 휴매니즘 三十年代의 레리갠 차의 行程(2)	평론	1938.10.11	朝鮮日報	총6回. 필자명 우측 하단에 〈10.11.〉이라고 적어놓았음.
13	尹圭涉	知性問題와 휴매니즘 三十年代의 레리갠 차의 行程(3)	평론	1938.10.13	朝鮮日報	
14	尹圭涉	知性問題와 휴매니즘 三十年代의 레리갠 차의 行程(4)	평론	1938.10.16	朝鮮日報	
15	尹圭涉	知性問題와 휴매니즘 三十年代의 레리갠 차의 行程(5)	평론	1938.10.19	朝鮮日報	
16	尹圭涉	知性問題와 휴매니즘 三十年代의 레리갠 차의 行程(6)	평론	1938.10.20	朝鮮日報	
17	田蒙秀	古語數題-學語雜記中에서(1)	평론	1938.10.13	朝鮮日報	총5回. 필자명 우측 하단에 〈10.13.〉이라고 적어놓았음.
18	田蒙秀	古語數題-學語雜記中에서(2)	평론	1938.10.20	朝鮮日報	
19	田蒙秀	古語數題-學語雜記中에서(3)	평론	1938.10.22	朝鮮日報	
20	田蒙秀	古語數題-學語雜記中에서(4)	평론	1938.10.23	朝鮮日報	
21	田蒙秀	古語數題-學語雜記中에서(5)	평론	1938.10.25	朝鮮日報	

순서	필자	제목	장르	게재연월일	수록지	비고
22	金管	音樂的 敎養論議—音樂的趣味와 社會的關心(1)	평론	1938.10.27	朝鮮日報	全4回
23	金管	音樂的 敎養論議—音樂的趣味와 社會的關心(3)	평론	1938.10.29	朝鮮日報	
24	金管	音樂的敎養論議—音樂的趣味와 社會的關心(4)	평론	1938.10.30	朝鮮日報	
25	徐恒植	傳統의 一般的性格과 그 現代的意義에 關하야(1)	평론	1938.10.22	朝鮮日報	全8回
26	徐恒植	傳統의 一般的性格과 그 現代的意義에 關하야(2)	평론	1938.10.23	朝鮮日報	
27	徐恒植	傳統의 一般的性格과 그 現代的意義에 關하야(3)	평론	1938.10.25	朝鮮日報	
28	徐恒植	傳統의 一般的性格과 그 現代的意義에 關하야(4)	평론	1938.10.26	朝鮮日報	
29	徐恒植	傳統의 一般的性格과 그 現代的意義에 關하야(5)	평론	1938.10.27	朝鮮日報	
30	徐恒植	傳統의 一般的性格과 그 現代的意義에 關하야(7)	평론	1938.10.29	朝鮮日報	
31	徐恒植	傳統의 一般的性格과 그 現代的意義에 關하야(8)	평론	1938.10.30	朝鮮日報	
32	李源朝	新協劇團公演의 春香傳觀劇評（上）	평론	1938.11.3	朝鮮日報	
33	李源朝	新協劇團公演의 春香傳觀劇評（下）	평론	1938.11.5	朝鮮日報	

순서	필자	제목	장르	게재연월일	수록지	비고
34	崔載瑞	現代批評의 性格-十九世紀批評의 結論的考察(1)	평론	1938.11.2	朝鮮日報	全5回
35	崔載瑞	現代批評의 性格-十九世紀批評의 結論的考察(2)	평론	1938.11.3	朝鮮日報	
36	崔載瑞	現代批評의 性格-十九世紀批評의 結論的考察(3)	평론	1938.11.5	朝鮮日報	
37	崔載瑞	現代批評의 性格-十九世紀批評의 結論的考察(4)	평론	1938.11.5	朝鮮日報	
38	申石艸	리레리-學士의 「데스크ㅅ氏」 考(1)	평론	1938.11.9	朝鮮日報	全4回
39	申石艸	리레리-學士의 「데스크ㅅ氏」 考(2)	평론	1938.11.10	朝鮮日報	
40	申石艸	리레리-學士의 「데스크ㅅ氏」 考(3)	평론	1938.11.11	朝鮮日報	
41	申石艸	리레리-學士의 「데스크ㅅ氏」 考(4)	평론	1938.11.15	朝鮮日報	
42	金南天	十一月創作評 (1) 朴理도지 인는 世界-韓雪野와 能爆牛	평론	1938.11.9	朝鮮日報	
43	金南天	十一月創作評 (2) 通俗小說에의 誘惑-成大勳과 李善熙	평론	1938.11.10	朝鮮日報	
44	金南天	十一月創作評 (3) 未成年의 文學-金鑼峯과 崔明秀	평론	1938.11.11	朝鮮日報	
45	金南天	十一月創作評 (4) 「小說生」과 觀念의 軌蹤-春圍의 全體小說	평론	1938.11.13	朝鮮日報	

순서	필자	제목	장르	게재연월일	수록지	비고
46	林和	「大地」의 世界性 — 노벨賞作家펄·벅에 對하야 (上), (中), (下)	평론	1938. 11. 17, 18. 20	朝鮮日報	全3回
47	白鐵	時代的偶然의 受理 — 事實에 대한 精神의 態度(1)	평론	1938. 12. 2	朝鮮日報	全5回
48	白鐵	時代的偶然의 受理 — 事實에 대한 精神의 態度(2)	평론	1938. 12. 3	朝鮮日報	
49	白鐵	時代的偶然의 受理 — 事實에 대한 精神의 態度(3)	평론	1938. 12. 4	朝鮮日報	
50	白鐵	時代的偶然의 受理 — 事實에 대한 精神의 態度(4)	평론	1938. 12. 6	朝鮮日報	

※ 스크랩 4

순서	필자	제목	장르	게재연월일	수록지	비고
1	毛允淑	[詩人散文] 눈길	수필	1939. 2. 7	朝鮮日報	
2	지용	[詩人散文] 煎橘	수필	1939. 2. 14	朝鮮日報	
3	白石	[詩人散文] 立春	수필	1939. 2. 14	朝鮮日報	
4	金珖燮	[詩人散文] 꽃	수필	1939. 2. 11	朝鮮日報	
5	安懷南	[新春頌] 薪酒	수필	1939. 1. 11	朝鮮日報	

순서	필자	제목	장르	게재연월일	수록지	비고
6	徐光霽	(新春頌) "日"	수필	1939.1.14	朝鮮日報	
7	金南天	(新春頌) 淸水黨	수필	1939.1.12	朝鮮日報	
8	咸大勳	[新春頌] 雪夜	수필	1939.1.15	朝鮮日報	
9	尹昆崗	詩壇展望 或은 『詩精神의 擁護』	평론	1939.1.15	朝鮮日報	
10	尹昆崗	詩壇展望 或은 『詩精神의 擁護』(2)	평론	1939.1.17	朝鮮日報	
11	韓植	文學建設의 決意와 方法(1)-現代朝鮮文學의 頂點에서-	평론	1939.1.10	朝鮮日報	全4回
12	韓植	文學建設의 決意와 方法(4)-現代朝鮮文學의 頂點에서-	평론	1939.1.14	朝鮮日報	
13	延事教授 鄭寅燮	現代學生氣質論 (1)-理想에 불타는 學徒들에게-	평론	1939.1.5	朝鮮日報	全18回
14	金永壽	新春文藝一等當選 素服 (一)	소설	1939.1.7	朝鮮日報	
15	金永壽	新春文藝一等當選 素服 (二)	소설	1939.1.8	朝鮮日報	
16	金永壽	新春文藝一等當選 素服 (三)	소설	1939.1.10	朝鮮日報	
17	金永壽	新春文藝一等當選 素服 (十六)	소설	1939.1.31	朝鮮日報	

순서	필자	제목	장르	게재연월일	수록지	비고
18	金永壽	新春文藝一等當選 素服 (十七)	소설	1939.2.2	朝鮮日報	
19	金永壽	新春文藝一等當選 素服 (十八)	소설	1939.2.4	朝鮮日報	
20	鄭飛石	書翰 懷疑의 世代 (一), (二), (三)	서간문	1939.1.21, 22, 24	朝鮮日報	全3回
21	梨事 趙敬姬	隨筆 민아지의 말	수필	1939.1.9	朝鮮日報	
22	金尚鎔, 鄭芝溶, 崔載瑞, 林和, 安懷南 (主導 金尚鎔)	座談會 詩論의 貧困에 對하야─詩의 非大衆性과 敍事詩	좌담회	1939.1.3	朝鮮日報	
23	金台俊	學藝 支那文學과 朝鮮文學과의 交流 (上), (中), (下)	평론	1939.1.1, 7, 8	朝鮮日報	全3回
24	金南天	一月創作評 『離婚』과 그밖 (1)	평론	1939.1.26	朝鮮日報	全5回
25	金午星	時代와 知性의 葛藤─프로에뉴─스的 事態 (二)	평론	1939.1.24	朝鮮日報	
26	金午星	時代와 知性의 葛藤─프로에뉴─스的 事態 (三)	평론	1939.1.26	朝鮮日報	
27	金午星	時代와 知性의 葛藤─프로에뉴─스的 事態 (六)	평론	1939.1.31	朝鮮日報	

순서	필자	제목	장르	게재연월일	수록지	비고
28	金午星	時代와 女性의 葛藤 — 프로예干 二 -스的 事態 (七)	평론	1939.2.2	朝鮮日報	필자명은 좌측 하단 예에 〈一九三九·二·-..〉이라고 적여 있음.
29	梁柱東	鄉歌와 國風·古詩 — 그 年代와 文學的價值에 對하야 (上)	평론	1939.1.1	朝鮮日報	
30	洪碧初 口述	諺文小說과 明淸小說의 關係	평론	1939.1.1	朝鮮日報	
31	崔載瑞	酒喜 (上)	수필	1939.1.24	朝鮮日報	
32	崔載瑞	酒喜 (下)	수필	1939.1.26	朝鮮日報	
33	湖岩	己卯年을 通해본 政治家/高麗太祖(1)	평론	1939.1.7	朝鮮日報	全4回
34	湖岩	己卯年을 通해본 政治家/高麗太祖(2)	평론	1939.1.8	朝鮮日報	
35	湖岩	己卯年을 通해본 政治家/高麗太祖(3)	평론	1939.1.10	朝鮮日報	
36	湖岩	己卯年을 通해본 政治家/高麗太祖(4)	평론	1939.1.11	朝鮮日報	
37	徐光霽	作品素材와 精神 文藝作品과 映畵에 關하야 (1)	평론	1939.2.2	朝鮮日報	全4回
38	尹圭涉	現段階와 文藝評論 — 批評精神과 論的課題 (1)	평론	1939.1.31	朝鮮日報	

순서	필자	제목	장르	게재연월일	수록지	비고
39	崔載瑞氏 主導, 金南天, 白鐵, 林 和, 安懷南	文學建設座談會 오는 一年間의 評論中心課題	좌담회	1939.1.3	朝鮮日報	全4回
40	金南天, 金珖燮, 金起林, 白鐵, (本社側) 洪起文, 李軒求 (林和氏 主導)	文學建設座談會 長篇小說論의 核心	좌담회	1939.1.3	朝鮮日報	

시 고침별 수록 내용 비조표 · 작품 연보

※ 제작 시기와 작품 내역 순서는 故 尹一柱 교수가 작성
한 것을 토대로 하였음
※ 작품명은 정음사에서 『하늘과 바람과 별과 시』에 게재된
어 일부 작의로 알려진 체목으로 정리하였음
※ 작품 명칭 중 〈*〉가 붙은 것은 안동주가 작품 체목에
진로 명칭으로 불여놓는 명칭임. 그 이외의 명칭들은 편자들이
판단하여 붙인 것임

번호	창작시기	작품명	진르	원고					출판(정음사 刊)			비고
				① 나의 習作期의 詩 아닌 詩	② 窓	③ 산골짝	④ 무렵 지선시치	⑤ 습유작품	초판 1948	중판 1955	삼판 1976	
1	1934.12.24	초 한 대	시	○					○		○	
2	12.24	삶과 죽음	시	○						○	○	
3	12.24	내일은 없다	시	○						○	○	
4	1935.1.18	거리에서	시	○						○	○	
5		空想	시	○							○	《崇賞活泉》 1935.10 尹東柱로 발표

번호	창작시기	작품명	장르	원고 ① 나의 習作期의 詩 아닌 詩	② 應	③ 신문지 자선시집	④ 원고	⑤ 습유작품	출판(정음사刊) 초판 1948	중판 1955	신판 1976	비고
6	1935. 10. 20	春	시	○					○			①에서 ②로 개작, 묶어져 있음
7	10.	南쪽 하늘	시	○	○				○			
8	12.	조개껍질	동요*	○					○		○	본인이 자선한 목차에는 제목이 〈동요〉로 되어 있음
9	1936. 1. 6	고향집	동시*	○							○	
10	1. 6	병아리	동요*	○						○	○	《카톨릭少年》 1936. 11 尹童柱로
11		오줌싸개지도	동시*	○						○	○	《카톨릭少年》 1937. 1 尹童柱로
12		창구멍	동요*	○						○	○	비 말표
13		짝수갑	동요*	○						○	○	비 말표
14		기와장 내외	동요*	○						○	○	체목만 있음
15		비둘기	시*	○						○	○	
16	3. 20	離別	시	○						○	○	

번호	창작시기	작품명	장르	참고 ① 나의 習作期의 詩 아닌 詩	② 꿈	③ 산문집	④ 육필 자선시집	⑤ 습유작품	출판(첫발음사귀) 초판 1948	중판 1955	사판 1976	비고
17	1936. 3. 20	食券	시	○					○		○	①에서 ②로 재작, 옮겨 쓰임. ②에 산제
18	3.24	牡丹峰에서	시	○	○					○	○	①에서 ②로 재작, 옮겨 쓰임
19	3.25	黃昏	시	○	○					○	○	①에서 ②로 재작, 옮겨 쓰임
20	3.25	가슴 1	시	○	○					○	○	①에서 ②로 재작, 옮겨 쓰임
21	3.25	가슴 2	시	○	○					○	○	①에서 ②로 재작, 미발표작. ②에 산제
22	3	종달새	시	○	○					○	○	
23	5.	山上	시	○						○	○	
24	5.	午後의 球場	시	○						○	○	
25	6.10	이런날	시	○						○	○	①에서 ②로 재작, 옮겨 쓰임
26	6.26	陽地쪽	시	○	○					○	○	①에서 ②로 재작, 옮겨 쓰임
27	6.26	山林	시*	○	○			○		○	○	①에서 ②로 재작, 옮겨 쓰임. ⑤에 들어있음

번호	창작시기	작품명	갈래	원고					출판(정음사 간)			비고
				① 나의 習作期의 詩 아닌 詩	② 窓	③ 산문집	④ 하늘과 바람과 별과 詩	⑤	초판 1948	중판 1955	신판 1976	
28	1936. 봄	닭	시	○	○					○	○	①에서 ②로 게재, 옮겨 씀
29	7.24	가슴 3	시	○	○					○	○	①에서 ②로 게재, 옮겨 씀
30	7.27	꿈은 깨어지고	시	○	○					○	○	①에서 ②로 게재, 옮겨 씀 / 원 창작 일자는 1935.10.27
31	여름	소명	시	○	○					○	○	①에서 ②로 게재, 옮겨 씀
32		빨래	시	○	○					○	○	①에서 ②로 옮겨 씀
33	9.9	빗자루	동시*	○						○	○	《카톨릭少年》 1936.12 尹童柱로 발표
34	9.9	햇비	동시	○						○	○	
35	10.초	비행기	동시*	○						○	○	
36	10.23	가을만	시	○	○					○	○	①에는 〈아이봄〉, ②에는 〈가슴방〉, 三版에 〈가을만〉으로 발표
37	가을	굴뚝	동시*	○						○	○	
38	10.	무얼 먹구 사나	동시	○						○	○	《카톨릭少年》 1937.3 尹童柱로 발표

번호	창작시기	작품명	장르	참고					출판(정음사루키)			비고
				① 나의 習作期의 詩	② 못	③ 散文詩	④ 自選詩集	⑤ 습유작품	초판 1948	중판 1955	삼판 1976	
39	1936. 10.	봄	동시*	○					○	○	○	
40	12.	참새	동시	○						○	○	
41		개	동시	○						○	○	
42		편지	동시	○						○	○	
43	12. 초	버선본	시	○							○	
44	12.	눈	동시	○						○	○	
45		사과	동시	○							○	
46		눈	동시	○							○	
47	겨울	닭	동시	○							○	
48	1936. 12. 또는 1937. 1.	아침	시	○	○					○	○	①에서 ②로 옮겨씀
49	겨울	겨울	동시	○	○						○	①에서 ②로 옮겨씀

번호	창작(시기)	직품명	갈래	원고 ① 나의 習作期의 詩 아닌 詩	원고 ② 窓	원고 ③ 산문집	원고 ④ 자선시집	원고 ⑤ 습유작품	출판 초판 1948	출판 중판 1955	출판 삼판 1976	비고
50	1936.	코ㅅ머니	동시	○					○			
51	1937. 1	黃昏이 바다가 되어	시*	○	○			○	○	○	○	《카톨릭少年》 1937.10 尹童柱로 발표
52		거리에서	동시*	○	○					○	○	①에서 ②로 묶어 씀 / ①에는 〈黃昏〉으로 묶여 있음
53		둘다	동시	○						○	○	
54	3	반디불	동시	○	○					○	○	①에서 ②로 묶어 씀
55	3	밤	시	○	○				○	○	○	①에서 ②로 묶어 씀
56	3.10	할아버지	동시	○	○	○				○	○	
57		만돌이	동시	○						○	○	
58		개	동시*	○							○	정음 삭제. 미발표작
59		나무	동시)	○						○	○	
60	봄	장	시		○					○	○	

번호	창작시기	작품명	장르	원고 ① 나의 習作期의 詩 아닌 詩	② 窓	③ 신구집 산문집	④ 후집 자선시집	⑤ 습유시고	출판(정음사시집) 초판 1948	중판 1955	삼판 1976	비고
61	1937. 4.15	빨래	시	○					○		○	정음 사체, 미발표작
62	5.29	風景	시	○					○			
63	6.	鬱岳	시	○								
64	7. 1	寒暖計	시	○					○			
65	7.26	그 女子	시	○								
66	7.26	夜行	시	○							○	정음 사체, 미발표작
67	7.26	빗뒤	시	○							○	정음 사체, 미발표작
68	8.9	소낙비	시	○					○			정음 사체, 미발표작
69	8.18	悲哀	시	○					○			
70	8.20	瞑想	시	○					○			
71	9.	바다	시	○					○			

번호	창작시기	작품명	갈래	원고					출판(정음사 시체)			비고
				① 나의 習作期의 詩 아닌 詩	② 밤	③ 산문집	④ 육필 자선시집	⑤ 습유작품	초판 1948	중판 1955	삼판 1976	
72	1937. 9.	山峽의 午後	시	○						○	○	
73	9.	毘盧峰	시	○						○	○	
74	10.	忿	시	○						○	○	
75	10.24	遺言	시	○					○	○	○	《朝鮮日報》 1939.2.6 尹柱로 발표
76	1938. 5.10	새로운 길	시	○			○		○	○	○	②에서 ④로 옮겨 씀 밤, 1941. 6. 발표
77	5.28	어머니	시	○					○	○	○	작품 삭제, 미발표작
78	6. 1	街路樹	시	○					○	○	○	작품 삭제, 미발표작
79	6.11	비오는 밤	시	○					○	○	○	
80	6.19	사랑의 殿堂	시	○					○	○	○	
81	6.19	異蹟	시	○					○	○	○	
82	9.15	아우의 印象畵	시	○						○	○	《朝鮮日報》 1938.10.17 尹東柱로 발표

번호	창작시기	작품명	장르	참고					출판(정음사 간)			비고
				① 나의 習作期의 詩 아니 詩	② 窓	③ 산문집	④ 나무 자선시집	⑤ 습유작품	초판 1948	중판 1955	신판 1976	
83	1938. 9.20	코스모스	시				○		○		○	②에서 ④로 옮겨 씀
84	9.	슬픈 族屬	시	○						○	○	
85	10.26	고추밭	시	○						○	○	
86		햇빛·바람	동요*	○						○	○	
87		해바라기 얼굴	동시	○						○	○	
88		애기의 새벽	동시	○						○	○	
89		귀뚜라미와 나와	동시	○						○	○	
90		산울림	동시	○						○	○	《少年》 1939.3. 발표
91		달을 쏘다	산문			○				○	○	《朝鮮日報》 1939.1.23 〈학생란〉에 尹東柱로 발표
92	1939. 9.	달같이	시	○						○	○	
93	9.	薔薇 병들어	시	○						○	○	

번호	창작(시기)	작품명	장르	원고 ① 나의 習作期의 詩 아닌 詩	② 窓	③ 신문집	④ 무릴	⑤ 습유작품	출판(정음사 刊) 초판 1948	중판 1955	삼판 1976	비고
94	1939. 9.	투르게네프의 언덕	신문시*	○					○	○	○	
95		산골물	시		○				○	○	○	《文友》 1941. 6. 尹東柱로 발표
96	9.	自畵像	시		○				○	○	○	②에서 ④로 옮겨 쓺
97		少年	시				○		○	○	○	
98	1940.	八福	시					○	○	○	○	
99	12. 3	慰勞	시					○	○	○	○	
100		病院	시					○	○	○	○	〈八福〉의 뒷면과 〈병원〉의 뒷면에 각각 씌어 있음
101	1941. 2. 7	무서운 時間	시				○		○	○	○	⑤에서 ④로 옮겨 쓺
102	3.12	눈오는 地圖	시				○		○	○	○	
103		太初의 아침	시				○		○	○	○	
104	5.31	또 太初의 아침	시				○		○	○	○	

면호	창작시기) 작품명	장르	① 나의 習作期의 詩 아닌 詩	② 窓	③ 신문지	④ 당별 자선시집	⑤ 습유작품	초판 1948	중판 1955	신판 1976	비고
								출판(정음사 카피)			
105	5. 새벽이 올 때까지	시	○					○	○	○	
106	5.31 十字架	시	○					○	○	○	
107	5.31 눈감고 간다	시	○					○	○	○	
108	못자는 밤	시	○					○	○	○	
109	6. 돌아와 보는 밤	시	○				○	○	○	○	④에는 〈돌아와보는밤〉, ⑤에는 〈흘르는 거리〉로 되어 있음 1942. 5.12作 〈흘르는 거리〉와는 다른 작품임
110	看板없는 거리	시	○				○	○	○	○	
111	6. 2 바람이 불어	시	○					○	○	○	
112	9. 또 다른 故鄕	시	○					○	○	○	
113	9.31 길	시	○					○	○	○	
114	11.5 별 헤는 밤	시	○					○	○	○	

번호	창작시기	작품명	장르	원고					출판(정음사)			비고
				① 나의 習作期의 詩 아닌 詩	② 窓	③ 산문집	④ 자선시집	⑤ 습유작품	초판 1948	중판 1955	삼판 1976	
115	1941.11.20	序詩	시				○		○	○	○	연희전문시절 창작 일자는 미상
116	11.29	肝	시					○	○	○	○	연희전문시절 창작 일자는 미상
117		終始	산문			○			○	○	○	연희전문시절 작품으로, 창작 일자는 미상
118		별똥 떨어진 데	산문			○				○	○	연희전문시절 작품으로, 창작 일자는 미상
119		花園에 꽃이 피다	산문			○			○	○	○	연희전문시절 작품으로, 창작 일자는 미상
120	1942. 1.24	懺悔錄	시					○	○	○	○	
121	4.14	흰 그림자	시					○	○	○	○	동경에서 씀
122	5.12	흐르는 거리	시					○	○	○	○	동경에서 씀. 1941. 6月作인 «흐르는 거리»와는 다른 작품임
123	5.13	사랑스런 추억	시					○	○	○	○	동경에서 씀
124	6. 3	쉽게 씌어진 詩	시					○	○	○	○	동경에서 씀
125		봄	시					○	○	○	○	동경에서 씀

윤동주 연보

* 故 尹一柱 교수가 작성한 것을 토대로 하였음

연도·연령	생애
1917·1세	윤동주의 집안은 조부 윤재우 때에 이미 1886년에 함경북도 종성에서 간도의 자동(子洞, 또는 紫洞)으로 이주하였고 조부 윤하현 때에 1900년에 명동촌으로 옮겨가서 살았다. 기독교의 명동촌의 외삼촌 김약연은 1899년, 약 시 종성에서 명동촌으로 이주한 한학자로서 1900년대 초에 명동학교를 세우고 많은 지사를 길러낸 선각자이며 1910년에 기독교에 입교하신 간도의 영웅으로 한몸을 깨쳤다. 12월 30일, 중화민국 동북부(만주) 간도성 화룡현 명동촌에서 부친 윤영석(1895-1965?)과 모친 김룡(1891-1948)의 맏아들로 태어나다. 아명은 해환이었다. 당시 우리 민족은 일제의 질곡으로부터 기독교 진흥운동과 민족주의 운동이 있었다. 후에 명동주의 집에서 기독교 명동학교 교장으로 있었다. 윤동주의 집에서 함께 한 가운데 소사가 토스 고종(從從) 송몽규가 태어났다. 같은 해 9월 28일에 태어났는데 아명 한범(韓範). 송몽규가는 훈장의 윤동주 생애의 1918년으로 일여 세례를 받았다(역도 미신). 훈장의 윤동주 생애가 1년 늦었기 때문이다.
1925·7세	4월 4일, 명동 소학교에 입학하다. 같은 학년에는 고종 송몽규, 외사촌 김정우(시인), 당숙 윤영선(의사), 문익환(목사, 시인) 같은 분들이 있었다.
1925·9세	9월, 부친 윤영석은 간도대표지 재 동경에 유학 중이었다. 12월 누이 동생 혜원이 출생하다.

연도·연령	생애
1927·11세	12월, 동생 윤일주 출생하다.
	1928-1930(12세-14세) 명동소학교 4학년 구렵부터 서울에서 간행되던 《어린이》, 《아이생활》 등 월간 잡지를 받아본다. 5학년 때에는 급우들과 함께 《새명동》이란 등사 잡지를 만든다. 2급에는 소질을 보인다. 1929년, 외삼촌 김약연은 북간도 목사 인수를 받는다.
1931·15세	3월 15일, 명동소학교를 졸업하다. 한 학교에서는 동창 윤영선, 문익환 등과 함께 졸업 후에서 10리 남쪽에 있는 소학교 대랍자(大拉子)의 중국인 관립학교 6학년에 편입하여 1년간 수학하다.
1932·16세	4월, 명동에서 20리 서쪽에 있는 소도시인 용정으로 이사하고 송몽규, 문익환과 함께 캐나다 선교회에서 경영하는 미션계의 은진(恩眞)중학교에 입학한다. 무용에 소질이 있었으며 축구 선수로 활약도 하고, 교내 웅변대회에서 〈땀 한 방울〉이라는 제목으로 1등을 하기도 한다.
1933·17세	4월, 동생 윤광주 출생하다.
1934·18세	12월 24일, 「삶과 죽음」, 「초 한 대」, 「내일은 없다」 등 3편의 시 작품을 쓰다. 이는 오늘날 찾을 수 있는 최초의 작품이다.
1935·19세	1월 1일, 송몽규, 《동아일보》 신춘 당선에 꽁트 「술가락」이 아동...

1936·20세

인 숭인상업이라는 이름으로 탄생하여, 4월 경, 숭인상업은 기울하여 남경의 독립운동 단체로 가다. 9월 1일, 숭지중학 4학년 1학기를 마친 안응수는 평안 숭실중학교 3학년에 편입하다. (만주 함북의 외의 최하로 1년 늦어지다), 숭실학교 4학년에는 한 학기에 내던 《숭실활천》 제15호에 시 「공상」이 최초로 인쇄되다. 이 무렵 수회에의으로 동요동극을 구경하다.

3월 말, 숭실학교에 대한 신사참배 거부의 압력에 의하여 치러, 고향 용정으로 돌아와 5년제인 광명학원 중학부 4학년에 편입하다. 3월, 중국 남경과 세너의 독립운동 단체에 가 있던 숭요한가 고향에 돌아와의 4월에서 8월까지 논저지인 아우 경천에게 구곤 단곤을 받고 나오며, 2주 요시참이으로 제수 있는 경천에 주곤을 만나다. 옛곤에게 반곤하던 《카틀린 소년》에 동시 「병아리」(11월 호), 「딸」의 지구(12월 호)를 발표하다. 이름으로 진기이의 소년문학 시울 시작, 이은 정지용 시집을 정독하다. 『정지용 시집』을 만나다. 이 무렵 용정지로의 의가의 외 에서 스크랩하다. 이산(李繗)의 직곤라 스크랩하다. 이산있었으나 선이점이 그에게 맞지 않지 진는 보관상을 경우하였으나 산이점이 《카틀린 소년》에 동시 「거친밭」(10월 호)과 동주(尹東柱)란 이름으로 감기, 이름으로 감기 동주(童舟)란 필 목으로 발표하다. 동주(童舟)란 필 명으로 동요 「나무」를 발표하다.

1937·21세

1938·22세

이 때 처음 사용하다. 경친서에서 쿨판나와 쿠으로하던 숭요가는 정 태성중학교 4학년에 편입하다. 이 무렵 광명중학 농구 선수로 활약하다. 8월, 100부 인쇄정판의 백지 시집 『시습』을 완전히 깨쳐 내다. 9월, 수회 여행으로 금강산과 원산 송도원을 잇는 곳을 구경하다. 이 때 「비로」, 「비로봉」, 2면의 시를 얻다. 광명중학교 5학년 2학기가 퇴교하여 상급 진학 진반 만의 연곤주외 의환은 택렴란는 부친과의 대립이 심이하여 하는 연곤주외 의환을 부친과의 대립이 안곤하여 산과를 택하기로 시집』을 작곤독하다.

2월 17일, 광명중학교 5학년을 졸업하고 4월 9일 서울 연희전 문학교 문과에 입학하다. 태성중학교 4학년을 졸업한 숭요가는 제 입학하다. 연곤주는 3학년 기숙사 생활을 하다. 영철전문 3학 내에는 고향 인진진중을 졸업한 산새 박곤내가 있었다. 옛곤의 시 사결으로 수곤지를 만곤남살하고 도산아를 이곤으로 산오며 최현배 산생에게서 조선아를 배우다, 이양하 교수에게서 이름으로 배우다. 영철전문 입학 조선인문사에의 구원으로 고향 용정의 누부(누님) 교회 하제 아동 성장 학급에서 아이들, 여름 이름 지다. 이 무렵 동생들에게 태극기, 기미독립선언서, 광주학생사건 같은 이야기를 들려주다.

1939·23세

만 또한 학생란에 산글 「달을 쓰다」(1.23), 시 「쿠언」(2.6), 「아우의 인산화」(10.17)를 안동주(尹東柱)란 이름으로 발표하다. 동시 「산동요」 등을 《소년》(3월 호)에 안동주(尹東柱)란 이 름으로 발표하다. 동시 「산동요」 등을 기미독립선언서, 조선아를 누부(누님)란 이 무렵 동생들에게 태극기, 조선인문사에의

1940·24세

글으로 발표한다. 이를 계기로 《소년》 편집인인 동요시인 윤석중 씨를 만나다. 신문구 잡지가 작품을 스크랩한다. 《담징》, 《인형순례》 등을 쓸 때 부천진은 일제의 검열의 심화로산 시의 취체와 소설로 취지한다.

4월, 고한 김약연의 죽음과 함께 진덕순, 연희전문에 입학한다. 새로 그 후 김이 사귀다. 이화여전 구내의 협성교회에 다니며, 토요일 오후 용정의 외산춘 기숙사 선생에게서 「시전」을 배우다. 이해 고한 용정의 외산춘 기숙사 선생에게서 「시전」을 배우다. 이해 여 부근 블록에, 릴케, 지드 같은 작가들의 작품을 탐독하다. 프랑스어를 지음쓰이를 고학수의 도시 의사이의 연습 한편, 릴케 만안에서 같는 옷을 열애하다. 산, 부여 낙화암 같는 옷을 열애하다. 이해(또는 다음 해) 축 새로 대한 관심 죽음과 연희전문에 입학한다.

1941·25세

5월에 청원군과 함께 기숙사를 나와 종로구 누상동 9번지, 소설가 김순 씨 집에서 하숙 생활을 하다(그는 씨와는 하숙생이 됨) 연세 구역일 닭기 되다). 9월에, 요시칠인이 죽인 겸은 씨와 함께 새로 대한 경험으로 주부이 산하여 2주일을 나와 부아행 동의 청원 씨와 하숙처으로 옮기다. 서정주 시집 『화사집』을 출자 되나. 12월 27일, 진시 한체 기념으로 단축으로 19편의 작품으로 자선시집 『하늘과 바람과 별과 시』를 엮어 작정했으나 시절 여의치 않아 후 위의 걷을 체부으로 마주섰다. 「별헤는 밤」이 있으나 「서시」가 쓰이지 후 위의 걷을 체부으로 마주섰다.

사회를 지키한다는 신정이었다. 같는 시고진 3분을 작성하여 이 안한 선생과 정병욱에게 1부씩 증정하고, 손들날 시지 2 부분의 깊은 원고가 될 것은 정병욱에 의한 것이다. 이해 고한진에서는 일약제 된 일본에 못 이기고 동주의 둘을 수솔을 위하 여 성씨를 〈히라누마(平沼)〉하여, 손보구 씨에서는 성씨를 〈소오무라(莊村)〉라고 침씨 한다.

1942·26세

연희전문을 마치고 일본에 갈 때까지 1개월 만 정도 고향진에 머므다. 나이와 경제 사정 같는 이유로 진한으로 마른므다. 서정주 시집 『화사집』과 미요시(三好達治) 시집 『春의 岬』를 탐독하며 용정에 동아와 있던 만친해에게서 『하라누마(平沼)』라고 부른다. 이 무렵 히에로브레그로 침씨를 제출하다. 1월 24 일의 시지를 위하여 1월 19일, 연희전문에 침씨제를 제출하다. 일 의 시지를 「창화통」으로 고구에서 쓴 작품이 되었다. 4월 2일, 동경 입교대학 영문과 선과에 입학한다(순오무라는 경도 제국대학에 입학한다). 일시 동경 한인 YMCA 숙소의 기숙하다가 개인 집에 하다. 한친척부의 이교대학 2과부만 수가하였는데, 가기 85전, 80전을 취득하 〈동아청화사〉 2차분의 수가한였는데, 가기 4~6월의 시 작품 「화이 쓰여진 詩」를 미치 한 5편을 사울의 시 진구에게 우송하다. 오늘날 말전될 수 있는 마지막 작품이다. 역을 만한에 마지만으로 시화집 것이며 이 대 동생들에게 「우리말 인쇄물이 없으로 시화집 것이며 구었이

1943 · 27세

나, 익분(益分)이라는 사내 낳으리라고 단부하다. 인함, 두글들 제규약한 인함들 복표로 다시 느끼하였으나 10월 1일 경도 동부 제규약한 인함과 성과에 임하하여 京都市 左京區 田中高原町 27, 대체 다(武玵) 이파트에서 생활을 하다. 곧 경도내의 의 있던 순요가는 左京區 北白川 東平井町 60번지에 하수하하고 있었다. 10월 29일, 외사촌 김약연 옥사, 고한 용정에서 부음 세하다.

1월 1일, 동경에서 순요수 안영출, 그리고 순요가와 함께 미끄론(琵琶湖)를 구경하다. 일본 책을 읽는 책은 『고훈』서지니, 『다찌하라』와 미끼 요(三好)의 글, 순요가가 정도 『시고가도(下瞬)』 읽는 책들이 훈(琵琶湖)을 구경하다. 일본 책을 읽는 책은 『고훈』서지니, 『다찌하라』와 미끼 요(三好)의 생애, 『다찌하라과 미끼요(立原道造)』 시집들 순요가가 정도 『시고가도(下瞬)』 읽는 책들이 경찰서에 두번 불려가고, 이달 10일, 순요가가 검도 『시고가도』 읽는 책들이 경찰서에 두번 불려가고, 이달 10일, 순요가가 검도 『시고가도』 읽는 책들이 경찰서에 두번 불려가고, 7월 14일, 귀한길에 오르 고 친사에 두들안고 치료를 시작고 지까지 부재한 동인가로 순요가와 같은 라고 치료를 시작고 지까지 부재한 동인가로 순요가와 같은 름과 거가되고 받음 책과, 일가가 이수되다. 7월 14일, 귀한길에 오르 는 하수건에 있던 고희 누동 걸도 건거되다. 안동주와 고희 간 한생 신의에 있던 두 번 기분 사랑하여 인사를 나누 정도와 고희 간 한생 신의에 있던 두 번 기분 사랑하여 인사를 나누 정도와 그 두 동경에서 검도의 경찰서에 민회하다가 한 단수 인 이었다. 그 두 동경에서 검도의 경찰서에 민회하다가 한 단수 영출수 안동주가 〈고유론기〉란 형사와 내좌하여 구리말 작품과 영출수 안동주가 〈고유론기〉란 형사와 내좌하여 구리말 작품과 일운 일의 日譯하는 것을 복각하다. 외사촌 김약연우 고희 일운 일의 日譯하는 것을 복각하다. 외사촌 김약연우 고희 는 검도 진면을 복각정하다. 12월 6일, 순요가, 안동주, 고희가 는 검도 진면을 복각정하다. 12월 6일, 순요가, 안동주, 고희가 이렇 부렴, 부친은 회사를 2민두고 안체야을 하며 순의 처형되다. 이렇 부렴, 부친은 회사를 2민두고 안체야을 하며 순의 처형되다.

1944 · 28세

1월 19일, 고희누우 기소유에 취부으로 넘겨되다. 2월 22일, 안 동주, 순용가 기소되다. 3월 31일, 안동주는 경도 지안재판소의 동주, 순용가 기소되다. 3월 31일, 안동주는 경도 지안재판소의

1945 · 29세

재판 결과 1941년 개정 치안유지법 제5조 위반(독립운동) 죄로 징역 2년의 언도를 받다(구형은 3년이었다). 2구경 미결 구류일 수 120일이 산입되다. 재판장 石井平雄 외 판사 2인, 이 재판 결과는 최부으로 확정되다. 4월 13일, 순요가는 재판 결과 안동주와 같은 죄목으로 역시 2년 형의 언도를 받다(구형은 3년). 미결 구류 일수 확정으로 역시 2년 형의 언도를 받다(구형은 3년). 미결 구류 일수 산입되지 않다. 재판장 小西宣治 외 판사 2인, 이 재판 결과 안동주는 복강형무소에 투옥되다. 4월 17일, 확정되다. 안동주, 순요가는 복강형무소에 투옥되다. 순요 는 한 달에 한번씩만 하씨말로 된 엽서 한장을 써 는 한 달에 한번씩만 하씨말로 된 엽서 한장을 써 신 안성서(英和對照 新約聖書)를 복 중에서 읽다.

2월에 언도는 수지 않고 중심이 지나 18일에 〈16일 동주 사망, 시체 가지러 오라(トナ ツ ウ ケ ン ダ イ タ イ ト リ ニ コ イ)〉란 전보가 고향집에 배달되어 안동주의 사망이 일정과 부친과 당숙이 시신 인수차 일본으로 떠난 후, 〈동주 위독하니 보석 당숙이 시신 인수차 일본으로 떠난 후, 〈동주 위독하니 보석 할 수 있음. 만일 사망시에는 시체를 가져가거나 아니면 구주제대 (九州帝大) 의학부에 해부용으로 제공할 것임. 속단 바람〉이라는 오지의, 고인 생존시에 보낸 형사의 우편 통지서가 뒤늦게 고한 진에 배달되다. 2월부터 배달된 이는 모들 주사를 맞느다는 뜻밖에 진에 배달되다. 2월부터 배달된 이는 모들 주사를 맞느다는 뜻밖에 나는 소리를 외치고 운명했었나다고 한국인 소육의 증언이 있었다. 순요가는 앞은 봄에 석방되어 고향에 나는 소리를 외치고 운명했었나다고 한국인 소육의 증언이 있었다. 순요가는 앞은 봄에 석방되어 고향에 보성와 3월 6일 윤 품에서는 끝없이 고통의 시간이 생겨와 3월 6일 윤

1946

6월, 동생 일일주, 서울에 오다.

1947

2월 13일자 《경향신문》에 정지용의 소개말과 함께 시 「쉽게 씌어진 詩」가 해방 후 최초로 발표되다. 정지용은 안동주와 지내이가 아니었다. 2월 16일, 정지용, 지내원, 안웅길, 이양하, 안웅규, 정영욱, 유명, 강처모, 안용규 등 30여 명이 모여 서울 소공동 〈플라워 회관〉에서 순모암과, 안동주 시로 회를 가지다.

1948

1월, 유고 31편을 모아 정지용의 서문을 붙여 안동주 시집 『하늘과 바람과 별과 詩』를 정음사에서 간행하다. 초판 선부에는 안동주가 담임하다. 9월, 고향에서 김우, 범세 하다. 12월, 누이 안혜원이 안동주의 중학 시절 일고를 찾고 고향에서 서울로 이주하다.

1953

9월, 안동주에 대한 최초의 본격적인 비평 「안동주의 정신적 소모」가 故 서기가(高羲珪)에 의해 씌어지다 〈시〉와 평론지 『조국(祖國)』에 수록.

정의 동신 교회 보지에 담임하다. 진해신사에서는 《목우》 지에 발표되었던 『우울한 사진의 지회신』과 「새론운 일」이 낭독되다. 3월 10일, 송영준으로 목사하다. 그의 부친에 의해 시인이 인수되어 고향인 대남장지(大南莊支)에 묻히다. 이해 단오 무렵, 안동주 묘소에 송당조(尹東柱之墓)라는 비석을 가족들이 세우다. 8월 15일, 안동주, 송용규 시인의 지 반 년 안에 일제가 패망함으로 해방이 되다.

1955

2월, 안동주 10주기를 기념하여 89편의 시와 4편의 산문을 엮어 『하늘과 바람과 별과 詩』를 정음사에서 펴내다. 이때, 정지용의 서문, 강처용의 발문 제외되고 정병욱의 지문을 만이 안동주 시집 수회(維話)가 화회이 담천하다. 2월 16일, 10주기를 담천하여 연희대 담간대학 구조발로 최현배, 이양하, 김윤주, 정영욱 등 친지, 동문, 후회들이 모여 10주기 추도회를 열다.

1967

2월, 백철, 박두진, 문익환, 장덕순이 참여한 안동주의 글을 해 별미에 추가하고, 판을 바꿔 시집 『하늘과 바람과 별과 詩』를 정음사에서 간행하다.

1968

11월 2일, 연세대학교 학생회 대표와 안동주를 기리는 기성회 회원 20으로 구성된 건립위원회 주진, 연세대 출신, 친지, 학생 등 수백 명이 뜻을 함께하여 〈안동주 시비〉를 세우다. 시비는 안동주가 설계하고, 안동주의 출고는 가운 고려자는 고심의 것, 친지, 학생의 친생 후배인 서세가 바꾸신이 썼다.

1970

10월 15일부터 1주일 간, 25주기를 기념하여 안동주 친필 원고전을 구립중앙도서관에서 열다.

1976

6월, 외솔회 발행 《나라사랑》 제23집을 안동주 특집호로 역다. 그 동안 재재 가로되었던 시 작품 23편을 시집 『하늘과 바람과...

연도·연령	생애
	과 별과 詩에 추가 수록한다.
1977	10월, 일제 때 내무성 경보국 도서과 발행의 극비 문서 《특고월보(特高月報)》(1943년 12월분)에 실린 윤동주의 「자시(慈詩)」「종두(從痘)」 2편 사진 제공이 인쇄됨으로써, 윤동주의 일본어 판 두 시편의 참모습을 처음 알게 되다.(《윤동주 시인》 1997. 12. 번역 게재)
1979	1월, 일제 때 일본 사법성 형사국 발행의 극비 《사상월보(思想月報)》제109호(1944. 4~6월분)에 실린 윤동주의 2심 재판 판결문이 인쇄됨으로써 손보기, 윤동주의 일본어 판인 〈독립운동〉이었음이 확인되다.
1982	8월, 윤동주에 대한 경도 지방재판소의 판결문 사본이 입수되다 《문학사상》 1982. 10. 번역 게재). 위 3건의 문서가 입수됨으로써 손보기, 윤동주 앞으로의 참모습이 전모가 사실 37년 만에 미로소 밝혀지다. (이하는 한 편집진들의 작성함.)
1984	11월, 윤동주 일문 번역시집 『空と風と星と詩』 출판. 이부키 고우(伊吹鄕) 역. 일문 기록사(記錄社) 刊.
1985	5월, 윤동주 일본어 번역시집의 교수와 이들 인세라니 으으구우단 교수의 끝 판권들의 인사들에의 이해 시인의 끝손과 끝 판권도. 11월 28일 동안에 연세대 교수 이끝 세.

연도·연령	생애
1988	8월, 불어판 번역 시집 Le ciel, Le vent, Les etoiles et La poesie 출판. 이바섯 역. Seoul Computer Press 刊.
1989	11월, 영어판 번역 시집 Heaven, the Wind, Stars and Poems 출판. Duane Vorhees, Mark Mueller, 김재랑 공역. 샤인 출판사 刊.
1992	8월, 중국 용정중학교 내에 시비 건립.
1995	2월 16일, 일본 동지사(同志社)대 교정에 시비 건립.
1996	12월, 한·중·일 중국어판 번역시집 『尹東柱遺詩集』 간행됨. 최규신 역. 중국 연변대학 출판사 刊.
1997	11월, 불어판 번역 시집 Ciel, Vent, Etoiles, et Poemes 간행됨. 김현주, Mesini Pierre 역.
2000	8월, 중국 연변 용정의 시 윤동주 씨가 분담해 오던 스크랩 두 3권이 유가되다.

색인

1 원래는 제목이 없으나 일반적으로 〈서시〉라고 불리고 있음.
2 원고에선 제목이 삭제돼 있음.
3 「자화상」과 같은 시임.

사진판 윤동주 자필 시고전집
寫眞版 尹東柱 自筆 詩稿全集

1판 1쇄 펴냄 • 1999년 3월 1일
1판 2쇄 펴냄 • 1999년 6월 15일
2판 1쇄 펴냄 • 2002년 1월 10일
2판 4쇄 펴냄 • 2018년 9월 17일

지은이 • 윤동주
엮은이 • 왕신영, 심원섭, 오오무라 마스오(大村益夫), 윤인석
펴낸이 • 박근섭, 박상준
펴낸곳 • (주) 민음사

출판등록 • 1966. 5. 19. 제16-490호
서울특별시 강남구 도산대로1길 62(신사동)
강남출판문화센터 5층(우편번호 06027)
대표전화 515-2000 • 팩시밀리 515-2007
홈페이지 www.minumsa.com

ISBN 978-89-374-0677-5 (03810)